BESTSELLER

Biblioteca

MARY HIGGINS CLARK

Asesinato en directo

Traducción de
Matuca Fernández de Villavicencio

DEBOLS!LLO

Título original: *I've Got You Under My Skin*

Primera edición con esta presentación: enero, 2017

© 2014, Mary Higgins Clark
Todos los derechos reservados. Publicado por acuerdo con
el editor original, Simon & Schuster, Inc.
© 2015, Penguin Random House Grupo Editorial, S. A. U.
Travessera de Gràcia, 47-49. 08021 Barcelona
© 2015, Matuca Fernández de Villavicencio, por la traducción

Printed in Spain – Impreso en España

ISBN: 978-84-663-3836-3 (vol. 184/45)
Depósito legal: B-19.803-2016

Impreso en Liberdúplex
Sant Llorenç d'Hortons (Barcelona)

P 338363

Penguin
Random House
Grupo Editorial

*Para John
y para nuestros hijos y nietos de las familias
Clark y Conheeney,
con amor*

Agradecimientos

Y una vez más, este es mi relato. Anoche escribí las últimas palabras y luego dormí doce horas seguidas.

Esta mañana, al despertarme, me llené de alegría al darme cuenta de que podía retomar todas las citas con amigos que había cancelado.

Aun así, es muy gratificante contar otra historia, compartir otro viaje con personajes que yo misma he creado y a los que he acabado por querer profundamente... o no.

Como siempre, durante los últimos cuarenta años, Michael V. Korda, mi editor, ha sido el capitán de mi barco. Le envío tandas de veinte o veinticinco páginas. Su llamada, «Las páginas están bien», es música para mis oídos. Permíteme que te lo repita con mayor énfasis que nunca, Michael: ha sido fantástico trabajar contigo.

Marysue Rucci, la nueva redactora jefe de Simon & Schuster, ha sido una amiga y mentora maravillosa. Es un placer trabajar con ella.

En casa, el equipo comienza por mi mano derecha, Nadine Petry, mi hija Patty y mi hijo Dave, Agnes Newton e Irene Clark. Y, naturalmente, John Conheeney, marido extraordinario, y el resto de mi familia.

Todo mi agradecimiento para Gypsy da Silva, redactor, y para Jackie Seow, directora de diseño. Salgo muy favorecida en sus cubiertas. Muchas gracias también a Elizabeth Breeden.

Es hora de empezar a pensar en la próxima historia, pero creo que lo pospondré un tiempo. Después de todo, mañana será otro día.

Prólogo

El doctor Greg Moran estaba columpiando a Timmy, su hijo de tres años, en el parque de la calle Quince Este de Manhattan, no muy lejos de casa.

—Te quedan dos minutos —dijo, y se rió al tiempo que daba un impulso lo bastante fuerte al asiento para tener satisfecho a su temerario hijo, pero no tanto como para que corriera el peligro de dar la vuelta. Años atrás había presenciado esa escena. Nadie se hizo daño porque era un columpio con barra de seguridad. Aun así, con sus largos brazos y su cuerpo de casi metro noventa, Greg era siempre muy cuidadoso cuando columpiaba a Timmy. Como médico de urgencias, estaba demasiado familiarizado con accidentes estrambóticos.

Eran las seis y media y el sol del atardecer proyectaba sombras alargadas sobre el parque. Soplaba una brisa fresca, un recordatorio de que el fin de semana siguiente era el día de los Trabajadores.

—Un minuto —anunció con firmeza.

Antes de llevar a Timmy al parque, Greg había hecho un turno de doce horas y la situación en el siempre concurrido servicio de urgencias había sido caótica. Dos coches repletos de adolescentes que estaban haciendo carreras en la Primera Avenida habían colisionado. Sorprendentemente, no había habido muertos, pero sí tres chicos en estado grave.

Greg apartó las manos del columpio. Había llegado la hora de dejarlo frenar poco a poco. El hecho de que Timmy no hiciera el intento vano de protestar quería decir que también tenía ganas de volver a casa. Después de todo, eran los únicos que quedaban en el parque.

—¡Doctor!

Greg se volvió hacia un hombre de estatura media y complexión fuerte, con la cara cubierta por una bufanda. La pistola que sostenía apuntaba a la cabeza de Greg. Instintivamente, este dio un gran paso hacia un lado para alejarse todo lo posible de Timmy.

—Llevo la cartera en el bolsillo —dijo con calma—. Puedes cogerla.

—Papá —farfulló Timmy asustado. Se había dado la vuelta en el asiento y tenía la mirada clavada en los ojos del hombre armado.

En sus últimos momentos en la tierra, Greg Moran, de treinta y cuatro años, médico eminente, padre y marido ejemplar, intentó abalanzarse sobre su asaltante, pero no pudo escapar de la bala mortal que atravesó con infalible precisión el centro de su frente.

—¡PAPÁÁÁ! —aulló Timmy.

El asaltante corrió hasta la acera y, una vez allí, se volvió hacia el niño.

—Timmy, dile a tu madre que ella será la siguiente —gritó—. Y después irás tú.

Margy Bless, una mujer mayor que regresaba a casa de su trabajo de media jornada en la panadería del barrio, escuchó el disparo y la amenaza. Se quedó paralizada unos segundos, asimilando el espantoso suceso: la figura huyendo rauda por la esquina, la pistola colgando de su mano, el niño gritando en el columpio, el cuerpo encogido en el suelo.

Le temblaban tanto las manos que no consiguió marcar el 911 hasta el tercer intento.

Cuando le habló la operadora, únicamente acertó a gemir:

—¡Dense prisa, dense prisa, podría volver! ¡Ha disparado a un hombre y ha amenazado al niño!

La voz se le quebró mientras Timmy chillaba:

—¡Ojos Azules ha disparado a mi papá! ¡Ojos Azules ha disparado a mi papá!

1

Laurie Moran miró por la ventana de su despacho, situado en la vigesimoquinta planta del número 15 de Rockefeller Center y con vistas a la pista de hielo del famoso complejo de Manhattan. Era un día de marzo soleado pero frío, y desde su atalaya podía ver a los principiantes tambalearse sobre los patines y, en marcado contraste, a otros patinadores que se deslizaban por el hielo con la gracia de unos bailarines de ballet.

Timmy, su hijo de ocho años, adoraba el hockey sobre hielo y aspiraba a ser lo bastante bueno para jugar con los New York Rangers cuando cumpliera los veintiuno. Laurie sonrió cuando la imagen del rostro de Timmy inundó su mente, sus expresivos ojos castaños brillantes de felicidad al imaginarse en la posición de portero en un partido de los Rangers. Para entonces será la viva imagen de Greg, se dijo, pero se apresuró a apartar esos pensamientos de su cabeza y devolvió la atención a la carpeta que descansaba sobre su mesa.

Treinta y seis años, melena color miel hasta los hombros, ojos pardos tirando a verdes, complexión delgada y facciones clásicas, sin maquillar, era la clase de mujer que la gente se volvía para mirar cuando pasaba a su lado. «Guapa y con clase» solía ser la típica descripción que daban de ella.

Productora de Fisher Blake Studios y con varios premios en su haber, Laurie estaba a punto de lanzar un nuevo programa para la televisión por cable, sobre el cual ya había empezado a cavilar antes de la muerte de Greg, pero que había dejado aparcado por temor a que hubiera quien pensara que lo había concebido a raíz del asesinato sin resolver de su marido.

La idea era recrear crímenes no resueltos, pero, en lugar de emplear actores, convocarían a los amigos y familiares de las víctimas para escuchar de su propia voz su versión de lo que pasó en el momento de la tragedia. Siempre que fuera posible, se utilizaría el lugar de los hechos. Se trataba de un proyecto arriesgado, con las mismas probabilidades de convertirse tanto en un éxito como en un fracaso.

Laurie acababa de salir de una reunión con su jefe, Brett Young, quien le había recordado su juramento de que jamás volvería a hacer un reality show.

—Tus dos últimas aventuras en este terreno fueron un fracaso, y costoso —señaló—. No podemos permitirnos más. —Luego añadió deliberadamente—: Y tú tampoco.

Ahora, mientras daba pequeños sorbos al café que se había traído de la reunión de las dos, Laurie pensó en el vehemente argumento que había empleado para convencer a Brett.

—Antes de que vuelvas a decirme lo harto que estás de los reality shows, te prometo que este será diferente. Lo titularemos *Bajo sospecha*. En la segunda hoja de la carpeta que te he dado aparece una larga lista de crímenes no resueltos, así como de otros «supuestamente» cerrados donde existe una posibilidad real de que se encarcelara a la persona equivocada.

Laurie paseó la mirada por su despacho. Eso reafirmó su determinación a no perderlo. Era lo bastante grande para tener un sofá debajo de los ventanales y una larga estantería con recuerdos, premios que había ganado y fotos de familia, en su mayoría de Timmy y de su padre. Hacía tiempo que había decidido que las fotos de Greg pertenecían a su dormitorio, no al despacho, donde solo servirían para recordar a la gente que era viuda y que el asesinato de su marido se había quedado sin resolver.

—El secuestro del bebé Lindbergh es el primero de tu lista —había comentado Brett en la reunión—. Ocurrió hace ochenta años. No estarás pensando en recrearlo, ¿verdad?

Laurie le había dicho que el caso Lindbergh era un ejemplo de un suceso del que la gente había hablado durante décadas por lo espantoso que fue, pero también por las muchas preguntas que habían quedado sin respuesta. Bruno Hauptmann, un inmigrante de Alemania que había sido ejecutado por secuestrar al bebé Lindbergh, probablemente fue quien fabricó la escalera de mano que se usó para subir hasta el cuarto de la víctima. Sin embargo, ¿cómo sabía la hora exacta a la que la niñera bajaba a cenar cada noche y dejaba solo al bebé durante cuarenta y cinco minutos? ¿Cómo sabía Hauptmann eso? ¿O quién se lo dijo?

Seguidamente, Laurie había hablado a Brett del asesinato no resuelto de una de las hijas gemelas del senador Charles H. Percy. Ocurrió en los inicios de su primera campaña para lograr un escaño en el Senado en 1966. Charles H. Percy fue elegido senador, pero el crimen nunca se resolvió, y los interrogantes seguían ahí: ¿era la gemela asesinada el objetivo del atacante? ¿Y por qué no ladró el perro si efectivamente había entrado un extraño en la casa?

Laurie se recostó en su sillón, mientras seguía dándole vueltas a su reunión con Brett. Le había dicho que la cuestión es que, cuando empiezas a mencionar casos como ese, todo el mundo tiene su propia teoría.

—Haremos un reality show sobre crímenes que tengan entre veinte y treinta años de antigüedad, donde podamos conocer el punto de vista de la gente más próxima a la víctima, y tengo el caso idóneo para el primer programa: la Gala de Graduación.

Fue ahí cuando el interés de Brett se había despertado de verdad, pensó Laurie. Al vivir en el condado de Westchester, lo sabía todo sobre el caso: veinte años atrás, cuatro jóvenes que habían crecido juntas en Salem Ridge se graduaron en cuatro facultades diferentes. El padrastro de una de ellas, Robert Nicholas Powell, ofreció en su mansión una «Gala de Graduación» en honor a las cuatro chicas. Trescientos invitados de etiqueta, champán, caviar, fuegos artificiales, de todo. Después de la fiesta, las cuatro graduadas se quedaron a dormir. Por la mañana, la esposa de Powell, Betsy Bonner Powell, una mujer de cuarenta y dos años muy popular y con mucho glamour, fue encontrada en su cama asfixiada. El crimen nunca se resolvió. Rob Powell tenía ahora setenta y ocho años, gozaba de excelente salud física y mental y seguía viviendo allí.

Nunca se volvió a casar, pensó Laurie. Powell había concedido recientemente una entrevista al *The O'Reilly Factor* en la que aseguraba que haría lo que fuera por aclarar el misterio de la muerte de su esposa, y que sabía que su hijastra y sus amigas pensaban lo mismo. Estas creían que, mientras no se descubriera la verdad, habría quien se preguntaría si fue una de ellas la que terminó con la vida de Betsy.

Fue ahí donde recibí el visto bueno de Brett para ponerme en contacto con Powell y las cuatro graduadas y preguntarles si estarían dispuestas a participar en el programa, pensó, exultante, Laurie.

Era el momento de compartir la buena noticia con Grace y Jerry. Cogió el teléfono y pidió a sus dos ayudantes que acudieran a su despacho. Al momento, la puerta se abría de par en par.

Grace García, su ayudante administrativa, llevaba un vestido de lana muy corto de color rojo, sobre mallas de algodón, y botas altas con botones. Su larga melena negra estaba enrollada en lo alto y sujeta con una peineta. Los rizos que escapaban de la peineta enmarcaban un rostro con forma de corazón. Una capa de rímel, densa pero aplicada con mano experta, acentuaba sus vivaces ojos castaños.

Jerry Klein le pisaba los talones. Alto y desgarbado, se dejó caer en uno de los sillones situados frente a la mesa de Laurie. Como siempre, vestía un jersey de cuello alto y una chaqueta. Jerry tenía entre sus objetivos conseguir que su único traje azul marino y su único esmoquin le duraran veinte años. A Laurie no le cabía la menor duda de que lo conseguiría. Tenía veintiséis años y había entrado en la empresa tres años antes como estudiante en prácticas, y en poco tiempo había acabado por convertirse en un ayudante de producción indispensable.

—No alargaré el suspense —anunció Laurie—. Brett nos ha dado el visto bueno.

—¡Lo sabía! —exclamó Grace.

—Lo supe en cuanto vi tu sonrisa al salir del ascensor —aseguró Jerry.

—Mientes —repuso Laurie—. Puse cara de póquer. Bien, el primer paso es hablar con Robert Powell. Si él acepta, es muy probable, a juzgar por esa entrevista que concedió, que su hijastra y las tres amigas se suban al carro.

—Sobre todo porque recibirán una buena suma por su colaboración, y a ninguna de ellas les sobra el dinero —señaló Jerry y, recordando la información que había recabado para el programa—. Claire Bonner, la hija de Betsy, es asistente social en Chicago. No se ha casado. Nina Craig está divorciada, vive en Hollywood y se gana la vida haciendo de extra en películas. Alison Schaefer trabaja de farmacéutica en una pequeña farmacia de Cleveland. Su marido va con muletas desde hace veinte años, fue atropellado por un conductor que se dio a la fuga. Regina Callari se fue a vivir a St. Augustine, Florida. Tiene una pequeña inmobiliaria. Está divorciada y tiene un hijo en la universidad.

—Nos jugamos mucho —les advirtió Laurie—. Brett ya me ha recordado que los dos últimos programas fueron un fracaso.

—¿Mencionó también que tus dos primeros programas siguen en antena? —preguntó Grace, indignada.

—No, y no lo hará. Pero esta vez presiento que tenemos un posible ganador. Si Robert Powell secunda nuestra propuesta, casi me atrevo a asegurar que las graduadas también lo harán —dijo Laurie. Luego añadió con fervor—: Por lo menos eso espero.

2

Se había rumoreado que Leo Farley, inspector jefe del Departamento de Policía de Nueva York, iba a ser nombrado comisario general cuando, inesperadamente, solicitó la jubilación al día siguiente del funeral de su yerno. Más de cinco años después, Leo no había lamentado su decisión ni un momento. A sus sesenta y tres años era policía de los pies a la cabeza. Tenía previsto continuar su carrera hasta que le llegara la jubilación obligatoria, pero algo más importante había cambiado sus planes.

El espeluznante asesinato a sangre fría de Greg y la amenaza que la testigo de avanzada edad había escuchado —«Timmy, dile a tu madre que ella será la siguiente, y después irás tú»— habían sido razón suficiente para tomar la decisión de dedicar su vida a proteger a su hija y a su nieto. Recto como un palo, de estatura media, con una mata de pelo entrecano y un cuerpo nervudo y atlético, Leo Farley pasaba las horas en guardia permanente.

Sabía que no podía hacer mucho por Laurie. Su hija tenía un trabajo que necesitaba y que adoraba. Se movía en transporte público, salía a correr por Central Park y, cuando llegaba el calor, solía comer en alguno de los pequeños parques próximos a su oficina.

Timmy era otra historia. En opinión de Leo, no había nada

que impidiera al asesino de Greg tomar la decisión de ir primero a por Timmy, de modo que se había erigido en su guardián. Era Leo quien acompañaba a Timmy al colegio Saint David por la mañana, y era Leo quien lo esperaba a la salida. Si el niño tenía actividades extraescolares, Leo montaba discreta guardia junto a la pista de hielo o el parque.

Greg era, para Leo, el hijo que le habría gustado tener. Se habían conocido hacía diez años en la sala de urgencias del hospital Lenox Hill. Eileen y Leo habían llegado muy nerviosos tras recibir una llamada con la noticia de que su hija Laurie, de veintiséis años, había sido atropellada por un taxi en Park Avenue y estaba inconsciente.

Greg, alto e imponente, incluso con el pijama verde de hospital, había acudido a recibirlos.

—Su hija ha vuelto en sí y se pondrá bien. Tiene un tobillo roto y una ligera conmoción. La mantendremos un tiempo en observación, pero se pondrá bien —les aseguró.

Al oír esas palabras, Eileen, muerta de preocupación por su única hija, sufrió un vahído, y Greg se encontró con otra paciente en sus manos. Sujetó a Eileen antes de que cayera al suelo. Y no volvió a salir de nuestras vidas, pensó Leo. Laurie y él se prometieron tres meses más tarde. Greg fue nuestro puntal cuando Eileen murió tan solo un año después.

¿Cómo pudieron dispararle? La exhaustiva investigación no había escatimado esfuerzos para encontrar a alguien que hubiera podido estar resentido con Greg, por impensable que eso fuera para quienes lo conocían. Tras descartar a amigos y compañeros de clase, la policía consultó los historiales médicos de los dos hospitales en los que Greg había trabajado de residente y director de personal, para comprobar si algún paciente o algún familiar le había acusado en alguna ocasión de emitir un diagnóstico o de prescribir un tratamiento erróneo que hubiese derivado en una lesión permanente o en la muerte. No encontraron nada.

En la oficina del fiscal el caso era conocido como «el asesinato de Ojos Azules». A veces, una expresión de alarma aparecía en el rostro de Timmy si se volvía bruscamente y miraba a su abuelo directamente a los ojos. Leo tenía los ojos azules. Estaba seguro, al igual que Laurie y el psicólogo, de que el asesino de Greg tenía los ojos grandes y de un azul intenso.

Laurie le había comentado su idea para un nuevo programa que empezaría con el asesinato de la Gala de Graduación. Leo se abstuvo de transmitirle su consternación. La idea de que su hija reuniera a un grupo de personas entre las que probablemente había un asesino le inquietaba. Alguien había odiado a Betsy Bonner Powell lo suficiente como para cubrirle la cara con una almohada hasta dejarla sin aire. Seguramente esa misma persona también poseía un fuerte instinto de supervivencia. Leo sabía que veinte años antes las cuatro muchachas y el marido de Betsy habían sido interrogados por los mejores detectives de homicidios. A menos que alguien hubiera conseguido colarse en la mansión sin que lo vieran, si el programa obtenía luz verde el asesino y los sospechosos volverían a estar todos juntos. Una propuesta peligrosa.

Todo eso ocupaba la mente de Leo mientras Timmy y él caminaban desde el colegio Saint Davis, en la calle Ochenta y nueve con la Quinta Avenida, hasta el apartamento, situado a ocho manzanas de allí, en Lexington Avenue con la Noventa y cuatro. Después de morir Greg, Laurie se había mudado de inmediato, incapaz de soportar la imagen del parque donde habían disparado a su marido.

Un coche de policía redujo la velocidad al pasar junto a ellos. El agente que viajaba en el asiento del pasajero saludó a Leo.

—Me gusta cuando hacen eso, abuelo —dijo Timmy—. Me hace sentir seguro —añadió con naturalidad.

Ten cuidado, se advirtió Leo a sí mismo. Siempre le he dicho a Timmy que si yo no estoy cerca y él o sus amigos tienen problemas, deben correr hasta un agente de policía y pedirle ayuda. Inconscientemente, estrechó la mano de su nieto con más fuerza.

—Bueno, hasta el momento no has tenido ningún problema que yo no pudiera solucionar. —Luego añadió, despacio—: Que yo sepa, al menos.

Caminaban por Lexington Avenue en dirección norte. El viento había cambiado y les azotaba el rostro. Leo se detuvo y tiró con firmeza del gorro de lana de Timmy para cubrirle la frente y las orejas.

—Esta mañana un chico de octavo iba caminando al colegio y un hombre en bicicleta intentó quitarle el móvil que llevaba en la mano. Un policía lo vio y lo detuvo —explicó Timmy.

No había sido un incidente que implicara a un hombre de ojos azules. A Leo le avergonzó reconocer lo mucho que eso lo tranquilizaba. Mientras el asesino de Greg siguiera libre, necesitaba saber que Timmy y Laurie estaban a salvo.

Algún día se haría justicia, se juró a sí mismo.

Esa mañana, al marcharse rauda al trabajo segundos después de que él llegara, Laurie le había dicho que hoy conocería el veredicto sobre el reality show que había propuesto. La mente de Leo volvía constantemente a ese asunto. Sabía que iba a tener que esperar a la noche para conocer el resultado. Delante de una segunda taza de café, cuando Timmy hubiera terminado de cenar y estuviera acurrucado en el sillón con un libro, Laurie y él charlarían sobre ello. Luego Leo se marcharía a su apartamento, situado a una manzana de allí. Quería que al final del día Laurie y Timmy tuvieran su propio espacio, y sabía que el portero del edificio no dejaría pasar a nadie sin telefonear primero al residente al que decían que iban a ver.

Si Laurie obtiene el visto bueno para hacer ese programa, será una mala noticia, pensó Leo.

Como apareciendo de la nada, un patinador con una sudadera con capucha, gafas de sol y un saco de lona colgado del hombro pasó por su lado como una flecha. Estuvo a punto de derribar a Timmy y luego rozó a una joven embarazada que caminaba delante, a unos tres metros de ellos.

—¡Baja de la acera! —gritó Leo mientras el patinador desaparecía por la esquina.

Detrás de las gafas de sol brillaron unos ojos azules y el patinador soltó una carcajada.

Tales encontronazos alimentaban su necesidad de sentir el poder que experimentaba cuando, literalmente, tocaba a Timmy. Sabía que cualquier día Ojos Azules podía llevar a cabo su amenaza.

3

Robert Nicholas Powell tenía setenta y ocho años, pero su aspecto y movimientos eran los de un hombre diez años más joven. Su rostro, aún atractivo, estaba enmarcado por un abundante pelo blanco. Su postura seguía siendo erguida, si bien ya no sobrepasaba el metro ochenta. Poseía un aire de autoridad que la gente percibía de inmediato. A excepción de los viernes, aún pasaba jornadas enteras en su despacho de Wall Street, adonde le llevaba en coche su viejo empleado Josh Damiano.

Hoy martes, 16 de marzo, se había quedado en casa para recibir a la productora de televisión Laurie Moran en Salem Ridge y no en su despacho. Ella le había explicado por teléfono el motivo de la visita, que respaldó con una premisa interesante:

—Señor Powell, creo que si usted, su hijastra y las tres amigas aceptan recrear los acontecimientos de la noche de la Gala, el público comprenderá que es imposible que ninguno de ustedes sea el responsable de la muerte de su esposa. El suyo era un matrimonio feliz. Todos sus conocidos lo sabían. Su hijastra y su madre estaban muy unidas. Las otras tres chicas habían entrado y salido de casa de Betsy desde que iban juntas al colegio, y cuando Betsy y usted se casaron ella siguió recibiéndolas con los brazos abiertos. Su mansión es enorme, y con tanta gente en la fiesta existen muchas posibilidades de que se colara un intruso. Todo el mundo sabía que su esposa poseía joyas caras. Esa noche lucía su juego de pendientes, collar y anillo de esmeraldas.

—La prensa sensacionalista convirtió esa tragedia en un escándalo.

Robert Powell recordó ahora la amarga respuesta que había dado a Laurie Moran. En fin, pensó, pronto estará aquí.

Se hallaba sentado a la mesa de su espacioso despacho de la planta baja. Los ventanales daban a los jardines traseros de la propiedad. Una vista preciosa en primavera, verano y comienzos de otoño, pensó Rob. Cuando nevaba, ese paisaje desnudo y pelado se suavizaba y a veces resultaba incluso mágico, pero en un día frío y lluvioso de marzo, con los árboles deshojados, la piscina cubierta y la casita cerrada, no había planta, por cara que fuese, que consiguiera suavizar la cruda realidad del paisaje invernal.

Su sillón de oficina acolchado era sumamente cómodo, y Rob, sonriendo para sí, caviló sobre el secreto que no compartía con nadie. Estaba seguro de que, sentado tras la impresionante mesa de caoba, con sus elaborados relieves a los lados y en las patas, la imagen de sí mismo que había cultivado con tanto esmero adquiría aún más prestancia. Era una imagen que había comenzado el día que, con diecisiete años, se marchó de Detroit para iniciar su primer curso en Harvard como estudiante becado. Allí contaba que su madre era profesora universitaria y su padre, ingeniero; en realidad ella trabajaba en las cocinas de la Universidad de Michigan y él era mecánico en la planta de Ford.

Sonrió al recordar que en segundo compró un libro sobre modales en la mesa, adquirió una caja de cubiertos de alpaca abollados y practicó el manejo de utensilios desconocidos para él, como la pala de pescado, hasta sentirse cómodo con ellos. Después de licenciarse, un trabajo en prácticas en Merrill Lynch supuso el inicio de su carrera en el mundo de las finanzas. Ahora, pese a haber pasado años de incertidumbre, la firma R. N. Powell Hedge Fund estaba considerada una de las inversiones más atractivas y seguras de Wall Street.

A las once en punto el timbre de la puerta anunció la llegada de Laurie Moran. Rob enderezó los hombros. Se levantaría cuando entrara en el despacho, por supuesto, pero no antes de que ella lo viera sentado a su mesa. Rob se dio cuenta de que estaba intrigado. Era difícil calcularle la edad por teléfono. Laurie Moran se había presentado con un tono seco y directo, que suavizó cuando pasó a hablar de la muerte de Betsy.

Después de su conversación telefónica, Powell la había buscado en Google. Le intrigaba que fuera la viuda del médico al que habían disparado en el parque y que poseyera un currículum admirable como productora. A juzgar por la foto, era una mujer muy atractiva. Aún tengo edad para apreciar esas cosas, se dijo.

Llamaron a la puerta y Jane, su ama de llaves desde que se casó con Betsy, abrió y entró en el despacho seguida de Laurie Moran.

—Gracias, Jane. —Rob esperó a que la mujer se marchara y cerrara la puerta para levantarse—. Señorita Moran —dijo educadamente alargando la mano y señalando la butaca que había al otro lado de la mesa.

Robert Powell no podía saber que Laurie estaba pensando: bien, ha llegado la hora de la verdad, al tiempo que tomaba asiento con una sonrisa cálida. El ama de llaves le había cogido el abrigo a su llegada. Llevaba un traje pantalón mil rayas azul marino, una blusa de color marfil y botas de cuero también azules. Como únicas joyas, unos pequeños pendientes de perla y la alianza de oro. Se había recogido el pelo en un moño francés, peinado que la hacía sentir más eficiente.

En menos de cinco minutos comprendió que Robert Powell ya había decidido participar en el programa, pero pasaron diez antes de que él se lo confirmara.

—Señor Powell, estoy encantada de que se preste a recrear la noche de la Gala. Como es lógico, necesitaremos la cooperación de su hijastra y sus amigas. ¿Me ayudará a persuadirlas para que participen?

—Será un placer, aunque, como es lógico, no puedo hablar por ellas.

—¿Ha mantenido una relación estrecha con su hijastra desde la muerte de su esposa?

—No, pero no porque no lo haya intentado. Le tenía y le tengo un gran cariño a Claire. Vivió aquí desde los trece hasta los veintiún años. La muerte de su madre fue un terrible golpe para ella. Ignoro hasta dónde ha indagado usted sobre su pasado, pero los padres de Claire nunca se casaron. El padre se largó cuando Betsy se quedó embarazada de Claire. Betsy interpretaba papeles secundarios en Broadway y, cuando no estaba actuando, hacía de acomodadora en el teatro. Pasaron muchas penalidades hasta que yo aparecí. —Luego añadió—: Betsy era preciosa. Estoy seguro de que, de haber querido, le habría sido fácil encontrar marido, pero después de su experiencia con el padre de Claire desconfiaba de los hombres.

—Es comprensible —dijo Laurie asintiendo con la cabeza.

—Sí. Como yo no tenía descendencia, Claire era para mí como una hija. Me dolió que se marchara de casa tan pronto después de morir Betsy. Pero creo que entre nosotros había demasiado sufrimiento para contenerlo todo bajo el mismo techo y Claire enseguida se percató de ello. Como probablemente sabrá, vive en Chicago y es asistente social. No se ha casado.

—¿Nunca volvió aquí?

—No, y nunca aceptó las generosas ayudas económicas que le ofrecía. Me devolvía las cartas rotas en pedazos.

—¿Por qué cree que hacía eso? —preguntó Laurie.

—Estaba tremendamente celosa de mi relación con su madre. No olvide que durante trece años tuvo a Betsy para ella sola.

—¿Cree entonces que rehusará participar en el programa?

—No. De vez en cuando algún periodista con iniciativa escribe un artículo sobre el caso e incluye declaraciones de Claire o de las demás chicas. Y siempre dicen lo mismo: que tienen la sensación de que la gente las mira con un interrogante en los ojos, y que les gustaría poner fin a eso.

—Vamos a ofrecerles cincuenta mil dólares a cada una por participar en el programa —dijo Laurie.

—Estoy al corriente de sus vidas y a todas les iría muy bien la ayuda económica. Para convencerlas del todo, le doy permiso para decirles que estoy dispuesto a pagarles un cuarto de millón de dólares a cada una por su colaboración.

—¿Habla en serio? —preguntó Laurie.

—Sí. Dígame a quién más desearía entrevistar.

—Como es lógico, a su ama de llaves.

—Dele cincuenta mil dólares como al resto y yo le daré otros cincuenta mil por intervenir en el programa. No es necesario pagarle lo mismo que a las demás. Señorita Moran, tengo setenta y ocho años y tres *slents* en las arterias que van al corazón. Sé que, al igual que las chicas, soy sospechoso, ¿o ahora lo llaman «persona de interés»? Antes de morir quiero sentarme en la sala de un tribunal y ver al asesino de Betsy condenado a prisión.

—¿No oyó ningún ruido procedente de la habitación de Betsy?

—No. Como seguro que sabe, Betsy y yo compartíamos una suite. La salita estaba en medio y nuestros respectivos dormitorios a los lados. Confieso que duermo como un tronco y ronco muy fuerte. Después de darnos las buenas noches, me fui a mi habitación.

Esa noche, Laurie esperó a que Timmy se enfrascara en su libro de Harry Potter para hablar con su padre de su reunión con Powell.

—Sé que aún es pronto para opinar, pero mientras Powell hablaba tuve la sensación de que era sincero —explicó—. Y su oferta de pagar un cuarto de millón de dólares a cada una de las chicas es fantástica.

—Un cuarto de millón más lo que tú vas a pagarles —añadió Leo—. Has dicho que Powell sabe que a todas ellas les iría bien el dinero.

—Eso me dijo.

Laurie advirtió que su tono era defensivo.

—¿Ha ayudado Powell a alguna de las chicas durante estos años, incluida su hijastra?

—Según él, no.

—Creo que deberías indagar en eso. Quién sabe cuál podría ser su verdadera motivación para soltar todo ese dinero.

Leo no podía evitar dudar de las intenciones de esa gente. Era el poli que llevaba dentro. Y el padre. Y el abuelo.

Después, decidió apurar su café y marcharse a casa. Estoy cada vez más nervioso, pensó, y eso no les hace a Laurie y a Timmy ningún bien. Incluso la vehemencia con que grité a aquel patinador. Tenía razón, podría haberle hecho daño a alguien, pero lo que me asustó fue que pasara tan cerca de Timmy. Si el tipo hubiese llevado una pistola o un cuchillo, aunque yo hubiese tenido a Timmy agarrado de la mano, no me habría dado tiempo de protegerle de una agresión.

Leo sabía que, si un asesino se la tenía jurada a alguien, no había orden de protección o de vigilancia que pudiera impedirle satisfacer la necesidad de matar a su víctima.

4

Claire Bonner estaba sentada a una mesa del Seefood Bar del The Breakers Hotel de Palm Beach. Estaba frente al mar y observaba con distante interés las olas que rompían contra el muro de contención situado justo debajo. Lucía el sol, pero los vientos eran más fuertes de lo que cabía esperar en Florida un día de comienzos de primavera.

Vestía una chaqueta nueva azul claro con cremallera. Se la había comprado tras advertir que exhibía el nombre de THE BREAKERS en el bolsillo superior. Era parte de la fantasía de pasar aquel largo fin de semana allí. Su pelo corto, de color rubio ceniza, enmarcaba un rostro semioculto por unas gafas de sol enormes. Claire raras veces se las quitaba, pero cuando lo hacía dejaba al descubierto sus bellas facciones, así como la expresión serena que le había llevado años conseguir. En realidad, un observador sagaz se percataría de que dicha expresión era fruto de la aceptación de la realidad y no de una mente en paz. Su cuerpo delgado tenía un halo de fragilidad, como si hubiese estado enferma recientemente. El mismo observador le habría echado treinta y cinco años, y en ese caso habría errado. Tenía cuarenta y uno.

Los últimos cuatro días le había tocado el mismo camarero joven y educado, y ahora este la saludó por su nombre cuando se acercó a la mesa.

—Déjeme adivinar, señorita Bonner —dijo—. Crema de marisco y dos cangrejos moros grandes.

—Exacto —dijo Claire, al tiempo que una breve sonrisa le curvaba los labios.

—Y la acostumbrada copa de chardonnay —añadió el camarero mientras tomaba nota.

Haces algo unos pocos días seguidos y se convierte en un hábito, pensó con ironía.

Casi en el acto, el chardonnay aterrizó en la mesa frente a ella. Levantó la copa y miró en torno a la sala mientras bebía.

Todos los comensales llevaban ropa informal de diseño. The Breakers era un hotel caro, un refugio para gente adinerada. Era Semana Santa y los colegios de todo el país estaban cerrados. Durante el desayuno en el comedor, había observado que las familias con niños solían ir acompañadas de una niñera que se llevaba con mano diestra a los pequeños más inquietos para que los padres pudieran disfrutar en paz del espléndido bufet.

A la hora de comer, los clientes del bar eran en su mayoría adultos. Claire había advertido durante sus paseos que las familias jóvenes gravitaban hacia los restaurantes junto a la piscina, donde la selección de comida informal era más extensa.

¿Cómo habría sido pasar las vacaciones aquí todos los años desde la infancia?, se preguntó Claire. Luego ahuyentó el recuerdo de cuando se quedaba dormida por las noches en el teatro medio vacío donde su madre trabajaba de acomodadora. Eso fue antes de conocer a Robert Powell, claro. Pero para entonces la infancia de Claire casi había terminado.

Mientras estos pensamientos la mantenían entretenida, dos parejas todavía vestidas con ropa de viaje ocuparon la mesa contigua. Una de las mujeres suspiró felizmente:

—Es fantástico estar de nuevo aquí.

Fingiré que he vuelto, pensó Claire. Fingiré que cada año

tengo la misma habitación frente al mar y que ya echaba de menos mis largos paseos por la playa antes del desayuno.

El camarero regresó con la crema.

—Muy caliente, señorita Bonner, como a usted le gusta —dijo.

El primer día había solicitado que le sirvieran la crema muy caliente y le trajeran los cangrejos de segundo. El camarero también había grabado esa petición en su memoria.

La primera cucharada de crema casi le abrasó el paladar, de modo que removió el resto, servido en un panecillo vaciado, para enfriarlo. A continuación, dio un sorbo largo al chardonnay. Fiel a sus expectativas, estaba frío y seco, exactamente como los demás días.

Fuera, el fuerte viento convertía las olas en nubes de espuma que caían como cascadas.

Claire comprendió que se sentía como una de esas olas que intentaban llegar a la orilla pero se hallaban a merced del poderoso viento. La decisión era suya. Siempre podía decir que no. Había pasado años negándose a volver a casa de su padrastro. Y detestaba la idea de hacerlo ahora. Nadie podía obligarla a salir en un programa de televisión por cable de ámbito nacional y participar en la recreación de la fiesta y de la pernoctación de hacía veinte años, cuando las cuatro amigas íntimas habían celebrado su graduación.

Por otro lado, si aceptaba participar en el programa, la productora le daría cincuenta mil dólares, y Rob, otros doscientos cincuenta mil.

Trescientos mil dólares. Eso le permitiría tomarse una excedencia de su trabajo en los servicios de atención al menor y la familia. La neumonía que había sufrido en enero había estado a punto de matarla y aún sentía el cuerpo débil y cansado. Nunca había aceptado las ofertas de dinero de Powell. Ni un solo céntimo. Había roto sus cartas y se las había devuelto. Después de lo que hizo...

Querían titularlo «La Gala de Graduación». Fue una fiesta preciosa, fantástica, pensó Grace. Después Alison, Regina y Nina se quedaron a dormir. Y en algún momento durante la noche asesinaron a mi madre. Betsy Bonner Powell, la bella, vivaz, generosa, divertida y amada Betsy.

Cuánto la detestaba, pensó Claire con calma. Odiaba a mi madre con todas mis fuerzas, y también a su querido marido, pese a sus constantes intentos de enviarme dinero.

5

Regina Callari lamentaba haber acudido a la oficina de correos para recoger la carta certificada de Laurie Moran, productora de Fisher Blake Studios. ¡Participar en un reality show que recree la noche de la Gala de Graduación!, pensó abatida y, a decir verdad, horrorizada.

Estaba tan afectaba por la carta que había perdido una venta. Tuvo que consultar entre sus papeles las características de la casa que estaba enseñando y a media visita el cliente dijo de forma cortante:

—Creo que he visto suficiente. No es la casa que estoy buscando.

De regreso a la oficina, tuvo que telefonear a la propietaria de setenta y seis años, Bridget Whiting, y decirle que le había fallado la intuición.

—Estaba segura de que teníamos un cliente potencial, pero no ha podido ser —se disculpó.

La decepción de Bridget era patente.

—No sé cuánto tiempo me guardarán ese apartamento en la residencia asistida, y es exactamente lo que quiero. ¡Qué pena! Regina, creo que me hice demasiadas ilusiones. No es culpa tuya.

Sí lo es, pensó Regina tratando de mantener la indignación a raya cuando juró a Bridget que le encontraría un comprador muy pronto y, aun sabiendo lo difícil que iba a resultar eso tal y como estaba el mercado, se despidió.

Su oficina, antiguamente un garaje, había formado parte en su día de una residencia privada situada en la calle principal de St. Augustine, Florida. El deprimente mercado inmobiliario había mejorado, pero solo lo justo para sacarse un sueldo pelado. Regina apoyó los codos en la mesa y se apretó las sienes con los dedos. Sus rizos descarriados le recordaron que el pelo, negro como el carbón, estaba creciéndole con la irritante rapidez de siempre. Sabía que debía pedir hora para un corte. El empeño de la peluquera de hablar siempre por los codos le había impedido pedir cita hasta el momento, eso y el precio.

Regina se irritó consigo misma y su perpetua impaciencia. ¿Y qué si Lena habla sin parar durante veinte minutos?, pensó. Es la única persona que sabe domar esta rebelde mata de pelo.

Los ojos castaño oscuro de Regina viajaron hasta la foto que descansaba sobre la mesa. Zach, su hijo de diecinueve años, le sonreía desde el marco. Estaba a punto de terminar su segundo año en la Universidad de Pensilvania, estudios que costeaba en su totalidad el padre de Zach, su ex marido. Zach la había telefoneado la noche antes. Titubeando, le había preguntado si le importaba que ese verano se fuera con la mochila a recorrer Europa y Oriente Medio. Su plan inicial había sido volver a St. Augustine y buscar trabajo, pero los empleos escaseaban allí. El viaje no era caro, y se lo costearía su padre.

—Llegaré a tiempo para pasar diez días contigo antes de que comience el trimestre, mamá —le había asegurado en un tono implorante.

Regina había contestado que era una oportunidad maravillosa y que debía aprovecharla. No había permitido que su voz delatara la decepción que sentía. Echaba de menos a

Zach. Echaba de menos al dulce chiquillo que entraba brincando en la oficina al bajar del autobús escolar, impaciente por compartir cada momento de su día con ella. Echaba de menos al adolescente alto y tímido que le tenía la cena preparada cuando llegaba tarde a casa por culpa de un cliente.

Desde el divorcio, Earl se había dedicado a buscar formas ingeniosas de separarla de Zach. Todo había empezado cuando un verano, a los diez años, Zach fue a un campamento de vela en Cape Cod. Después siguieron las vacaciones cada vez que Earl y su nueva esposa se llevaban a Zach a esquiar a Suiza o al sur de Francia.

Regina sabía que Zach la quería, pero una casa pequeña y un presupuesto ajustado difícilmente podían competir con la vida que tenía con un padre indecentemente rico. Ahora no lo vería en casi todo el verano.

Despacio, cogió la carta de Moran y volvió a leerla.

—Ella pagará cincuenta mil, y el poderoso Robert Nicholas Powell nos dará a cada una otros doscientos cincuenta mil —murmuró—. La generosidad personificada.

Pensó en sus ex amigas y coanfitrionas de la Gala de Graduación. Claire Bonner. Era muy guapa, pero siempre tan callada, como una sombra triste al lado de su madre. Alison Schaefer, tan inteligente que nos ponía a las demás en evidencia. Siempre pensé que acabaría siendo la próxima madame Curie. Se casó el octubre siguiente a la muerte de Betsy y luego Rod, su marido, sufrió un accidente. Según tengo entendido, desde entonces camina con muletas. Nina Craig. La llamábamos «la pelirroja explosiva». Recuerdo que incluso en nuestro primer año de universidad ya era de armas tomar. Era capaz de mandarle la caballería a un profesor si creía que no le había puntuado lo bastante un trabajo.

Y luego estaba yo, pensó. Cuando tenía quince años abrí la puerta del garaje de casa para guardar la bicicleta y me encontré a mi padre colgado de una soga. Tenía los ojos fuera de las órbitas y la lengua caída sobre el mentón. Si tenía que ahorcarse, ¿por qué no lo hizo en su despacho? Papá sabía que iba a ser yo la que lo encontraría en el garaje. ¡Le quería tanto! ¿Cómo pudo hacerme eso? Las pesadillas no habían cesado. Siempre empezaban en el momento en que se bajaba de la bici.

Antes de telefonear a la policía y a casa de la vecina donde su madre estaba jugando al bridge, Regina cogió la nota de suicidio que su padre se había prendido de la camisa y la escondió. Cuando la policía llegó, dijeron que los suicidas acostumbraban dejar una nota para la familia. Entre sollozos, su madre la buscó por toda la casa mientras Regina hacía ver que la ayudaba.

Las chicas fueron mi salvavidas después de eso, pensó. Estábamos muy unidas. Después de la Gala y de la muerte de Betsy, Claire, Nina y yo fuimos las damas de honor de Alison. Qué decisión tan estúpida. La muerte de Betsy estaba aún muy reciente; los periódicos sensacionalistas hicieron de la boda un espectáculo. Los titulares eran un refrito de los del asesinato de la Gala de Graduación. Fue entonces cuando comprendimos que las cuatro seguiríamos estando bajo sospecha; puede que el resto de nuestras vidas.

Nunca volvimos a vernos, se lamentó Regina. Después de la boda, las cuatro nos aseguramos de evitar cualquier contacto entre nosotras. Todas nos mudamos a ciudades diferentes.

¿Qué impresión le daría volver a verlas, estar bajo el mismo techo? Éramos tan jóvenes entonces. Estábamos horrorizadas, aterradas, cuando se descubrió el cuerpo de Betsy. Y la forma en que la policía nos interrogó, primero juntas y luego por separado. Es un milagro que ninguna se viniera abajo y confesara haberla asfixiado con lo que nos machacaron. «Sabemos que ha sido alguien que estaba en la casa. ¿Quién de vosotras lo hizo? Si no fuiste tú, puede que fuera una de tus amigas. Protégete. Cuéntanos lo que sepas.»

Regina recordaba que la policía se había cuestionado si las esmeraldas de Betsy pudieron ser el móvil. Ella las había dejado en la bandeja de cristal de su tocador antes de acostarse. La policía dio a entender que se despertó mientras le estaban robando y que al ladrón le entró el pánico. Uno de los pendientes apareció en el suelo. ¿Se le había caído a Betsy al quitárselo o alguien que llevaba guantes se asustó y lo soltó cuando Betsy se despertó?

Regina se levantó despacio y echó un vistazo a su alrededor. Trató de imaginarse con trescientos mil dólares en el banco. Casi la mitad de esa cantidad se la llevará Hacienda, se advirtió a sí misma. Pero seguiría siendo un dinero caído del cielo. O quizá le traería el recuerdo de los tiempos en que su padre había sido un hombre próspero y ellos, al igual que Robert y Betsy Powell, habían tenido una gran mansión en Salem Ridge con todos los lujos, ama de llaves, cocinera, jardinero, chófer, empresa de catering de Nueva York para las fiestas...

Regina contempló su oficina de un solo despacho. Incluso con las paredes de pladur pintadas de celeste para que combinaran con su mesa blanca y los sillones blancos con cojines azules para los clientes, la estancia parecía exactamente lo que era: un esfuerzo valeroso por ocultar un presupuesto reducido. Un garaje es un garaje, pensó, salvo por el único lujo que me permití cuando compré este inmueble después del divorcio.

La zona lujosa estaba al final del pasillo, tras el lavabo unisex. Carente de letrero y cerrado permanentemente con llave, había un cuarto de baño privado con jacuzzi, ducha de vapor, lavabo tocador y ropero. Era allí donde a veces, al final del día, se duchaba y se cambiaba para reunirse con sus amigas o salir para una cena en solitario seguida de una película.

Earl la había dejado hacía diez años, cuando Zach tenía nueve. No había sido capaz de soportar sus episodios depresivos. «Busca ayuda, Regina. Estoy harto de tus cambios de humor. Estoy harto de tus pesadillas. No es bueno para nuestro hijo, por si no lo has notado.»

Después del divorcio, Earl, entonces un comercial de ordenadores aficionado a escribir canciones, había vendido finalmente una colección de sus composiciones a un intérprete de renombre. Su siguiente paso fue casarse con la cantante de rock Sonya Miles. Cuando Sonya alcanzó el primer puesto en las listas de éxitos con el álbum que él había compuesto para ella, Earl se convirtió en una celebridad en ese mundo que tanto admiraba. Se adaptó a esa vida como pez en el agua, pensó Regina mientras se dirigía a la hilera de archivadores de la pared del fondo del despacho.

Del cajón inferior del archivador con cerradura sacó un paquete sin nombre. Enterrada bajo varios folletos inmobiliarios descansaba una caja de cartón que contenía todos los recortes de prensa del asesinato de la Gala de Graduación.

Hace años que no la abro, pensó mientras dejaba la caja sobre la mesa y levantaba la tapa. Algunas páginas habían empezado a deshacerse por los márgenes, pero encontró lo que estaba buscando. La foto de Betsy y Robert Powell brindando por las cuatro graduadas: Claire, Alison, Nina y ella misma.

Qué guapas éramos, pensó Regina. Salíamos juntas de compras. A todas nos había ido bien en la facultad. Las cuatro teníamos planes y sueños para el futuro. Sueños que aquella noche se hicieron añicos.

Guardó los recortes, regresó al archivador, devolvió la caja al cajón inferior y la cubrió cuidadosamente con los folletos inmobiliarios. Aceptaré su maldito dinero, pensó. Y también el de esa productora. Si lo hago, puede que consiga recuperar las riendas de mi vida. Sé que podría utilizar parte del dinero en unas vacaciones divertidas con Zach antes de que él vuelva a la universidad.

Cerró el cajón, puso el letrero de CERRADO en la ventana de la oficina, apagó las luces, giró la llave en la puerta y se metió en su cuarto de baño privado. Mientras el agua llenaba el jacuzzi se desvistió y se miró en el espejo de cuerpo entero que había en la puerta. Quedan dos meses para el programa y necesito perder ocho kilos, pensó. Quiero estar estupenda cuando llegue allí y cuente lo que recuerdo. Quiero que Zach esté orgulloso de mí.

Un pensamiento desagradable trepó hasta su mente. Sabía que Earl siempre se había preguntado si ella había matado a Betsy. ¿Habría sembrado alguna vez esa sospecha en Zach?

Regina sabía que ya no amaba a Earl y no lo hacía por él, solo quería dejar de tener pesadillas.

El jacuzzi ya estaba lleno. Entró en el agua, se recostó y cerró los ojos.

Mientras el pelo rizado le caía ahora liso y brillante alrededor del rostro, pensó: esta es mi oportunidad para convencer a todo el mundo de que yo no maté a esa zorra despreciable.

6

Rod Kimball firmó el recibo de la carta certificada y la abrió mientras Alison, su mujer, cumplimentaba una receta. Cuando el cliente se hubo marchado, ella corrió a su lado.

—¿Quién envía una carta certificada? —preguntó con preocupación al tiempo que se la arrebataba y, girando sobre sus talones, regresaba al mostrador sin darle tiempo a advertirle del contenido.

Abatido, Rod observó que el rostro de su mujer enrojecía y seguidamente empalidecía mientras leía la misiva de dos páginas. Luego la dejó caer sobre el mostrador.

—No puedo volver a pasar por aquello —gritó ella con voz trémula—. Dios mío, ¿piensan que estoy loca?

—No te alteres, cariño —dijo Rod.

Reprimiendo una mueca de dolor, bajó del taburete de la caja registradora y agarró las muletas. Veinte años después del atropello con fuga que lo había dejado lisiado, el dolor formaba parte de su vida. Pero algunos días, como este frío y húmedo de finales de marzo en Cleveland, Ohio, eran más severos que otros. El dolor estaba grabado en las líneas de alrededor de sus ojos y en el cierre firme de la mandíbula. Su cabello, antes moreno, se había teñido de gris casi por completo. Rod sabía que aparentaba más de cuarenta y dos años. Renqueando, se acercó a Alison. Desde el otro lado del mostrador, con su cuerpo de metro ochenta y dos descollando sobre la figura menuda de ella, sintió una necesidad abrumadora de protegerla.

—No tienes que hacer nada que no quieras hacer —declaró con firmeza—. Rompe esa carta.

—No. —Meneando la cabeza, Alison abrió el cajón del mostrador y metió la carta—. No puedo hablar de esto ahora, Rod.

En ese momento el tintineo de la puerta les informó de que un cliente estaba entrando en la tienda y Rod regresó a la caja.

Cuando Rod y Alison se casaron, él era un *quarterbarck* novato de los New York Giants. Lo había criado su madre soltera, que trabajaba cuidando a un inválido para mantenerlo. Su padre, un alcohólico sin remedio, había muerto cuando Rod tenía dos años. El día que firmó su primer gran contrato, los periodistas deportivos coincidieron en que tenía una gran carrera por delante. Alison y él tenían entonces veintidós años y él había estado loco por ella desde que eran niños. De hecho, cuando estaban en el jardín de infancia había anunciado a toda la clase que algún día se casaría con ella.

La familia de Alison nunca había tenido dinero. Su padre dirigía el departamento de frutas y verduras de un supermercado. Alison pudo ir a la universidad gracias a una combinación de préstamos estudiantiles y un trabajo a media jornada. Vivía en un barrio modesto de Salem Ridge, no muy lejos de la mansión de Rod Kimball. Había perdido la oportunidad de conseguir una beca para estudiar en la universidad.

Él le propuso matrimonio oficialmente el día que le ofrecieron el gran contrato con los New York Giants, dos meses después del asesinato de Betsy Powell. Se atrevió a hacerlo, en gran parte, porque sabía que Alison quería estudiar medicina y dedicarse a la investigación. Él le prometió que le pagaría los estudios, que iría de puntillas por la casa cuando estuviera estudiando y que no le importaría retrasar la llegada de los niños hasta que ella se sacara el doctorado que tanto ansiaba.

En lugar de eso, tres semanas después de la boda Rod sufrió un accidente y Alison pasó buena parte de los siguientes cuatro años junto a su cama, ayudándole a recuperarse. El dinero que Rod había ahorrado de su única temporada con los Giants se acabó enseguida.

Alison pidió más préstamos y regresó a la universidad para estudiar farmacia. Su primer empleo le surgió cuando su primo, mayor que ella y sin hijos, la contrató para trabajar con él en su farmacia de Cleveland.

—También hay trabajo para ti, Rod —dijo el primo—. Mi ayudante se marcha. Se ocupa de todos los pedidos que no tienen que ver con medicamentos y lleva la caja registradora.

Tanto Alison como Rod agradecían poder largarse del estado de Nueva York, donde siempre parecían tropezar con especulaciones sobre la muerte de Betsy Powell. A los pocos años de mudarse a Cleveland, su primo se jubiló y ellos se quedaron al frente del negocio. Ahora tenían un amplio círculo de amistades y nadie les preguntaba sobre el asesinato de la Gala de Graduación.

El apodo de «Rod» había surgido porque, en sus años de universidad, un periodista deportivo había comentado que en el campo de fútbol corría como un rayo. Después del accidente, Thomas «Rod» Kimball había conseguido que ese apodo no se convirtiera en fuente de comentarios irónicos.

La mañana transcurrió tranquila, pero la tarde fue movida. Tenían dos ayudantes a media jornada, un farmacéutico semirretirado y un empleado que llenaba las estanterías y ayudaba en la caja. Incluso con su ayuda fue un día de mucho trabajo y a las ocho, cuando cerraron, tanto Alison como él estaban agotados.

Para entonces caía una lluvia gélida y torrencial. Alison

insistió en que Rod utilizara la silla de ruedas para ir hasta el coche.

—Los dos nos ahogaremos si intentas llegar con las muletas —señaló con cierta aspereza en la voz.

A lo largo de los años, él había buscado incontables veces el valor necesario para pedirle que lo dejara, que conociera a otro hombre y tuviera una vida normal, pero nunca había sido capaz de pronunciar las palabras. No podía imaginarse la vida sin ella ahora, igual que no había podido mientras crecían.

A veces Rod pensaba en una observación que su abuela le había hecho tiempo atrás.

«En la mayoría de los matrimonios, uno de los cónyuges está más enamorado que el otro, y es preferible que sea el hombre. De ese modo, el matrimonio tendrá más probabilidades de durar toda la vida.»

Rod no necesitaba que le dijeran que, con Alison, él era el que quería más. Estaba prácticamente seguro de que ella no habría aceptado su proposición de matrimonio si él no se hubiera ofrecido a pagarle los estudios de medicina. Y después del accidente, Alison fue demasiado decente para abandonarle.

Por lo general, Rod no se permitía sumergirse en esa clase de conjeturas, pero la carta de hoy había desenterrado muchos recuerdos: la Gala de Graduación, las fotos de las cuatro chicas en todos los periódicos, el circo en que los medios habían convertido su boda.

Cuando llegaron al coche, Alison dijo:

—Déjame conducir a mí, Rod. Sé que te está doliendo.

Estaba protegiéndolo con el paraguas al tiempo que le abría la portezuela del coche, y Rod se acomodó en el asiento del pasajero sin rechistar. Era imposible para Alison sostener el paraguas y plegar la silla de ruedas al mismo tiempo. Con gran pesar, Rod observó que la lluvia acribillaba la cara y el cabello de su mujer. Una vez sentada frente al volante, Alison se volvió hacia él.

—Voy a hacerlo —anunció. Su tono era desafiante, como si esperara una réplica en contra. Al ver que él no contestaba, esperó un largo minuto antes de poner el coche en marcha—. ¿No dices nada?

Ahora Rod detectaba un ligero temblor en su voz. No tenía intención de decirle lo que estaba pensando: que con su larga melena morena mojada sobre los hombros parecía joven y vulnerable. Sabía que estaba asustada. No, pensó, aterrorizada.

—Si las demás aceptan participar en el programa y tú no, darás una mala imagen —dijo él con calma—. Creo que debes ir. Creo que debemos ir —se corrigió enseguida.

—La última vez tuve suerte. Puede que esta no la tenga.

Hicieron el resto del trayecto en silencio. Su casa, de una planta y diseñada teniendo en cuenta las limitaciones de Rod, estaba a veinte minutos en coche de la farmacia. Se ahorraron tener que exponerse de nuevo al aguacero porque dentro del garaje había una puerta que conectaba con la cocina. Al llegar a casa, Alison se quitó el chubasquero, se desplomó en una silla y enterró la cara en las manos.

—Rod, estoy muy asustada. Nunca te lo he contado, pero esa noche, cuando subimos a acostarnos, solo podía pensar en lo mucho que odiaba a Betsy y Rob Powell. —Titubeó antes de proseguir entrecortadamente—. Creo que esa noche caminé sonámbula y que es posible que entrara en el cuarto de Betsy.

—¿Crees que estuviste esa noche en el cuarto de Betsy? —Rod soltó las muletas para acercar una silla a la de Alison y tomó asiento—. ¿Crees que existe alguna posibilidad de que alguien te viera?

—No lo sé.

Alison se desasió de su abrazo y se volvió hacia él. Sus

ojos castaño claro, grandes y expresivos, eran su rasgo dominante. Ahora, anegados en lágrimas, parecían angustiados e indefensos. Entonces Rod escuchó una pregunta que jamás había esperado que oiría de los labios de su esposa.

—Rod, ¿no es cierto que tú siempre has creído que yo maté a Betsy Powell?

—¿Te has vuelto loca? —preguntó él—. ¿Te has vuelto completamente loca?

Pero la protesta le sonó débil y hueca incluso a él.

7

—¿Y bien? ¿Has decidido ya si vas a ir?

Esa fue la pregunta que Nina Craig oyó nada más abrir la puerta de su apartamento de West Hollywood. Señor, ha vuelto a beber y está fatal, pensó Nina, y se mordió el labio para evitar soltar una respuesta mordaz a su madre de sesenta y dos años. Eran las cinco y media de la tarde y no le cabía duda de que Muriel Craig había iniciado su sesión privada de cócteles mucho antes de las cinco, su hora habitual, con una jarra de martini de manzana o una botella de vino.

Muriel seguía en bata y camisón, lo que quería decir que independientemente de la hora a la que se hubiese levantado, se hallaba inmersa en esa nube depresiva que tan a menudo la envolvía. Vaya nochecita me espera, pensó Nina con resentimiento.

—¿La oscarizada no responde? —preguntó con sarcasmo su madre mientras volcaba la botella casi vacía en su copa.

Hacía diez años que Nina había perdido la esperanza de triunfar como actriz y había ingresado en el gremio de los extras, la gente de relleno que trabajaba con contratos de un día. Tras llegar a las cinco de la mañana, se había pasado el día en el rodaje de una película sobre una revolución, formando parte de los cientos de extras que sostenían pancartas en alto. El rodaje tenía lugar en el desierto próximo a Palm Springs, y el calor era insoportable.

—Todavía no sé qué haré, mamá —respondió procurando no alterar el tono.

—¿Por qué no vas? Trescientos mil dólares es mucho dinero. Te acompañaré. No me importaría volver a ver en persona al viejo Robert Nicholas Powell.

Nina miró a su madre. Su cabello, en otros tiempos de un pelirrojo oscuro natural como el suyo, estaba ahora teñido en un tono chillón, como un camión de bomberos, que le endurecía las facciones. Años de fumadora le habían dejado líneas profundas en los labios y las mejillas, y tenía la piel salpicada de manchas marrones. Los hombros se le encorvaban cuando se inclinaba hacia delante en el sofá con las manos alrededor de la copa.

Costaba ver en ella a la hermosa mujer que había sido en otros tiempos, una de las pocas actrices que trabajaba sin parar. Ella sí tenía talento, pensó Nina con amargura, no como yo. ¡Y mírala ahora! No empieces otra vez con eso, se advirtió. Acabas de llegar de trabajar y estás muerta de calor y harta de todo.

—Mamá, voy a darme una ducha y a ponerme algo cómodo —dijo—. Luego me tomaré una copa de vino contigo.

—Acepta los trescientos mil dólares —insistió su madre escupiéndole las palabras—. Utilízalos para comprarme un apartamento. Te desagrada tanto vivir conmigo como a mí estar aquí.

Muriel había seguido a Nina hasta California cuando los trabajos de actriz en Nueva York empezaron a escasear. Un año antes se había librado por los pelos de morir en un incendio cuando se le cayó un cigarrillo al suelo y prendió fuego a la moqueta de la sala de su apartamento, situado en una casa de dos plantas de Los Ángeles. El propietario de la casa no le dejó regresar una vez reparados los desperfectos.

—Podría suceder lo mismo en mitad de la noche —le dijo a Nina—. No estoy dispuesto a correr ese riesgo.

Su madre llevaba casi un año viviendo con ella. Ahora también Muriel trabajaba de extra, pero eran demasiadas las ocasiones en que no se sentía con ánimos de responder a un posible trabajo.

No lo soporto más, pensó Nina cerrando el pestillo de la puerta de su dormitorio. Teniendo en cuenta el estado de ánimo actual de su madre, lo más probable es que siguiera a Nina para continuar la conversación sobre la carta de la productora.

La habitación era fresca y acogedora. Paredes blancas, suelos pulimentados, una alfombrilla blanca a cada lado de la cama, cortinas estrechas de color verde manzana en las ventanas. Unos almohadones verdes y blancos realzaban la colcha blanca. La cama con dosel y el tocador a juego eran legados de su matrimonio de diez años con un actor de cierto éxito que resultó ser un mujeriego. Menos mal que no habían tenido hijos.

Se habían divorciado hacía tres años. Estoy preparada para conocer a otro hombre, pensó Nina, pero no podré mientras tenga a mi madre pegada como una lapa. Todavía estoy de buen ver. ¿Quién sabe? Si voy a ese programa, podría utilizarlo para volver a la interpretación, o incluso para participar en uno de esos reality shows. Puedo hacer de ama de casa enloquecida tan bien como cualquiera.

¿Cómo sería volver a ver a Claire, Regina y Alison? Éramos tan jóvenes, pensó. Estábamos aterrorizadas. La policía no hacía más que tergiversar nuestras palabras. Mamá hizo su actuación del año cuando le preguntaron si era cierto que había salido en serio con Powell antes de que este conociera a Betsy. «En aquel entonces estaba saliendo por lo menos con tres —respondió—. Powell era uno más.»

Eso no era lo que tenía entendido, pensó Nina con tristeza.

Su madre la culpaba de haber presentado a Betsy y Powell. Me culpaba y me culpaba y me culpaba, pensó Nina. Era cuanto oía de ella. Que le había destrozado la vida.

Muriel había renunciado al papel que la habría lanzado al estrellato porque Powell no quería que estuviera atada a un contrato cuando se casaran. Esas fueron sus palabras exactas: «Cuando nos casemos».

Se las había lanzado a Nina infinitas veces a lo largo de los años.

Nina sintió que la rabia candente que esos recuerdos suscitaban la inundaba. Pensó en la noche de la Gala. Su madre se había negado a asistir a la fiesta. «Soy yo la que debería estar viviendo en esa mansión», dijo.

Cuando Nina llegó a la fiesta, Betsy fue deliberadamente a su encuentro.

—¿Dónde está tu madre? —le preguntó—. ¿O es que sigue despechada por lo de Rob?

Me alegro de que nadie la oyera hacerme esa pregunta, pensó Nina. No habría actuado en mi favor cuando Robert Powell descubrió el cuerpo de su esposa a la mañana siguiente. Pero si en aquel momento hubiese tenido una almohada, no me habría importado asfixiar a Betsy con ella.

Aquella noche bebí demasiado. Ni siquiera recuerdo cómo llegué a la cama. Creo que no se me notaba, porque nadie lo mencionó, ni siquiera la entrometida ama de llaves que declaró que pensaba que Alison estaba borracha.

Cuando las chicas y ella llegaron al cuarto de Betsy, Powell estaba desplomado en el suelo y el ama de llaves retiró la almohada de la cara de Betsy.

Su madre estaba girando el pomo de la puerta.

—Necesito hablar contigo —dijo—. Quiero que vayas a ese programa.

Con un esfuerzo sobrehumano, Nina consiguió ocultar su enfado cuando respondió:

—Mamá, voy a meterme en la ducha. No te preocupes, aceptaré la oferta. Y podré comprarte un apartamento.

«Antes de que te mate», añadió en silencio, y se preguntó de nuevo que más cosas no recordaba de la noche que Betsy Powell murió asfixiada.

8

Las cartas de conformidad para participar en la recreación de la noche de la Gala de Graduación habían llegado al despacho de Laurie en un goteo. La última había tardado casi dos semanas, y era la de Nina Craig. En la carta explicaba que había consultado el asunto con un abogado y quería añadir algunas condiciones que consideraba pertinentes. Robert Powell debía colocar en depósito doscientos cincuenta mil dólares para cada una de las graduadas y dicha cantidad debía ser neta. También los cincuenta mil dólares de Fisher Blake Studios debían ser netos. «Tanto el señor Powell como Fisher Blake pueden permitirse compensarnos como es debido —había escrito Nina—. Y ahora que me he puesto en contacto con mis amigas de la juventud, he comprendido que todas sufrimos un daño emocional por el hecho de haber estado en la mansión de los Powell la noche que Betsy Bonner Powell perdió la vida. Considero que al exponernos una vez más a la mirada pública estamos renunciando a un anonimato obtenido con esfuerzo, razón por la cual deberíamos recibir una compensación adecuada.»

Laurie releyó la carta con consternación.

—Para poder darles ese dinero libre de impuestos, tendríamos que doblar la suma —dijo.

—No creo que Brett lo acepte.

El tono impasible de Jerry Klein no encajaba con la decepción reflejada en su semblante. Él mismo había firmado el recibo de la carta certificada de la señorita Nina Craig y había llevado el sobre al despacho de Laurie.

—Tiene que aceptarlo —repuso Laurie—. Y creo que lo hará. Ha estado poniendo el programa por las nubes y no querrá echarse atrás ahora.

—No le hará ninguna gracia. —La cara de preocupación de Jerry aumentó—. Laurie, espero que no te la estés jugando con esta idea de *Bajo sospecha*.

—Y yo.

Laurie miró por la ventana la pista de hielo del Rockefeller Center. Hacía calor para principios de abril y había pocos patinadores. La pista no tardaría en desaparecer y el espacio se llenaría de mesas y sillas para comer al aire libre.

Greg y yo comíamos a veces ahí, pensó asaltada por una oleada de añoranza. Sabía por qué le había venido en ese momento. El programa tenía que ver con la necesidad de resolver. Aunque no pensaba confesarles su inquietud a Grace y Jerry, sabía que este tenía razón. Después de mostrarse claramente entusiasmado con el proyecto, su jefe, Brett Young, probablemente preferiría duplicar el precio que había acordado pagar a las participantes que echarse atrás.

—¿Qué me dices de Robert Powell? —estaba preguntando Jerry—. ¿Crees que cederá y pagará los impuestos para que las graduadas reciban los doscientos cincuenta mil limpios?

—Tendré que preguntárselo —contestó Laurie—. Y creo que será mejor que lo haga en persona. Le llamaré para ver si puede recibirme hoy mismo.

—¿No deberías hablar primero con Brett? —sugirió Jerry.

—No. No tiene sentido alterarlo si se trata de una causa perdida. Si Powell no acepta pagar, mi siguiente paso será volar a Los Ángeles para intentar convencer a Nina Craig de que acepte nuestra oferta. Todas las demás se mostraron de acuerdo con las condiciones iniciales, pero es evidente que les calentó la cabeza.

—¿Qué le dirás? —preguntó Jerry.

—La verdad. Que si es necesario lo haremos sin ella y que eso afectará a su imagen. Y no olvides que Betsy Bonner Powell tenía cuarenta y dos años cuando murió. Ahora tendría solo sesenta y dos o sesenta y tres. Hoy en día mucha gente vive hasta los ochenta largos. A Betsy le arrebataron media vida, que podría haber disfrutado si no la hubieran asfixiado con una almohada aquella noche. La persona que lo hizo se ha despertado cada mañana desde entonces y ha sido capaz de disfrutar de un nuevo día mientras el cuerpo de Betsy está en un ataúd.

Laurie sabía que su tono sonaba cada vez más acalorado y vehemente y que no era solo por Betsy Bonner Powell. También era por Greg y por el hecho de que su asesino fuera un hombre libre. No solo libre, sino una amenaza constante para ella y Timmy.

—Lo siento, Jerry —dijo—. Sé que he de tener cuidado para que esto no parezca una cruzada personal. —Cogió el teléfono—. Ha llegado el momento de pedir otra cita con Robert Nicholas Powell.

9

Rob Powell estaba en el campo de golf de tres hoyos que había en la parte trasera de su propiedad. Un cálido día de abril como este invitaba a sacar los palos y practicar el *swing* antes de sumarse a un cuarteto en el Winged Foot Golf Club. No está mal, pensó cuando un golpe corto introdujo la bola en el hoyo.

Concentrarse en su *swing* le había permitido olvidarse durante un rato de que seguía sin tener noticias de su médico. Tres años antes, la quimio se había ocupado de los nódulos de sus pulmones, pero sabía que existía la posibilidad de que volvieran a aparecer. A comienzos de semana se había hecho su chequeo semestral.

—Lo esperado —murmuró mientras regresaba a casa balanceando el palo de golf.

Quince minutos para la llegada de su invitada. ¿Qué quería Laurie Moran?, se preguntó. Sonaba preocupada. ¿Piensa decirme que una de las chicas no participará en el programa? Frunció el ceño. Necesito que estén todas, rumió. Cueste lo que cueste.

Aunque las noticias de Moran fueran favorables, Rob sentía que el tiempo iba demasiado deprisa. Necesitaba pasar página, y cuando Laurie Moran había venido en marzo y le había propuesto reconstruir la noche de la Gala de Graduación, consideró que esa había sido la respuesta a sus plegarias. Aunque nunca he sido muy dado a rezar, pensó. Eso se lo dejaba a Betsy.

La ocurrencia le hizo reír. Fue un sonido triste, más parecido a un ladrido, seguido de un ataque de tos.

¿Por qué no había llamado el médico con los resultados?

Su ama de llaves, Jane Novak, estaba abriendo la puerta corredera de cristal cuando Rob pasó del camino empedrado a la terraza.

—¿Hoyo a la primera, señor Robert? —preguntó alegremente.

—No, pero no lo he hecho mal, Jane —contestó, procurando no irritarse por el hecho de que Jane le hiciera siempre la misma pregunta cuando regresaba de practicar. Si había algo de ella que le gustaría cambiar era su falta total de sentido del humor. Jane pretendía que su pregunta fuese graciosa.

Jane, una mujer robusta de pelo gris azulado y ojos a juego, había entrado a trabajar para Robert poco después de que este se casara con Betsy. Robert entendió que Betsy no estuviera cómoda con el ama de llaves anterior, que había sido contratada por su primera esposa y había seguido con él cuando esta murió.

—Rob, esa mujer me tiene tirria —le decía Betsy—. Lo noto. Dile que la cosa no funciona y págale una buena indemnización. Sé exactamente a quién quiero en su lugar.

La persona que Betsy quería era Jane Novak, que había trabajado entre bambalinas cuando Betsy era acomodadora en el teatro.

—Es una organizadora fantástica. Mantiene los camerinos en perfecto orden y es una gran cocinera —aseguraba Betsy.

Jane era todo eso. Después de entrar en el país, procedente de Hungría, con un permiso de trabajo se mostró feliz de ponerse al mando de la mansión y, tal como Betsy había prometido, demostró ser idónea para el puesto. De la misma edad que Betsy, Jane contaba ahora sesenta y dos años. Si tenía amigos o familiares, Rob no los había visto nunca. Sus acogedoras habitaciones se hallaban detrás de la cocina y, que él supiera, apenas las abandonaba, ni siquiera en sus días libres. A menos que Rob se encontrara fuera de la ciudad, sabía que a las siete y media de la mañana la mujer estaría en la cocina lista para prepararle el desayuno.

Con el paso de los años, Rob había aprendido a vislumbrar en el plácido semblante de Jane los sutiles matices que indicaban algún tipo de desasosiego. Y ahora, cuando entró, los vio en su cara.

—Dijo que la señorita Moran vendrá hoy, señor Rob —comenzó Jane—. Espero que no le moleste que se lo pregunte, pero ¿significa eso que el programa sigue adelante?

—No me molesta que me lo pregunte, pero la respuesta es que no lo sé —contestó, consciente mientras hablaba de que sí le importaba que Jane se lo preguntara, porque había cierto tono de desaprobación en su voz.

Tuvo el tiempo justo para ponerse una camisa informal de manga larga y bajar de nuevo antes de que el timbre sonara.

Eran las cuatro en punto. Rob se preguntó si la señorita Moran había calculado su llegada con tanta precisión o si había llegado unos minutos antes y aguardado en el coche antes de subir.

Era el tipo de conjeturas del todo irrelevantes que Rob Powell se había descubierto consintiéndose últimamente. «Pensar en las musarañas» lo llamaban antes, se dijo. Incluso se había tomado la molestia de mirar la expresión en el diccionario. La definición era «estar distraído, embelesado, absorto en asuntos de escasa importancia».

Rob pensó para sí, ¡espabila!, y se puso en pie. Había pedido a Jane que hiciera pasar a Laurie Moran a la biblioteca en lugar de al despacho. A Betsy le gustaba la costumbre del té de las cuatro. Tras su muerte, él la había abandonado pero por alguna razón hoy se le antojó adecuada.

Más musarañas, se percató al tiempo que Jane entraba en la estancia seguida de Laurie Moran.

Moran le había parecido una mujer atractiva cuando vino a verlo el mes pasado, pero ahora, mientras vacilaba en la puerta, se dio cuenta de que era hermosa. El pelo rubio oscuro le caía suelto sobre los hombros y, en lugar del traje pantalón mil rayas del primer día, lucía una blusa estampada de manga larga y una falda con un cinturón negro que acentuaba su estrecha cintura. Los zapatos, de charol negro, no tenían esos ridículos taconazos tan de moda en la actualidad.

Una vez más, el hombre de setenta y ocho años apreció el físico encantador de la joven.

—Entre, señorita Moran, entre —dijo efusivamente—, no voy a morderle.

—Estoy segura, señor Powell —respondió Laurie con una sonrisa mientras cruzaba la estancia y tomaba asiento en el sofá, frente al espacioso sillón de cuero donde estaba instalándose él.

—Le he pedido a Jane que prepare té —dijo Rob—. Gracias, Jane, ya puede servirlo.

—Es usted muy amable.

Lo es, pensó Laurie.

Respiró hondo. Ahora que finalmente estaba aquí, con tanto en juego, no le era fácil dar una imagen de serenidad. Las cuatro mujeres, las estrellas de la Gala de Graduación, iban a costarle a este hombre dos millones de dólares en lugar de uno si quería que intervinieran en el programa.

Se armó de valor para soltar su discurso, pero antes de empezar esperó a que la figura un tanto imponente de Jane abandonara la estancia.

—Voy a facilitarle las cosas —dijo inesperadamente Robert Powell—. Ha surgido un problema, y no hay que ser especialmente astuto o una eminencia para saber que se trata de dinero. Una de las chicas, o mejor dicho mujeres, cree que la cantidad que les estamos ofreciendo a cambio de exponerse al escrutinio público no es suficiente.

Laurie titubeó unos segundos antes de decir:

—En efecto.

Powell sonrió.

—Déjeme adivinar quién es. Claire, imposible. Se ha negado a aceptar mi ayuda desde que Betsy murió. Cuando se entere de que le he dejado una considerable suma de dinero en mi testamento, no le importará. Puede que hasta lo done a una organización benéfica. Claire y yo estábamos muy unidos, pero también estaba muy unida a su madre. La muerte de Betsy fue un golpe durísimo para ella, y en cierto modo me echó la culpa, lo que no quiere decir que pensara que yo la maté. Pese a su enfado, sabía que eso era imposible, pero creo que por dentro estaba resentida por el tiempo que yo había disfrutado a solas con Betsy. —Rob clavó la mirada por encima del hombro de Laurie un largo instante—. Yo diría —continuó despacio— que la que quiere más dinero es Nina Craig. En eso se parece mucho a su madre. Yo salí durante un tiempo con Muriel Craig. Una mujer muy atractiva, pero con un lado un poco cruel. Si dejé de salir con ella no fue solo porque había conocido a Betsy. Habría ocurrido tarde o temprano. Que ambas cosas sucedieran más o menos al mismo tiempo fue pura coincidencia.

Jane entró con el té, sacando a Rob de su ensimismamiento, y dejó la bandeja sobre la mesita situada entre el sillón y el sofá.

—¿Sirvo, señor Powell? —preguntó. Ya tenía la tetera en la mano y estaba llenando la taza de Laurie.

Robert Powell enarcó las cejas y lanzó una mirada divertida a Laurie. Una vez que la mujer hubo ofrecido leche o limón, azúcar o edulcorante, y salió de la biblioteca, él comentó:

—Como ha podido comprobar, Jane ha formulado una pregunta retórica. Lo hace constantemente.

Laurie cayó en la cuenta de que se había saltado la comida y estaba hambrienta. Se obligó a dar un mordisco pequeño al emparedado de salmón sin corteza. Le habría encantado metérselo entero en la boca y tomar otro.

Mientras se esforzaba por comer lenta y educadamente, tuvo la sensación de que Robert Powell estaba jugando con ella. ¿Realmente había adivinado que Nina Craig era la que pedía más dinero o se lo había dicho la propia Nina?

¿Y sabía cuánto pedía ahora?

—¿He acertado? —preguntó Powell antes de cruzar las piernas y beber un sorbo té.

—Sí —dijo Laurie.

—¿Cuánto quiere Nina?

—Doscientos cincuenta mil dólares netos por persona.

—Es aún más ambiciosa de lo que recordaba —murmuró Powell—. Como su querida madre. —El regocijo desapareció de su voz—. Dígale que acepto.

El brusco cambio en la expresión y el tono de Powell sorprendió a Laurie.

—Señorita Moran —prosiguió él—, hay algo que es preciso que comprenda: como las cuatro chicas de la Gala, yo he vivido con la nube de la sospecha flotando sobre mi cabeza todo este tiempo. Hoy en día hay personas que consiguen vivir hasta los cien, pero muchas no pasan de los ochenta u ochenta y cinco. Antes de morir quiero tener la oportunidad de que un amplio público nos vea a las chicas y a mí. Puede que así entiendan lo grande que es este lugar y la cantidad de gente que entró y salió de aquí esa noche. Que pudo ser un intruso. Como bien sabe, tenemos varias filmaciones de la fiesta.

—Lo sé —dijo Laurie—. Creo que he leído todo lo que se ha escrito sobre el caso.

—Entonces sabrá que, salvo por algunas generosas donaciones a organizaciones benéficas y colegios de las que Betsy, Claire y yo nos ocupábamos, tengo un montón de dinero para gastar antes de morir, así que la cantidad que Nina pide es insignificante. Así y todo, hágame un favor. Cuando le escriba para comunicarle que aceptamos sus condiciones, dígale que espero que venga acompañada de su madre. Me encantaría volver a verla. —Adelantándose a las protestas de Laurie, añadió—: No pretendo que se hospede aquí, naturalmente. Le reservaré una habitación en el St. Regis.

Robert Powell acepta las condiciones. Laurie no esperaba el tsunami de alivio que la inundó. Las probabilidades de llevar adelante el programa se habían disparado inesperadamente. Si Powell hubiera rechazado de plano la petición de Nina, todo se habría ido al garete y con él su puesto de trabajo. Dos programas fallidos y una propuesta rechazada después de despertar el interés de los medios probablemente habría significado su despido.

Brett Young no toleraba los fracasos.

Abrió la boca para dar las gracias a Powell cuando se percató de que el hombre estaba mirando la terraza que se extendía al otro lado de las puertas de cristal. Siguió la dirección de su mirada para ver qué había causado su repentina expresión de desaprobación.

En la terraza vio a un jardinero cortando el césped de los márgenes con un cortabordes.

Powell desvió la mirada del hombre.

—Lo siento —dijo a Laurie—, pero me irrita que estén hasta tan tarde. Les he dejado bien claro que quiero que los trabajos en el jardín cesen por completo a las doce del mediodía. Espero invitados y no quiero esos enormes camiones en la entrada.

Fuera, Ojos Azules advirtió que Powell lo estaba observando. Terminó de cortar la última sección y, sin levantar la mirada, devolvió rápidamente sus herramientas de jardinería al camión. Era su primer día de trabajo en Perfect Estates. Si Powell se quejaba de que trabajase hasta tan tarde, Ojos Azules diría que se había quedado después de su jornada para impresionar a su nuevo jefe.

Las chicas de la Graduación no serán las únicas que estén aquí durante la filmación del programa, pensó. Yo también estaré.

Era el escenario perfecto para eliminar a Laurie Moran.

Ya había elegido lo que escribiría en el letrero que colocaría sobre su cuerpo.

ACABÉ CON GREG.

ACABÉ CONTIGO.

AHORA LE TOCA A TIMMY.

10

En junio, la preproducción de «La Gala de Graduación» iba viento en popa. Laurie ya había conseguido todas las filmaciones disponibles de la fiesta, pero luego Robert Powell le entregó voluntariamente las grabaciones que habían hecho otros invitados aquella noche.

Era como ver el baile de la Cenicienta. Solo que en este caso había cuatro Cenicientas en lugar de una, rumió Laurie mientras pasaba las cintas.

Tras la muerte de Betsy, George Curtis, socio del Winged Foot Golf Club de Mamaroneck, había entregado a la policía lo que él había filmado la noche de la Gala, pero su contenido básicamente era un duplicado de lo que ya tenía la policía. Copiaron la cinta y se la pasaron a Robert Powell, que la había solicitado.

—Se parece mucho a lo que yo les he facilitado —explicó Rob en aquel entonces al inspector a cargo de la investigación—, pero hay unas escenas en las que salimos Betsy y yo que son especialmente valiosas para mí.

Había convertido en foto algunas tomas donde Betsy y él aparecían juntos: una mirándose, otra bailando en el jardín, otra brindando por las graduadas.

—Estas películas nos dan una idea de la fiesta —comentó Laurie a Grace y Jerry en la sala de proyección de la oficina mientras pasaba las cintas una y otra vez e intentaba decidir qué escenas incluir.

Empezaremos con el momento en que se descubre el cuerpo y llega la policía, pensó. Eso fue a las ocho de la mañana. Powell entró para despertar a Betsy con una taza de café. Siempre le llevaba una taza a esa hora, aunque Betsy hubiera trasnochado.

Jane irrumpe luego en el dormitorio gritando el nombre de Betsy y pidiendo que alguien llame al 911.

Terminaremos el primer segmento con Betsy y Powell brindando por las graduadas. El narrador dirá entonces: «En ese momento, a la bella Betsy Bonner Powell solo le quedaban cuatro horas de vida», decidió Laurie.

George Curtis sabía que las cámaras de seguridad de la propiedad de Powell podían grabarle, pero no le preocupaba. Medio Salem Ridge está pasando por delante, pensó mientras seguía el reguero de coches que circulaban por la tranquila calzada.

¿Y qué si la poli me toma por un curioso?, pensó. Prácticamente todos los que están aquí lo son.

Había decidido coger el todoterreno en lugar del Porsche descapotable rojo. A menos que las cámaras fotografiaran la matrícula, no era probable que lo reconocieran. Muchos residentes de Salem Ridge tenían un todoterreno de gama alta. Además, llevaba gorra y gafas de sol.

Sesenta y tres años, alto, dotado de una buena mata de pelo gris, George Curtis poseía el aspecto cuidado de un atleta veterano. Casado desde hacía treinta y cinco años, y padre de dos gemelos en edad universitaria, provenía y era el único heredero de una familia poseedora de una gran cadena de restaurantes de comida rápida. A los veintisiete años, tras la muerte de su padre, se había puesto al frente del negocio. Al haber sido un playboy hasta entonces, todos esperaban que vendiera la cadena y viviera de su fortuna. En lugar de eso, se casó a los pocos meses y, con el tiempo, triplicó el número de restaurantes en Estados Unidos y el extranjero. Actualmente la empresa se jactaba de servir un millón de comidas al día.

A diferencia de Robert Powell, George Curtis era la cuarta generación que estudiaba en Harvard. Fue recibido allí con los brazos abiertos, y también en la Hasty Pudding, la sociedad de teatro estudiantil de Harvard.

Los quince años de diferencia nunca habían interferido en su amistad con Robert Powell. Aunque, pensó George mientras giraba por Evergreen Lane, si Rob algún día se enterara, si algún día descubriera...

Pero Rob Powell nunca había sospechado nada. George estaba seguro de eso. Porque él nunca le había dado razones para sospechar.

El móvil sonó inesperadamente; puso el manos libres sobresaltado.

—George Curtis —dijo.

—George, soy Robert Powell.

Por Dios, ¿estaba mirando por la ventana o qué? George notó que se ponía rojo. No, es imposible que haya visto la matrícula, y aún menos que me haya reconocido justo cuando pasaba por delante.

—Rob, ¿cómo estás? ¿Cuándo vamos a quedar para una ronda de golf? Te lo advierto, he roto la barrera de los ochenta y dos sábados seguidos.

—¡Eso significa que no lo conseguirás un tercero! ¿A las nueve?

—Hecho. Llamaré para reservar.

George sintió un alivio palpable cuando giró hacia la izquierda para entrar en su calle. Rob Powell no era dado a alargarse por teléfono, por eso, cuando dijo:

—George, he de pedirte un favor.

... George pegó un bote.

—Sea lo que sea, la respuesta es sí —respondió, consciente del temblor en su voz.

—Quiero todas tus franquicias de Europa —bromeó Rob antes de ir al grano—. George, seguro que has leído la noticia de que el aniversario de la muerte de Betsy en junio servirá de base para un programa de televisión.

—Sí —dijo quedamente George.

—El caso es que, además de las chicas, a la productora le gustaría contar con uno de los invitados que estuvieron aquella noche para comentar la fiesta a través de las filmaciones. Te propuse a ti, y la idea de poder tenerte en pantalla les entusiasmó. Sé que tendría que habértelo preguntado primero, pero todavía estás a tiempo de decir que no.

¿Aparecer en un programa para hablar de aquella noche a los espectadores de todo el país? Notó que las manos empezaban a sudarle sobre el volante.

Pese al nudo que se le había formado en la garganta, George mantuvo la voz serena y cordial cuando contestó:

—Rob, acabo de decirte que puedes pedirme lo que quieras. Hablo en serio.

—Gracias. No me ha sido fácil hacerlo, y estoy seguro de que para ti no ha sido fácil aceptar.

Un brusco «clic» cortó la comunicación. George Curtis se dio cuenta de que tenía el cuerpo bañado en sudor. ¿Estaba Robert Powell tendiéndole una trampa?, se preguntó mientras el pánico se apoderaba de él.

Totalmente desconcertado, a punto estuvo de pasarse su casa de largo.

11

Por las ventanas del recargado e infrautilizado salón, Jane Novak observaba el reguero constante de coches que pasaban frente a la propiedad.

Hoy el equipo de televisión se encontraba arriba, en el dormitorio de Betsy.

El dormitorio de la señora Powell quiero decir, pensó con sarcasmo. Betsy se había convertido para ella en la «señora Powell» el día que, veintinueve años atrás, entró a trabajar para ella como ama de llaves.

—El señor Powell es muy tradicional, Jane —le había comentado Betsy—. Dijo que estaba de acuerdo en que te contratara, pero que era necesario que te dirigieras a mí de ese modo.

En aquel entonces a Jane, que contaba treinta y tres años, no le importó. Estaba encantada con su nuevo empleo. El señor Powell había insistido en conocerla primero y había enviado al chófer a buscarla para poder entrevistarla. Le explicó que, al tratarse de una casa tan grande, dos empleadas de una empresa de limpieza vendrían cuatro horas al día y trabajarían bajo su supervisión. Jane se encargaría de las comidas. Las noches que tuvieran cenas con invitados, el servicio de catering se ocuparía de todo. Con dos empleadas bajo sus órdenes, en lugar de tener que limpiar camerinos de actores descuidados, Jane podría pasarse la mayor parte del día cocinando; un placer, no un trabajo. No daba crédito a su suerte.

Para cuando hubo transcurrido el primer año en la mansión de los Powell, la sincera gratitud de Jane por el empleo había evolucionado.

Se había enamorado perdidamente de Rob Powell.

Jane no creía ni por un momento que existiera alguna posibilidad de que él la mirara como un hombre mira a una mujer.

Cuidar de su bienestar, recibir sus elogios por las comidas que servía u oír sus pasos cuando bajaba por la mañana a buscar el primer café de Betsy le bastaban. Durante los veinte años transcurridos desde la muerte de Betsy, Jane había sido capaz de vivir la fantasía de que estaba casada con Rob.

Cada vez que él le decía: «Esta noche salgo a cenar, Jane», le entraba el pánico y consultaba a hurtadillas la agenda que Rob tenía sobre su escritorio.

Pero los nombres de mujeres aparecían muy de vez en cuando, y Jane había llegado a la conclusión de que a esas alturas ya no habría otra señora Powell.

Un día, el año pasado, Rob había estado revisando su testamento con su abogado, que era también su mejor amigo, y no lo guardó cuando salieron al campo de golf a echar una partida.

Jane pasó las páginas del documento hasta dar con lo que buscaba, su legado: trescientos mil dólares para un apartamento en Silver Pines, la comunidad de personas de más cincuenta y cinco años donde Rob sabía que Jane había entablado amistad con algunos residentes que había conocido en la iglesia, y una asignación de mil dólares semanales durante el resto de su vida.

Dicha información aumentó la adoración que Jane sentía por Robert Powell.

Pero este programa iba a traer problemas. Lo sabía. Mejor

no remover el pasado, pensó mientras veía a los conductores curiosos pasar frente a la verja.

Meneó la cabeza y al apartarse de la ventana reparó en Laurie Moran, la productora, que estaba de pie en la puerta.

—Oh —exclamó, arrancada de su habitual estado de abstracción.

Laurie notó que su presencia molestaba al ama de llaves.

—Señora Novak, probablemente ya esté harta de nosotros, pero tengo una duda y no quiero molestar al señor Powell.

Jane consiguió suavizar la expresión de su cara.

—Claro. ¿De qué se trata, señorita Moran?

—El dormitorio de la señora Powell es de un gusto exquisito. ¿Cambiaron las cortinas, la colcha y la moqueta después de que muriera o son las mismas que había la noche del asesinato?

—No. La señora Powell había contratado a un decorador para cambiar la habitación pero no estaba contenta con el resultado. Decía que los colores eran demasiado vivos.

Menudo despilfarro, pensó Jane, frenando el impulso de menear la cabeza. Qué manera de tirar el dinero.

—Entonces encargó unas cortinas, una moqueta y un cabecero nuevos. Tras su fallecimiento, el señor Powell ordenó colocarlos para respetar sus deseos. La habitación quedó exactamente como la ve ahora.

—Es muy bonita —dijo Laurie con franqueza—. ¿Se utiliza alguna vez?

—Jamás —respondió Jane—, pero la mantenemos impecable. Nunca verá el cepillo y el peine de plata del tocador sin bruñir. Hasta las toallas del cuarto de baño se cambian con regularidad. El señor Powell quiere que el dormitorio y el cuarto de baño de su esposa estén siempre como si la señora fuera a entrar en cualquier momento.

Laurie no pudo resistir la tentación de preguntar:

—¿El señor Powell pasa mucho tiempo en el cuarto de la señora?

Jane frunció el ceño.

—Creo que no, pero esa es una pregunta que debería hacerle al señor Powell.

La desaprobación en el semblante y el tono del ama de llaves eran ahora patentes.

Caray, pensó Laurie. No me gustaría enojar a esta mujer.

—Gracias, Jane —dijo en un tono suave—. Ahora nos iremos y no apareceremos en todo el fin de semana. La veré el lunes por la mañana, y le garantizo que habremos terminado del todo para el miércoles después de comer.

Eran cerca de las doce, la hora a la que Robert Powell esperaba que el equipo de la productora recogiera. Además era viernes, el día que trabajaba desde casa. Había permanecido en su despacho, con la puerta cerrada, desde que habían llegado.

Tres días, pensó Laurie más tarde en su despacho mientras repasaba sus apuntes con Jerry y Grace, que iban con ella todos los días al rodaje en Salem Ridge.

Fue Grace quien dijo en voz alta lo que los tres estaban pensando.

—Es una mansión increíble. Por un lado, hace que se me quiten las ganas de volver a mi apartamento en un quinto sin ascensor donde, si das más de tres pasos, te estampas contra una pared. —Hizo una pausa. Cerró sus expresivos ojos, más pintados aún de lo normal, antes de proseguir—: Por otro lado, me pone la piel de gallina. Mi abuela decía que si una paloma entraba volando en una habitación presagiaba una muerte. Laurie, ¿estabas hoy en el dormitorio de Betsy Powell mientras una paloma revoloteaba fuera, buscando la manera de entrar?

—Vamos, Grace —dijo Jerry—. Esa superstición es impropia hasta de ti.

Por supuesto que es una superstición, se dijo Laurie.

No estaba dispuesta a reconocer delante de Grace y Jerry que la espléndida mansión donde Betsy Powell había muerto también a ella le ponía la piel de gallina.

12

A las doce del mediodía del domingo, Josh recogió en el aeropuerto de Westchester a Claire, la primera en llegar. Aunque Claire ya conocía a Josh, al que habían contratado poco antes de la muerte de Betsy, le saludó con un lacónico «hola» y no le dio conversación alguna. Durante el trayecto hasta el Westchester Hilton, Claire reflexionó sobre el programa de los próximos tres días. Se reunirían por primera vez el lunes, para desayunar. El resto del día lo tendrían libre para familiarizarse de nuevo con la casa y los jardines. Las entrevistas individuales tendrían lugar el martes. Las cuatro habían aceptado dormir en la mansión el martes por la noche, en las mismas habitaciones que habían ocupado veinte años antes. El miércoles por la mañana tendría lugar la entrevista con Robert Powell, seguida de una sesión de fotos durante el almuerzo. Luego serían trasladadas al aeropuerto para tomar sus respectivos vuelos.

«Aunque nos hacemos cargo de lo doloroso que esto será para todas, al aceptar aparecer en el programa están tomando una medida categórica para limpiar sus nombres», concluía la carta de Laurie.

¡Limpiar nuestros nombres!, pensó con amargura Claire Bonner mientras se registraba en el Westchester Hilton.

Llevaba un traje pantalón de verano verde claro que había

comprado en una tienda cara de Chicago. Durante los tres meses transcurridos desde la primera carta de Laurie Moran se había dejado crecer el pelo y se lo había aclarado, de manera que ahora lucía una brillante melena hasta los hombros. Hoy, no obstante, la llevaba recogida en una coleta y cubierta con un pañuelo. También había aprendido a maquillarse, pero hoy no se había puesto nada. Sabía que si se maquillaba y se peinaba como su madre, el parecido entre ellas era asombroso. No obstante, no quería que Josh se percatara y se lo contara a Powell antes de encontrárselo cara a cara.

—Su suite está lista, señorita Bonner —dijo el recepcionista antes de hacer señas al botones; Claire reparó en la larga mirada que le clavaba y el leve nerviosismo en su voz.

¿Por qué no? Sería prácticamente imposible no ver todos los artículos de prensa que hablaban del nuevo programa. Las revistas del corazón estaban poniéndose las botas recabando información sobre Betsy Bonner Powell. CONDUCIDA A UN ESTILO DE VIDA FATÍDICO decía un titular especialmente estridente que aparecía en la portada del *Shocker*, un semanario sensacionalista. El artículo detallaba cómo se habían conocido Betsy Bonner y Robert Powell. Betsy había llevado a su hija Claire a comer a un restaurante de Rye para celebrar su decimotercer cumpleaños y Robert Powell, entonces viudo, estaba sentado al otro lado del salón con Nina, la amiga de Claire, y su madre. Cuando Betsy y Claire se disponían a marcharse, Nina las llamó. Se acercaron a la mesa de Powell y Nina presentó a Betsy y Claire al multimillonario de fondos de inversión de Wall Street.

«El resto, como dicen, es historia», era la introducción trillada a las últimas columnas de ese artículo. Robert Powell aseguraba que fue amor a primera vista. Betsy Bonner y él se casaron tres meses después.

«La actriz Muriel Craig mantuvo el tipo, pero quienes la conocen aseguran que estaba furiosa y echaba la culpa a su hija Nina por haberse empeñado en saludar a Claire en el restaurante.»

Sé que eso es cierto, pensó Claire mientras seguía al botones hasta el ascensor. Pobre Nina.

La suite constaba de una sala de estar y un dormitorio espaciosos, un cuarto de baño completo y un tocador en tonos pastel. Era bonita e invitaba al descanso.

Claire entregó una propina al botones, telefoneó al servicio de habitaciones y deshizo la maleta. Dentro estaban los tres trajes que había decidido llevar consigo, así como su nueva colección de cosméticos.

En uno de sus correos electrónicos Laurie Moran le preguntaba la talla y la estatura tras explicarle que habría cambios de vestuario.

¡Cambios de vestuario!, pensó Claire al leer el correo. ¿Por qué diantre debía cambiar de vestuario?

Entonces lo entendió. Moran iba a proporcionarles vestidos parecidos, pero no idénticos, a los que habían lucido en la Gala hacía veinte años.

Reinterpretarían algunas escenas de las filmaciones, como la de las cuatro brindando o abrazándose frente a las cámaras. E individualmente, mientras las interrogaba la policía.

Sé que estoy guapa, pensó Claire. Ahora me parezco mucho a mi querida madre.

Unos golpecitos en la puerta le indicaron que el servicio de habitaciones había llegado con la ensalada de pollo y el té helado que había pedido.

No obstante, mientras Claire picoteaba la ensalada y se bebía el té, se dio cuenta de que no era tan valiente como pensaba.

Algo le estaba diciendo que no debía seguir adelante con el plan.

Son los nervios, se dijo para intentar tranquilizarse. Los nervios.

Pero había algo más.

Como un redoble dentro de su cabeza, su voz interior le estaba diciendo: «No lo hagas. No lo hagas. ¡No merece la pena correr el riesgo!».

13

El viaje desde Cleveland hasta el aeropuerto de Westchester fue largo. Una lluvia torrencial había obligado a su avión a permanecer en la pista dos horas, y aunque volaban en un aparato privado, había poco espacio para moverse. La situación era todo un reto para la espalda de Rod. En un momento dado, Alison propuso abandonar.

—Alie, esta es tu oportunidad para sacarte el doctorado. Entre Powell y la productora recibirás trescientos mil dólares. Eso cubrirá la matrícula y los demás gastos, pero cada céntimo cuenta. Siempre has deseado ser médico y dedicarte a la investigación —repuso, tajante, Rod.

Aunque la facultad me quede cerca de casa, tendré que pasarme el día estudiando. ¿Dónde deja eso a Rod? O, si he de mudarme a otra ciudad para estudiar, ¿renunciará él a su trabajo en la farmacia para acompañarme y encontrarse luego sin nada que hacer?, se preguntó Alison. Si eso ocurre, la farmacia nos perderá a él y a mí, y tendremos que contratar a dos personas más. No tengo claro que vaya a funcionar.

El reloj de pulsera de Alison marcaba las tres cuando aterrizaron en Westchester. Para entonces la expresión de Rod era prueba suficiente del dolor que padecía. Después de renquear con las muletas desde el avión hasta la silla de ruedas que lo aguardaba, Alison se inclinó sobre él y le susurró al oído:

—Gracias por hacer este viaje conmigo.

Rod consiguió esbozar una sonrisa mientras levantaba la mirada hacia ella.

Por fortuna, el chófer, un hombre rubicundo de unos cincuenta años con cuerpo de ex boxeador, los esperaba en la terminal.

—Soy Josh Damiano, el chófer del señor Powell —se presentó—. El señor Powell quería asegurarse de que viajaran cómodos desde el aeropuerto hasta el hotel.

—Qué detalle.

Alison confió en que el desprecio que sentía no resultara evidente. Ahora que se hallaban de vuelta en Nueva York, un caleidoscopio de recuerdos inundaba su mente. Hacía quince años que ninguno de los dos pisaba esa ciudad, desde que los médicos le dijeron a Rod que no habría más operaciones.

Para entonces se les había acabado el dinero y la familia de Rod estaba solicitando préstamos para mantenerlos a los dos. Pero Alison se las había apañado para asistir durante un año a las clases nocturnas necesarias y sacarse la licencia de farmacéutica, tras lo cual ambos aprovecharon agradecidos la oportunidad de marcharse a Cleveland y trabajar en la farmacia de su primo.

Nueva York me encantaba, pensó, pero estaba deseando largarme. Siempre creía que la gente, al verme, se preguntaba si yo había matado a Betsy Bonner Powell. En Cleveland, por lo general, hemos disfrutado de una vida tranquila.

—Cerca de las puertas hay asientos —explicó Damiano—. Los dejaré allí mientras voy a buscar el coche. Procuraré no demorarme demasiado.

Alison y Rod lo vieron recoger el equipaje que le tendían los pilotos. Damiano regresó cinco minutos después.

—El coche está fuera —dijo empujando la silla de ruedas de Rod.

Un lustroso Bentley negro aguardaba junto al bordillo.

Mientras Damiano ayudaba a Rod a bajar de la silla e instalarse en el asiento de atrás, Alison sintió que se le partía el corazón.

Le duele mucho, pensó, pero nunca se queja, y nunca habla de la carrera futbolística que habría tenido si...

El coche arrancó.

—Hay poco tráfico —señaló Damiano—. Llegaremos al hotel en unos veinte minutos.

Habían elegido el Crowne Plaza de White Plains. Estaba lo bastante cerca de Salem Ridge, pero lo bastante lejos de los hoteles donde se hospedaban las otras tres amigas de la infancia que iban a participar en el programa. Laurie Moran se había encargado de eso.

—¿Están cómodos? —preguntó solícito Damiano.

—Mucho —aseguró Alison, al tiempo que Rod farfullaba un sí.

Pero entonces Rod se inclinó hacia ella y le susurró al oído:

—Alie, estaba pensando que cuando estés delante de la cámara, ni se te ocurra mencionar que eres sonámbula y que existe una posibilidad de que aquella noche entraras en el cuarto de Betsy.

—Jamás haría tal cosa, Rod —dijo Alison horrorizada.

—Y no les cuentes que vas a doctorarte en medicina a menos que te lo pregunten. Eso haría que la gente recordase la decepción que te llevaste cuando no conseguiste la beca para la facultad de medicina y lo furiosa que estabas porque Robert Powell hizo que el decano se la diera a Vivian Fields.

La mera mención del chasco que se llevó el día de su graduación bastó para que el rostro de Alison se contrajera de rabia y dolor.

—Betsy Powell estaba intentando ingresar en el Club Femenino con la flor y nata de la alta sociedad, y la madre de

Vivian Fields era la presidenta. Y Powell, obviamente, gozaba de gran influencia porque acababa de donar a la universidad la construcción de una residencia para estudiantes. Los Fields podían permitirse pagar la matrícula de Vivian multiplicada por cien. Hasta el decano parecía avergonzado cuando dijo el nombre de Vivian en alto y murmuró algo sobre su brillantez académica. ¡Ja! Vivian abandonó los estudios al segundo año. ¡Habría podido arrancarle los ojos a Betsy!

—Razón por la cual, si te preguntan qué harás con el dinero, di simplemente que estamos pensando en dar la vuelta al mundo en un crucero —le aconsejó Rod.

Por el retrovisor, Josh Damiano observó a Rod susurrar algo a su esposa y vio la reacción de pasmo de esta y lo mucho que se angustió de repente. No podía oír lo que decían, pero sonrió para sí.

Da igual que no pueda oírles, pensó. La grabadora recoge todo lo que se dice dentro de este coche.

14

La primera reacción de Regina Callari tras enterarse de que entre Fisher Blake Studios y Robert Powell recibiría trescientos mil dólares libres de impuestos por salir en el programa fue de alivio y euforia.

Le habían quitado de los hombros el peso aplastante de vivir de unos ingresos que dependían de las casas que vendiera en un mercado inmobiliario prácticamente muerto.

El dinero casi le proporcionaba aquella agradable sensación de seguridad que había sentido de niña, hasta el día que encontró el cuerpo de su padre suspendido de una soga en el garaje.

A lo largo de los años había tenido el mismo sueño sobre su infancia. En él despertaba en su espacioso cuarto, con la preciosa cama blanca con un ramillete de delicadas flores rosas pintado en el cabecero, la mesilla de noche, el tocador, el escritorio y la estantería. En el sueño siempre podía ver de forma muy nítida la colcha rosa y blanca, las cortinas a juego y la suave alfombra también rosa.

Después del suicidio de su padre, cuando su madre se dio cuenta del poco dinero que tenían, se mudaron a un apartamento de tres habitaciones donde compartían el dormitorio.

Su madre, amante de la moda, encontró trabajo de *personal shopper* en Bergdorf Goodman, donde en otros tiempos había sido una clienta apreciada. Consiguieron salir adelante, y Regina terminó la universidad gracias a una beca.

Después de la boda de Alison y de todas las especulaciones sobre la muerte de Betsy, me fui a vivir a Florida para escapar, pensó Regina mientras subía al avión en St. Augustine. Una especie de huida. Basta, se dijo. Deja de darle vueltas o te volverás loca.

Unas horas antes se había despedido de Zach, que partía a su viaje de mochilero por Europa. Iba a reunirse con su grupo en Boston y volar a París por la noche.

Regina se instaló cómodamente en el pequeño avión privado y se sirvió una copa de vino.

Sonrió al recordar el viaje que Zach y ella acababan de hacer juntos.

Dos semanas antes, cuando Zach regresó de la universidad, Regina colgó el letrero de CERRADO POR VACACIONES en la puerta de la oficina y le anunció a su hijo que se iban juntos de crucero por el Caribe.

La cercanía entre ellos, que Regina creía perdida, se había recuperado e incluso estrechado durante el viaje.

Zach hablaba poco de su padre y su madrastra a propósito, pero una vez que Regina empezó a hacerle preguntas, se lo contó todo.

—Mamá, siempre he pensado que cuando papá ganó todo aquel dinero tendría que haberte dado más. Creo que lo habría hecho, pero le daba miedo la reacción de Sonya. Es una mujer con mucho genio.

El padre de Zach escribió las canciones que lo hicieron rico cuando estábamos casados, pero no vendió ninguna hasta que ya llevábamos un año divorciados. Yo no podía pagarme un abogado para demostrar que las había escrito mientras estaba casado conmigo, había pensado Regina con amargura.

—Creo que papá lamenta haberse casado con Sonya —le

había dicho Zach—. Cuando discuten, el nivel de decibelios atraviesa el tejado.

—Es genial —recordaba haberle dicho a Zach.

Pensó con cariño en los cumplidos de su hijo sobre los ocho kilos que había perdido.

—Mamá, estás genial —había dicho más de una vez.

—Me he matado en el gimnasio estos dos últimos meses —le contó ella—. Me di cuenta de que había abandonado la costumbre de ir con regularidad.

Durante el crucero, Zach le preguntó sobre sus padres.

—Lo único que me has contado es que el abuelo se suicidó porque había invertido mal su dinero y se arruinó, y que la abuela tenía planeado vivir en Florida cuando se jubilara pero que murió mientras dormía un año después de que tú te mudaras aquí.

—Ella nunca superó la muerte de tu abuelo.

Zach se parece tanto a él, pensó Regina mientras el avión despegaba. Alto, rubio, ojos azules.

El último día de crucero, durante la cena, Zach le preguntó sobre la noche que murió Betsy. Había oído a su padre contar la historia a Sonya y la había buscado en Google.

Regina le explicó entonces lo de la nota.

¿Me equivoqué al contárselo?, dudaba ahora. Necesitaba hablarlo con alguien. Siempre me he preguntado si el hecho de no enseñarle la nota a mi madre fue un error.

No le des más vueltas, pensó Regina sirviéndose una segunda copa de vino.

Eran las ocho cuando aterrizó en Westchester. El hombre que la recibió dijo ser Josh Damiano, el chófer del señor Powell. Le informó de que el señor Powell quería garantizar su bienestar.

Regina tuvo que hacer un esfuerzo para no soltar una carcajada. Cuando el chófer le abrió la portezuela del Bentley no puedo evitar comentarle:

—Imagino que al señor Powell se le ha quedado pequeño el Mercedes.

—En absoluto —respondió Damiano con una sonrisa—. Ahora tiene un Mercedes todoterreno.

—Qué bien.

Cierra el pico, se advirtió Regina mientras entraba en el coche.

Estaban abandonando el aeropuerto cuando le sonó el móvil.

Era Zach.

—Estamos a punto de embarcar, mamá. Quería asegurarme de que habías aterrizado bien.

—Eres un cielo, Zach. Ya te echo de menos.

Zach cambió el tono.

—Mamá, la nota. Me dijiste que estabas tentada de arrojársela a Powell a la cara. ¿La tienes contigo?

—Sí, pero no te preocupes, no estoy tan loca. Está en mi maleta. Nadie la encontrará, te lo prometo.

—¡Rómpela, mamá! Si alguien la encuentra, podría causarte serios problemas.

—Zach, te prometo que la romperé si eso te hace sentir mejor.

No lo haré, pensó, pero no puedo permitir que Zach se suba a ese avión preocupado por mí.

Sentado al volante, Josh Damiano no había pensado grabar a Regina porque viajaba sola. Cuando oyó que le sonaba el móvil encendió de inmediato la grabadora. Nunca se sabe, sospechó.

Toda precaución era poca cuando trabajabas para un hombre como el señor Powell.

15

Había sido un día largo. Sentada en su despacho con Jerry y Grace, Laurie estaba repasando los detalles a fin de asegurarse de que todo estuviera listo para el primer día de rodaje.

Finalmente se recostó en su sillón y dijo:

—La suerte está echada. No hay nada más que podamos hacer. Las graduadas ya están aquí y las conoceremos mañana. Empezaremos a las nueve. El señor Powell dijo que el ama de llaves servirá café, fruta y bollos.

—Es alucinante —dijo Jerry—. Aunque las cuatro aseguran que llevan todos estos años sin hablarse, me apuesto lo que queráis a que de tanto en tanto se buscan mutuamente en Google. Yo lo haría si fuera una de ellas. Mi tía siempre busca para ver qué hace su ex.

—Imagino que el reencuentro será incómodo, al menos los primeros minutos —dijo, preocupada, Laurie—. Pero fueron amigas íntimas durante años y todas lo pasaron muy mal cuando la policía las interrogó.

—En una ocasión, Nina Craig contó a un periodista que las cuatro habían sido acusadas de haber formado parte de un plan para asesinar a Betsy, y que el detective le aconsejó que declarase en contra de sus amigas para obtener una condena más leve —recordó Jerry—. Lo del interrogatorio debió de ser bastante aterrador.

—Todavía no entiendo qué razones podía tener ninguna de ellas para querer matar a Betsy Powell —dijo Grace sacudiendo la cabeza—. Están celebrando su graduación con una fiesta espléndida. Tienen toda la vida por delante. Todas parecen felices en las cintas que hay de la fiesta.

—Puede que una de ellas fuera menos feliz de lo que aparentaba —sugirió Laurie.

—He aquí lo que yo pienso —comentó Grace—. Claire, la hija de Betsy, no parece que tuviera ninguna razón para querer matar a su madre. Siempre estuvieron muy unidas. El padre de Regina Callari perdió su dinero en uno de los fondos de inversión de Powell, pero hasta la madre de Regina reconoció que Powell había advertido repetidas veces a su marido de que, aunque podía ganar mucho dinero, no debía invertir más de lo que pudiera permitirse perder. La madre de Nina Craig estaba saliendo con Powell cuando este conoció a Betsy, pero, a menos que estés realmente pirada, no asfixias a nadie por algo así. Y Alison Schaefer se casó con su novio cuatro meses después de graduarse. Entonces él ya era una estrella del fútbol con un contrato multimillonario. ¿Qué razón podía tener para ahogar a Betsy Powell con una almohada?

Grace hablaba levantando los dedos de uno en uno para ilustrar su teoría.

—Y a esa ama de llaves de cara avinagrada la contrató la propia Betsy —prosiguió—. Yo digo que fue algo tan sencillo como un robo que se complicó. La mansión está llena de puertas correderas de cristal. La alarma no estaba conectada y una de las puertas no tenía echado el cerrojo. Pudo entrar cualquiera. Creo que fue alguien que andaba detrás del collar y los pendientes de esmeraldas. Valían una fortuna. No olvidéis que uno de los pendientes estaba en el suelo del dormitorio de Betsy.

—Es posible que se colara un intruso en la fiesta —convino Laurie—. Algunos invitados preguntaron si podían llevar amigos, y había un par de personas en las cintas de la fiesta que nadie pudo identificar. —Hizo una pausa—. En fin, tal vez este programa saque eso a relucir. Si lo hace, Powell, el ama de llaves y las graduadas se alegrarán de haber participado.

—Creo que ya se alegran —señaló Jerry—. Trescientos mil dólares netos no es moco de pavo. Ya me gustaría que me cayeran a mí.

—Con ese dinero yo me daría el lujo de tener un apartamento en un cuarto piso sin ascensor en lugar de en un quinto —suspiró Grace.

—Y si resulta que fue una de ellas, podría contratar a Alex Buckley para su defensa —sugirió Jerry—. Con lo que cobra, los trescientos mil dólares se le irían de un plumazo.

Alex Buckley era el renombrado abogado criminalista encargado de llevar el programa y entrevistar por separado a Powell, el ama de llaves y las graduadas. A sus treinta y ocho años, era un invitado asiduo en programas de televisión, donde hablaba sobre crímenes de interés público.

Se había hecho famoso por defender a un magnate acusado de asesinar a su socio. Pese a tenerlo todo en contra, Buckley consiguió que el tribunal lo declarara inocente, fallo que la prensa calificó de deplorable e injusto. Diez meses después, la esposa del socio se suicidó tras dejar una nota donde explicaba que ella había matado a su marido.

Tras ver incontables vídeos de Alex Buckley, Laurie había decidido que sería el comentarista idóneo para su propio programa.

Pero tenía que convencerlo.

Había telefoneado a su despacho para pedir una cita.

Nada más entrar, Buckley recibió una llamada urgente y Laurie, sentada al otro lado de la mesa, había tenido la oportunidad de observarlo detenidamente.

Era moreno, con los ojos verdiazules acentuados por unas gafas de montura negra, mandíbula cuadrada y el cuerpo alto y desgarbado que Laurie sabía que lo había convertido en una estrella del baloncesto en la universidad.

Cuando lo vio en la tele, supo que era la clase de hombre que enseguida gustaba e inspiraba confianza, y ese era el rasgo que estaba buscando en un comentarista que, además, debía aparecer ante las cámaras. Su intuición se vio reforzada cuando le oyó decir a su interlocutor al teléfono que no debía preocuparse por nada.

Cuando Alex Buckley colgó, su sonrisa de disculpa era cordial y sincera. Pero su primera pregunta —«¿Qué puedo hacer por usted, señorita Moran?»— le advirtió que no estaba dispuesto a perder el tiempo.

Laurie se había mostrado preparada, sucinta y entusiasta.

Recordó el instante en que Alex Buckley se reclinó en su sillón y declaró: «Estaría muy interesado en participar en su programa, señorita Moran».

—Estaba convencido de que te mandaría al cuerno —dijo Jerry.

—Sabía que el dinero que podía ofrecerle por participar en el programa no sería compensación suficiente para él, pero presentía que el caso no resuelto de la Gala de Graduación despertaría su interés. Gracias a Dios, estaba en lo cierto.

—Y que lo digas —convino Jerry con tono efusivo—. Buckley lo hará genial.

Eran las seis de la tarde.

—Eso espero. —Laurie arrastró el sillón y se levantó—. Ya hemos trabajado suficiente por hoy. Todos a casa.

Dos horas más tarde, delante de una taza de café, Laurie le dijo a su padre:

—Como les dije hoy a Jerry y Grace, la suerte está echada.

—¿Qué quiere decir eso? —preguntó Timmy.

Esa noche no había pedido que le dejaran levantarse de la mesa después del postre.

—Quiere decir que he hecho todo lo posible, y empezamos a grabar el programa mañana por la mañana.

—¿Será una serie? —preguntó Timmy.

—Dios lo quiera —exclamó Laurie sonriendo a su hijo.

Se parece tanto a Greg, pensó, no solo físicamente, sino en la cara que pone cuando está rumiando algo.

Timmy siempre le preguntaba por los proyectos en los que estaba trabajando. Laurie describió vagamente este como «una reunión de cuatro amigas que crecieron juntas, pero que no se han visto en veinte años».

La respuesta de Timmy fue:

—¿Y por qué no se han visto?

—Porque vivían en estados diferentes —contestó honestamente Laurie.

Los últimos meses han sido difíciles, pensó. Y no solo por la presión que implica toda la preparación previa al rodaje. Timmy había hecho la primera comunión el 25 de mayo y Laurie no había podido impedir que las lágrimas asomaran bajo sus gafas de sol. «Greg debería estar aquí. Greg debería estar aquí. Pero nunca estará en los acontecimientos importantes de la vida de Timmy. Ni en su confirmación, ni en su graduación, ni en su boda. No estará en ninguno de ellos.» Tales pensamientos se habían repetido en su cabeza como un disco rayado mientras hacía un esfuerzo sobrehumano por dejar de llorar.

Advirtió que Timmy la estaba mirando con preocupación.

—Mamá, pareces triste —dijo nervioso.

—Qué va. —Laurie tragó el nudo que se había formado en su garganta y sonrió—. ¿Por qué iba a estar triste? Os tengo a ti y al abuelo. ¿No es cierto, papá?

Leo Farley estaba muy familiarizado con la emoción que

percibía ahora en su hija. Él solía tener momentos de profunda tristeza cuando pensaba en los años que Eileen y él habían estado casados. Y perder a Greg por culpa de una encarnación del diablo...

Detuvo ese pensamiento.

—Y yo os tengo a vosotros —dijo con entusiasmo—. Recordad que debéis acostaros pronto. Mañana hay que madrugar.

Por la mañana Timmy se iría dos semanas de campamento con algunos de sus amigos.

Leo y Laurie habían luchado contra su obstinado temor de que Ojos Azules descubriera el paradero de Timmy hasta que comprendieron que, si lo apartaban de las actividades con los amigos, crecería como un niño nervioso y asustado. Durante los cinco años transcurridos desde el asesinato de Greg se habían esforzado por hacer que Timmy se sintiera normal al tiempo que velaban por su seguridad.

Leo se había personado en el campamento para examinarlo y hablar con el director, quien le aseguró que los niños de la edad de Timmy se hallaban bajo vigilancia permanente y que tenían guardas de seguridad que detectaban al instante la presencia de desconocidos.

Leo le habló de las palabras que Timmy había gritado —«Ojos Azules ha disparado a mi papá»— y repitió la descripción que la mujer mayor había facilitado a la policía: «Llevaba la cara tapada con una bufanda. Y una gorra. Era de estatura media, ancho pero sin llegar a ser gordo. Desapareció por la esquina en apenas unos segundos, pero no creo que fuera joven, aunque corría muy deprisa».

Por alguna razón, cuando pronunció las palabras «muy deprisa», la imagen del tipo que había pasado patinando junto a ellos en marzo cruzó la mente de Leo. Puede que sea porque estuvo a punto de derribar a la embarazada que teníamos delante, pensó.

—¿Más café, papá?

—No, gracias.

Leo se abstuvo de comentarle a Laurie que reunir de nuevo a la gente de la Gala de Graduación bajo el mismo techo era demasiado arriesgado. Iba a hacerlo de todos modos, y no tenía sentido gastar saliva inútilmente.

Apartó la silla, recogió las tazas y los platos de postre, y los llevó a la cocina. Laurie ya estaba allí, empezando a llenar el lavavajillas.

—Déjame a mí —dijo—. Tú ve a revisar la bolsa de Timmy. Creo que está todo.

—Eso quiere decir que está todo. No he conocido a nadie tan organizado como tú, papá. No sé qué haría sin ti.

—Muchas cosas, pero aún pretendo quedarme por aquí una temporada.

Mientras besaba a su hija, las palabras de la mujer mayor que había presenciado la muerte de Greg y había oído al asesino gritar a Timmy «Dile a tu madre que ella será la siguiente, y después irás tú» resonaron en su cabeza por enésima vez.

En ese momento Leo Farley tomó la decisión de conducir discretamente hasta Salem Ridge durante los días de rodaje. Soy bastante buen policía para poder vigilar el lugar sin que me vean, pensó.

Si algo va mal, se dijo, quiero estar allí.

16

La alarma de Alex Buckley sonó a las seis de la mañana, apenas unos segundos después de que su despertador interno le hiciera removerse en sueños y abrir los ojos.

Se quedó unos minutos en la cama, ordenando sus ideas.

Hoy iría a Salem Ridge para el primer día de rodaje de «La Gala de Graduación».

Apartó la sábana y se levantó. Años antes, una clienta que había salido libre bajo fianza fue a verlo al despacho. Cuando Alex se levantó para saludarla, la mujer exclamó: «¡Caray, nunca me había dado cuenta de que usted no tiene fin!».

Con su metro noventa y dos, Alex había entendido la observación y se había reído. La mujer medía un metro y medio escaso, rasgo que no le había impedido apuñalar mortalmente a su marido durante una pelea doméstica.

La observación de la mujer pasó por su mente mientras se dirigía a la ducha, pero desapareció en cuanto empezó a pensar en el día que tenía por delante.

Sabía por qué había decidido aceptar la oferta de Laurie Moran. Había leído sobre el caso de la Gala de Graduación durante su segundo año de universidad en Fordham y lo había seguido con sumo interés, tratando de imaginar cuál de las graduadas había cometido el crimen. Porque en aquel entonces estaba convencido de que había sido una de ellas.

Su apartamento estaba en Beekman Place, frente al East River, donde también vivían delegados de la ONU y discretos empresarios con dinero.

Por casualidad, había visitado el apartamento dos años antes y durante la cena se enteró de que sus anfitriones querían ponerlo en venta. Buckley decidió comprarlo al instante. En su opinión, el único defecto era el parpadeo constante del enorme letrero de PEPSI sobre un edificio de Long Island City que estropeaba la vista del East River.

El apartamento disponía de seis habitaciones grandes y dependencias para el servicio. Sabía que no necesitaba tanto espacio, se dijo, pero por otro lado el amplio comedor le permitiría dar cenas multitudinarias; podía convertir el segundo dormitorio en sala de estar, y no le iba mal tener una habitación de invitados. Su hermano Andrew, abogado mercantil, vivía en Washington y subía a Manhattan con regularidad por temas de trabajo.

—Ya no tendrás que ir a un hotel —le había dicho a Andrew.

—Estoy dispuesto a pagarte lo que me pidas —bromeó su hermano. Luego añadió—: La verdad es que estoy harto de los hoteles, así que estoy encantado con este arreglo.

Cuando compró el apartamento, Alex decidió que en lugar de una asistenta cada quince días prefería tener un empleado interno que limpiara, se ocupara de los recados y le preparara el desayuno y la cena cuando estuviera en casa. Recomendado por la interiorista que había decorado su nuevo hogar con excelente gusto, contrató a Ramón, quien había trabajado para otro de sus clientes pero había decidido no mudarse con ellos a California. Los antiguos empleadores de Ramón eran un excéntrico matrimonio con horarios imprevisibles, y según él tiraban al suelo la ropa que no querían ponerse.

Ramón se instaló gustosamente en la espaciosa habitación

con cuarto de baño propio situada junto a la cocina y pensada para un empleado interno. De sesenta años y nacido en Filipinas, llevaba tiempo divorciado y tenía una hija en Siracusa.

No le interesaban los asuntos privados de Alex y jamás se le habría pasado por la cabeza leer los papeles que este dejaba sobre su escritorio.

Ramón ya estaba en la cocina cuando Alex se sentó a la mesa del desayuno vistiendo su acostumbrado traje de ejecutivo, camisa blanca y corbata. Los diarios matutinos estaban junto al plato, pero después de saludar a Ramón y pasear la vista por los titulares, los apartó.

—Los leeré esta noche —dijo mientras Ramón le servía café—. ¿Algo interesante?

—Aparece en la página 6 del *Post*, señor. Acompañó a la señorita Allen al estreno de una película.

—Es cierto.

Alex no se había acostumbrado aún a la publicidad indeseada que acompañaba al estatus de persona famosa que había obtenido gracias a sus frecuentes apariciones en televisión.

—Es una mujer muy guapa, señor.

—Sí.

Esa era otra. Como abogado conocido y soltero, no podía acompañar a una mujer a un evento sin que lo relacionaran con ella. Elizabeth Allen era una amiga, y solo una amiga.

Se comió en un abrir y cerrar de ojos la fruta, los cereales y la tostada que Ramón le sirvió. Se daba cuenta de que estaba impaciente por llegar a la mansión de Robert Powell y conocer al magnate y a las graduadas.

Las cuatro debían de tener ahora cuarenta y uno o cuarenta y dos años, pensó: Claire Bonner, Alison Schaefer, Regina Callari y Nina Craig. Tras aceptar ser el comentarista del programa, había investigado a fondo a cada una de ellas y había leído todo lo publicado en su día por la prensa sobre el asesinato de Betsy Powell.

Tenía instrucciones de presentarse en la residencia de Powell a las nueve. Hora de salir.

—¿Cenará hoy en casa, señor Alex? —preguntó Ramón.

—Sí.

—¿Espera invitados?

Alex sonrió al hombre diminuto que lo miraba con nerviosismo.

Ramón es un perfeccionista, pensó no por primera vez. No le gustaba tirar comida si podía evitarlo y agradecía que lo informaran cuando Alex tenía amigos a cenar. Alex negó con la cabeza.

—Nada de invitados —dijo.

Minutos después estaba en el garaje de su edificio. Ramón había telefoneado con antelación, de modo que su Lexus descapotable lo esperaba en la rampa de salida con la capota bajada.

Se puso las gafas de sol, arrancó el coche y partió hacia el East River Drive. Las preguntas que pensaba hacer a las seis personas que se sabía que habían estado allí la noche que Betsy Bonner Powell fue asfixiada mientras dormía ya estaban dando vueltas en su cabeza.

17

Leo Farley dio un abrazo de oso a su nieto cuando este se disponía a subir al autocar alquilado por el colegio Saint David para ir al campamento Mountainside de las Adirondacks. Tuvo cuidado de no mostrar signo alguno de su constante preocupación por que Ojos Azules descubriera el paradero de su nieto.

—Vas a pasarlo en grande con tus colegas —dijo.

—Lo sé, abuelo —dijo Timmy, pero el miedo ensombreció su semblante.

Leo echó un vistazo a su alrededor y comprendió que a Timmy le estaba sucediendo lo mismo que a sus amigos. El momento de decir adiós a padres o abuelos estaba provocando un atisbo de inquietud en todos los rostros.

—Bien, chicos, todos arriba —anunció uno de los monitores que acompañaban a los campistas.

Leo abrazó de nuevo a Timmy.

—Vas a pasarlo en grande —repitió, antes de plantarle un beso en la mejilla.

—¿Cuidarás de mamá, abuelo?

—Por supuesto.

Laurie había desayunado con Timmy a las seis de la mañana, antes de que un coche de Fisher Blake Studios la recogiera para trasladarla a Salem Ridge. Su despedida había sido emotiva pero, por fortuna, breve.

Mientras Timmy se ponía en la cola para subir al autocar, Leo solo podía pensar en que el muchacho, que ahora sufría pesadillas esporádicas con Ojos Azules, seguía teniendo presente la terrible amenaza que le había lanzado el asesino de su padre.

Y a los ocho años también le preocupaba que algo malo le ocurriera a su madre.

No bajo mi vigilancia, pensó Leo. Tras despedirse de los campistas con la mano, se dirigió al Toyota negro de alquiler que había aparcado a una manzana de la Quinta Avenida. No había querido correr el riesgo de que Laurie reconociera su sedán Ford rojo. Arrancó el motor y puso rumbo a Salem Ridge.

Llegó a Old Farms Road cuarenta y cinco minutos más tarde, justo cuando la limusina con la primera de las graduadas tomaba el largo camino de entrada a la finca de Powell.

18

Ojos Azules siempre hacía caso de su intuición. Aquel día, cinco años atrás, supo que había llegado la hora de llevar a cabo su venganza. Esa tarde había seguido al doctor Greg Moran y a Timmy desde su apartamento en el complejo de Peter Cooper Village de la Veintiuna hasta el parque de la Quince.

Al verlos caminar de la mano hacia el lugar de la ejecución experimentó una sensación de poder. En el concurrido cruce de la Primera Avenida, el doctor cogió en brazos a Timmy. Ojos Azules rió cuando el niño se abrazó al cuello de su padre con una sonrisa de felicidad en la cara.

Por un momento se había preguntado si no debería matarlos a los dos, pero decidió que no. Porque entonces solo le quedaría Laurie. No, mejor esperar.

Y ahora le había llegado el turno a Laurie. Sabía muchas cosas de ella: dónde vivía, dónde trabajaba, a qué hora salía a correr junto al East River. A veces la seguía hasta el autobús y se sentaba a su lado. «¡Si supieras, si supieras!» Tenía que hacer un esfuerzo por no decirlo en voz alta.

Ojos Azules había adoptado el nombre de Bruno Hoffa después de cumplir una pena de cinco años. Fue realmente fácil cambiar de nombre y conseguir documentos falsos tras cumplir el período de libertad condicional, pensó.

Estos últimos seis meses, después de salir de la cárcel por segunda vez, había conseguido la clase de empleos en los que a nadie le importan demasiado tus antecedentes, como trabajos de albañil o de jornalero.

No le importaba trabajar duro; de hecho, le gustaba. En una ocasión había oído comentar a alguien que parecía y actuaba como un campesino.

En lugar de enfadarse, la observación le hizo reír. Sabía que poseía el cuerpo achaparrado y los brazos fortachones que la gente relaciona con alguien que cava acequias, y así quería que fuese.

Incluso a sus sesenta años sabía que quizá podía correr más deprisa que cualquier policía que intentara darle caza.

En abril había leído en el periódico que Fisher Blake Studios planeaba reconstruir el asesinato de la Gala de Graduación y que Laurie Moran sería la productora.

En ese momento supo que tenía que conseguir un empleo en la propiedad de Powell para poder estar allí sin levantar sospechas. Pasó en coche junto a la residencia del magnate y reparó en el camión con el rótulo PERFECT STATES. Buscó la compañía en internet y solicitó un puesto de trabajo. De niño había trabajado para un jardinero y había aprendido todo lo que se necesitaba saber sobre el oficio. No había que ser un genio para segar el césped, podar setos o plantar flores en los lugares que señalara el jefe.

Le gustaba el trabajo. Y sabía que Laurie Moran pasaría mucho tiempo allí cuando empezaran a rodar.

La había visto por primera vez en la mansión de Powell nada más conseguir el empleo. La reconoció cuando bajó del coche y enseguida cogió un cortabordes para acercarse a la sala de estar, donde Powell recibía a sus visitas de trabajo.

Podría habérsela cargado ese día, mientras regresaba caminando al coche, pero había aguardado ya tanto tiempo que se había acostumbrado a saborear el miedo de su familia. ¿No sería mejor esperar a que estuviera aquí con el equipo de rodaje?, se preguntó. ¿No sería la cobertura mediática de su muerte más espectacular si iba ligada a la publicidad del rodaje de «La Gala de Graduación»?

Powell había dicho a Artie Carter, el jefe de Ojos Azules, que el rodaje comenzaría el 20 de junio. A Ojos Azules le había preocupado que Powell ordenara que todo el trabajo de jardinería estuviese terminado para entonces.

Por eso habló con Artie el día 19, mientras daban los últimos retoques a los jardines.

—Señor Carter —dijo como siempre, a pesar de que los demás trabajadores lo llamaban Artie; Ojos Azules le había explicado que era porque a él le habían enseñado a respetar al jefe, y tuvo la impresión de que eso agradaba a Carter.

En realidad, Artie Carter pensaba que Bruno Hoffa era un poco raro. Nunca se quedaba a tomar una cerveza con los compañeros después de la jornada. Nunca intervenía en los debates sobre la temporada de béisbol en los trayectos de un trabajo a otro. Nunca se quejaba si hacía mal tiempo. En opinión de Artie, le faltaba un tornillo. ¿Y qué? Era el mejor trabajador de su equipo.

Artie terminó de inspeccionar los jardines con cara de satisfacción. Ni siquiera el señor Robert Powell, cliente quisquilloso, podría encontrar un motivo de queja.

Fue entonces cuando Bruno Hoffa se le acercó.

—Señor Carter, me gustaría proponerle algo —dijo.

—¿De qué se trata, Bruno?

Había sido un día largo y Artie estaba deseando llegar a casa y beberse una cerveza bien fría. Puede que dos.

Bruno, con su estrecha boca forzando una sonrisa, sus ojos caídos clavados en el cuello de Artie y un tono servil que le sonaba extraño incluso a él, inició tímidamente su ensayado discurso.

—El señor Powell se me acercó el otro día, cuando estaba

plantando flores alrededor de la casita de la piscina. Dijo que las flores eran muy bonitas, pero estaba muy molesto porque sabía que el equipo de rodaje pisotearía el césped. Sabía que era inevitable, pero le habría gustado poder hacer algo para evitarlo.

—El señor Powell es un perfeccionista —dijo Artie—, y nuestro principal cliente. Tengo entendido que se pasarán la semana filmando en el jardín. ¿Qué se supone que debemos hacer? —preguntó irritado—. Hemos recibido órdenes de no aparecer por aquí a partir de mañana.

Ojos Azules prosiguió.

—Señor Carter, he estado dándole vueltas a eso. No podemos dejar el camión en el camino de entrada porque al señor Powell le daría un ataque, pero quizá usted podría proponerle que yo me quedara de guardia en la casita de la piscina. De ese modo, si el equipo de rodaje pisotea el césped o abre boquetes con sus pesadas máquinas, yo podría repararlo en cuanto abandonaran la zona. Además, puede que la gente que interviene en el programa decida darse un paseo por los jardines o que coma al aire libre y deje basura. También podría ocuparme de eso. Si el señor Powell está de acuerdo, tendrían que traerme en el camión por la mañana y recogerme después del rodaje.

Artie Carter meditó su propuesta. Powell era tan perfeccionista que quizá la viera con buenos ojos. Y Artie sabía que Bruno era tan retraído que no entorpecería el trabajo de la productora.

—Telefonearé al señor Powell para sugerirle que te permita estar durante el rodaje. Conociéndolo, es probable que acepte.

Por supuesto que lo hará, pensó Ojos Azules reprimiendo una sonrisa de triunfo. Laurie, no tendrás que llorar la pérdida de tu marido mucho más tiempo, se dijo. Te doy mi palabra.

19

Para gran consternación de Nina Craig, cuando llegaron a la recepción del St. Regis había un mensaje para su madre.

Tal como había temido, era de Robert Powell, que invitaba a su madre al desayuno de las nueve.

Muriel sonrió encantada y le pasó la nota por la cara.

—Creías que estaba jugando conmigo —espetó—. No entiendes o no quieres entender que Rob y yo estábamos profundamente enamorados. El hecho de que Betsy Bonner le trastornara la cabeza no significa que no me quisiera.

Nina era consciente de que Muriel, después de haberse bebido un vodka y por lo menos dos copas de vino en el avión, y tras su discusión en el coche cuando se puso a gritar lo mucho que odiaba a Betsy, estaba fuera de control.

Podía ver a los dos recepcionistas pendientes de la diatriba.

—Mamá, por favor... —empezó.

—Ni por favor ni nada. Lee las críticas que he recibido. Tú no eres más que una extra, y nadie te conoce. ¿No me paró esa mujer por la calle para decirme lo maravillosa que estaba en la nueva versión de *Niebla en el pasado*?

Muriel estaba elevando el tono y poniéndose colorada a medida que escupía las palabras.

—Tú, en cambio, no has pasado del primer escalón como

actriz. Por eso trabajas de extra, por eso solo te quieren para hacer bulto...

Nina advirtió que el recepcionista había guardado las llaves de las habitaciones en sobres diferentes. Alargó la mano.

—Soy Nina Craig —dijo quedamente—. Le pido disculpas por la escena que está montando mi madre.

Si Muriel la oyó, no dio muestras de ello. Estaba terminando su frase.

—... y siempre estás intentando humillarme.

El recepcionista fue lo bastante discreto para limitarse a murmurar:

—Pediré que les suban el equipaje.

—Gracias. Mi maleta es la negra.

Nina la señaló con el dedo, giró sobre sus talones y pasó junto a Muriel, que por fin se había callado. Furiosa y muerta de vergüenza por las miradas curiosas de los clientes que hacían cola en la recepción, se dirigió con paso presto al ascensor y logró meterse justo cuando se cerraban las puertas.

Bajó en la sexta planta y, siguiendo la flecha de las habitaciones impares, entró a toda prisa en la 621 antes de que Muriel llegara e intentara colarse en su habitación.

Una vez dentro, se sentó en la butaca más próxima con los puños apretados y susurró:

—No puedo más. No puedo más.

Al rato llamó al servicio de habitaciones. Habría sido típico de su madre, instalada en la habitación contigua, telefonearla para que cenaran juntas, pero no lo hizo. Aunque Nina se habría negado a verla, su madre le estaba privando de la satisfacción de soltarle las palabras que se agolpaban en su garganta: «Adelante, haz el ridículo mañana. Intenté prevenirte. Eres Muriel Craig, actriz de segunda y un completo fracaso como madre y como ser humano».

Con la esperanza de oír más cosas, Josh había organizado el servicio de coches para que le tocara a él recoger a Nina y Muriel Craig por la mañana y poder así volver a grabar su airada conversación.

Había llegado media hora antes de las ocho, la hora estipulada; pero cuando telefoneó a Nina Craig, esta le dijo:

—Enseguida bajamos.

Nina creía que no había nada más que su madre pudiera hacer para irritarla, pero pronto cayó en la cuenta de su error. Muriel quería llegar al desayuno antes de la hora estipulada para estar un rato a solas con Robert Powell. Por lo menos esta vez no abrió la boca en todo el trayecto.

Cuando llegaron les abrió Jane, el ama de llaves de Powell. Jane las miró de arriba abajo, las saludó por sus nombres y les comunicó que el señor Powell bajaría a las nueve y que la productora del programa, la señorita Moran, ya estaba en el comedor.

Nina observó a su madre ocultar su decepción y transformarse en Muriel Craig, la actriz. Su sonrisa era amable y su tono cálido cuando saludó a Laurie Moran y le dio las gracias por haber sido invitada a acompañar a Nina.

—El señor Powell es el anfitrión, señora Craig —dijo Laurie con calma—. El mérito es suyo, no mío. Tengo entendido que después del desayuno la devolverán al St. Regis.

Fantástico, pensó Nina con satisfacción. Mientras estrechaba la mano de Laurie se dio cuenta de lo mucho que le sorprendía que la productora del programa fuera tan joven. Unos treinta y cinco, calculó con envidia. La semana anterior, el día que cumplió cuarenta y dos años, Nina había sido muy consciente de que su vida no iba a ninguna parte y que esos trescientos mil dólares caídos del cielo solo servirían para comprarle un apartamento a su madre y sacársela de encima para siempre.

En el rodaje de su última película, Nina había hecho de

extra en una escena que transcurría en un salón de baile y el productor, Grant Richmond, le había dicho que bailaba muy bien. «Dejas a las demás en evidencia», comentó.

Nina sabía que el productor iba camino de los sesenta y había enviudado recientemente. Días después la había invitado a tomar una copa. Grant tuvo el detalle de explicarle que se había comprometido a cenar con el director, pero que podrían «quedar a cenar otro día». La envió a casa en su coche.

Ojalá mi madre tenga razón y Robert Powell siga interesado en ella, pensó. Mientras aceptaba el café que le ofrecía el ama de llaves, Nina observó detenidamente a Muriel. Su madre estaba realmente guapa. Llevaba un traje de chaqueta blanco —muy caro y comprado con la American Express de Nina— y zapatos de tacón del mismo color que realzaban sus largas piernas y su excelente figura. En una elegante peluquería había aceptado el consejo del estilista de bajar el rojo fuego de su pelo uno o dos tonos. Ahora lucía una melena de un atractivo tono cobrizo cortada a la altura de los hombros. Muriel siempre había tenido buena mano con el maquillaje. En otras palabras, pensó Nina, mi querida madre está fantástica.

¿Y cómo estoy yo?, se preguntó. Bien, pero podría estar mejor. Quiero espacio. Quiero poder llegar a un apartamento limpio y apacible, sin humo de cigarrillo, y tomarme a solas una copa de vino en la terraza con vistas a la piscina.

Y tener la posibilidad de invitar a Grant Richmond a una copa en mi casa si en verdad me lleva a cenar, pensó.

Con una taza de café en la mano, Muriel estaba contando a Laurie Moran lo nítidamente que recordaba aquella terrible y trágica noche, veinte años atrás, en que su querida amiga Betsy fue brutalmente asesinada.

—Me quedé destrozada —estaba diciendo—. Éramos muy buenas amigas.

Asqueada, Nina se acercó a los ventanales con vistas a la piscina y el *putting green* que se extendía detrás.

La puerta de la casita de la piscina se abrió y vio salir a un hombre.

¿Tiene Robert Powell a un invitado hospedado ahí?, se preguntó. Advirtió que le colgaba algo de la mano. Mientras Nina lo observaba, el hombre procedió a podar el arbusto más próximo a la casita.

En ese momento sonó el timbre y Nina desvió la mirada del ventanal. Otra de las sospechosas de la muerte de Betsy Bonner Powell había llegado.

20

George Curtis se preguntaba, cada vez más nervioso, por qué Robert Powell quería incluirlo en el programa de la Gala de Graduación.

Bastante tenía con haberse visto obligado a aceptar aparecer en algún momento ante las cámaras, pero ¿por qué lo invitaban a este desayuno donde, según palabras de Rob, «estarán reunidos todos los sospechosos»? Luego se había apresurado a añadir: «Con eso no quiero decir que tú lo seas, George».

Tras detener el Porsche rojo en el camino de entrada se secó la frente con un pañuelo, un gesto raro en él. Llevaba la capota bajada y el aire acondicionado puesto. No había razón para sudar, como no fueran los nervios.

Pero en ese momento George Curtis, un multimillonario siempre presente en la lista Forbes, amigo de presidentes y primeros ministros, se reconoció a sí mismo que era posible que al término de aquella semana estuviera detenido y esposado. Volvió a pasarse el pañuelo por la frente.

Se tomó un minuto para tranquilizarse y bajó del coche. Las mañanas de junio eran, como solía decir el hombre del tiempo en televisión, «un regalo, un día perfecto». Y en el caso de hoy habría tenido razón, pensó George: cielos azules, un sol cálido, una brisa suave procedente del cercano estrecho de Long Island. Pero le traía sin cuidado.

Hizo ademán de cruzar el camino en dirección a la casa, pero se detuvo cuando una limusina asomó por la curva. El conductor frenó para dejarle pasar.

En lugar de llamar al timbre, George aguardó a que el chófer abriera la portezuela de la limusina para que bajaran sus ocupantes. Aunque habían pasado veinte años, enseguida reconoció a Alison Schaefer. La primera impresión de George fue que no había cambiado mucho: alta, delgada, la melena morena algo más corta. Recordaba haber charlado unos minutos con Alison la noche de la Gala y haber pensado que había en ella una rabia contenida cuando, refiriéndose a la espléndida fiesta, comentó con amargura: «Podrían haber empleado el dinero en algo más útil». El comentario era tan inesperado, viniendo de una de las invitadas de honor, que George nunca lo había olvidado.

Ahora Alison aguardaba junto al coche a que el otro ocupante descendiera con una lentitud exasperante. Mientras George los observaba, Rod Kimball se impulsó hacia arriba y encajó firmemente las muletas bajo sus brazos.

Claro, pensó George. Alison se casó con el joven futbolista al que atropelló un coche que se dio a la fuga.

Tocó el timbre mientras la pareja salvaba el único escalón de la amplia entrada. Con una cortesía tirante, Alison y George se saludaron y ella le presentó a Rod.

Un segundo después Jane abrió la puerta. Recibió a los tres con lo que para ella era amabilidad y dijo innecesariamente:

—El señor Powell los está esperando.

Alex Buckley aparcó delante de la mansión de Powell y, antes de bajar del coche, se tomó unos instantes para estudiar el gigantesco edificio de piedra.

¿Qué pensó Betsy Bonner al ver esta mansión?, se preguntó. En aquel entonces ella había alquilado un apartamento en Salem Ridge con la esperanza de conocer a un hombre con dinero.

Para una mujer nacida en el Bronx que se ganaba la vida como acomodadora, estaba claro que le había tocado la lotería, pensó Alex mientras se apeaba del coche y echaba a andar hacia la puerta.

Fue recibido por Jane, que le presentó a la gente ya reunida en el comedor. Alex comprobó con alivio que Laurie Moran había llegado antes que él.

—Allá vamos —le susurró ella cuando se acercó.

—Justamente lo que estaba pensando —respondió él en un tono igual de quedo.

Regina sabía que era peligroso ir al desayuno con la nota de suicidio de su padre. Si alguien le abría el bolso y la encontraba, se convertiría en la principal sospechosa del asesinato de Betsy Powell. Puede que dejaran de grabar el programa, pensó.

Por otro lado, tenía un miedo casi paranoico de que si dejaba la nota en la caja fuerte del hotel alguien se la robara. Sería muy propio de Robert Powell maquinar algo así, pensó. ¡Que me lo digan a mí! Por lo menos puedo llevar el bolso siempre conmigo.

Finalmente había doblado la nota para que le cupiese en la pequeña billetera donde guardaba las tarjetas de crédito y del seguro.

Cuando la limusina tomó el camino de entrada vio que alguien abría la puerta de la casa y que tres personas pasaban al interior. Una de ellas caminaba con muletas.

Tiene que ser el marido de Alison, pensó. Regina se había enterado del accidente cuando ya estaba en Florida.

¡Qué bobas fuimos al aceptar ser sus damas de honor! La prensa se puso las botas fotografiándonos a Claire, a Nina y a mí avanzando por el pasillo delante de Alison. Había un pie de foto que decía: «La novia y sus compañeras sospechosas».

¡Menudo golpe bajo!

Estaba tan absorta en sus pensamientos que tardó unos instantes en percatarse de que el coche se había detenido y el chófer le había abierto la puerta.

Respiró hondo, se apeó y echó a andar hacia la entrada.

¿Cuántas veces he estado en esta casa?, se preguntó mientras llamaba al timbre. Claire y ella habían estado muy unidas en el instituto.

¿Por qué seguí viniendo a esta casa después del suicidio de papá? ¿Acaso me producía una curiosidad morbosa ver a Betsy derrochar encanto? ¿O era porque siempre planeé devolvérsela a los dos algún día?

Repasó nerviosamente su aspecto mientras aguardaba a que le abrieran.

Había perdido los ocho kilos que se juró que bajaría cuando recibió la carta que solicitaba su intervención en el programa. Se había comprado ropa para este viaje y sabía que la chaqueta negra y blanca y los pantalones blancos realzaban su recién recuperada figura y hacían juego con su melena negra azabache.

Zach no paraba de decirme que estaba muy guapa, pensó cuando la puerta se abrió y Jane, tras decir «Bienvenida» de un modo mecánico, se hizo a un lado para dejarla pasar.

El desagradable pensamiento que tuvo Regina nada más entrar en la mansión fue la promesa que le había hecho a Zach de quemar la nota antes de que esta diera una razón para sospechar que ella había matado a Betsy Bonner Powell.

Claire había creído que estaría nerviosa y asustada por el reencuentro con su padrastro, Robert Powell. Habían pasado muchos años desde la última vez que se vieron. En lugar de eso, despertó de un sueño agitado con una calma gélida. El servicio de habitaciones llegó puntualmente a las seis y Claire se tomó el desayuno continental que había pedido sentada en la butaca de delante del televisor, viendo las noticias.

Pero en lugar de prestar atención al último reportaje sobre una sucesión de atracos en Manhattan, se remontó a la cobertura televisiva del momento en que sacaron el cuerpo de su madre de la casa.

Estábamos las cuatro juntas, apiñadas en la sala de estar, pensó. Íbamos en bata.

Luego la policía empezó a interrogarnos...

Apagó el televisor y se llevó su segunda taza de café al cuarto de baño. Abrió el grifo de la bañera y, cuando estaba casi llena, echó las sales que había llevado consigo.

Las favoritas de Betsy, pensó. Quiero oler como ella cuando llegue allí.

Se lo tomó con calma. Quiero asegurarme de que estén todos cuando yo llegue. Sonrió. Betsy siempre llegaba tarde. Rob se ponía furioso. Era un fanático de la puntualidad, fuera cual fuese la ocasión.

¡Si lo sabré yo!

Claire había elegido una chaqueta azul cielo de seda y cachemira de Escada y un pantalón estrecho de color gris.

Betsy adoraba este color, pensó mientras se ponía la chaqueta. Ella creía que resaltaba el tono de sus ojos. Bien, dejemos que resalte también el de los míos.

La única joya que se había llevado el día que abandonó la mansión de Robert Powell fue el sencillo collar de perlas que había pertenecido a la abuela, a la que solo recordaba vagamente. Pero sí recuerdo que la quería, pensó. Aunque yo solo tenía tres años cuando murió, no me olvido de que me sentaba en su regazo y me leía cuentos.

A las ocho y media, el chófer la telefoneó para anunciarle que estaba en la puerta.

—Bajaré dentro de media hora —dijo Claire.

Había calculado que de ese modo llegaría a las 9.20. Se recordó una vez más que el resto ya estaría allí reunido.

Y entonces la hija de Betsy Bonner Powell haría su entrada.

21

Laurie siempre había sabido que sería un desayuno cargado de tensión, pero había subestimado lo electrizante que se volvería la atmósfera en la estancia.

Solo necesitó un minuto para comprender que Muriel Craig era una embustera incorregible cuando empezó a hablar de que Betsy Powell y ella habían sido grandes amigas.

Todo el mundo sabía que Muriel había tenido una relación con Powell y que, cuando este se casó inesperadamente con Betsy, ella había declarado que Powell era uno más de los tres hombres con los que estaba saliendo.

¿Qué piensa cuando ve esta mansión, sabiendo que podría haber sido suya?, se preguntó Laurie. En el comedor había un retrato de un aristócrata de expresión altiva del que Jane había explicado que era un antepasado del señor Powell, uno de los firmantes de la Declaración de Independencia, naturalmente.

Lo comprobaré, pensó Laurie. Siempre había oído que Powell era un hombre hecho a sí mismo. Sin embargo, el comedor era muy bonito, con sus paredes rojas y su alfombra persa y sus espléndidas vistas a los jardines de atrás. Observó al equipo descargar el material de rodaje para la escena al aire libre que estaría entre las primeras tomas del programa. Ya habían filmado la mansión por la parte de delante. Ahora Alex Buckley comenzaría su narración mientras tales imágenes se sucedían.

Jane había dejado el zumo, el café, los bollos y la fruta sobre el viejo aparador.

Había preparado la elegante mesa para diez. La cubertería de plata, así como las fuentes, tenían ese lustre añejo de las piezas antiguas.

No hay duda de que Powell quiere asegurarse de que este pequeño desayuno sea un recordatorio no demasiado sutil de quién y qué es él, pensó Laurie mientras llegaban, en rápida sucesión, George Curtis, Alison Schaefer y su marido Rod, seguidos de Alex Buckley y Regina Callari.

Observó con sumo interés a las tres amigas dar palmadas e intercambiar abrazos espontáneos después de veinte años sin verse.

«Dios mío, cuánto tiempo... Estás igual... Os he echado tanto de menos, chicas...» eran los comentarios aparentemente sinceros de las tres graduadas, mientras Muriel Craig, George Curtis, Rod Kimball y Alex Buckley se mantenían al margen.

A las nueve en punto, Robert Powell hizo su entrada en el comedor.

—Jane me ha dicho que Claire no ha llegado aún —dijo—. En eso es idéntica a mi querida Betsy.

Laurie lo observó detenidamente, segura de que debajo de esa expresión divertida estaba furioso. Probablemente había planeado hacer su entrada con las cuatro graduadas ya presentes, pensó.

Powell dio la bienvenida a cada invitada con un efusivo abrazo y saludó a George Curtis con un «Muchas gracias por venir, George. Los dos preferiríamos estar en el campo de golf». Se volvió hacia Rod con un cálido «No nos conocemos, ¿verdad?» y, por último, se acercó a Muriel Craig.

—Te he guardado para el final —dijo con ternura, al tiempo que la rodeaba con los brazos y la besaba—. Estás tan guapa como siempre. ¿Has pasado estos veinte años metida en una cápsula del tiempo?

Una Muriel radiante le devolvió el abrazo y luego, observada atentamente por Laurie, lanzó una mirada a su hija, que meneó la cabeza y desvió la vista.

—Veo que estáis todos tomando café —dijo Rob—, pero tenéis que probar las magdalenas que Jane os ha preparado. Os prometo que son deliciosas. Después podéis sentaros donde queráis, excepto Muriel, que se sentará a mi lado.

Dios mío, qué descaro, pensó Laurie. Solo le falta ponerse de rodillas y proponerle matrimonio. Le sorprendía que Powell actuara con tan poco disimulo. Aunque, por otra parte, Muriel era un antiguo amor.

El grupo se sentó a la mesa. Alex Buckley eligió el asiento entre Nina Craig y Alison. Rod Kimball renqueó hasta la silla situada a la izquierda de Laurie.

—Señorita Moran, le estamos muy agradecidos por dar la oportunidad a las chicas, o debería decir mujeres, de intentar sacarse de encima la persistente sospecha de que una de ellas es una asesina —dijo Powell.

Laurie no mencionó que aquella noche había dos personas más en la mansión: Robert Powell, el marido de Betsy, que fue trasladado al hospital con un colapso y quemaduras de tercer grado en las manos, y Jane Novak, vieja amiga de Betsy y su ama de llaves.

Jane había llegado a la habitación segundos después de que Powell se hubiera puesto histérico.

Cabría esperar que Powell no quisiera mantener a Jane, pero lo hizo, pensó Laurie. Desde que estamos aquí es evidente que el principal objetivo de Jane en la vida es adelantarse a cada uno de los deseos de Powell.

—No quiero ni imaginar lo que debe de ser no saber nunca cuándo un periodista hará un refrito de la historia —dijo Laurie.

—No hace falta que sea un periodista —señaló sombríamente Rod—. Todo el mundo tiene su propia teoría. Por internet corren rumores disparatados.

Laurie se dio cuenta de que el marido de Alison le había caído bien desde el primer momento. Su atractivo rostro estaba surcado de líneas fruto de lo mucho que había sufrido después del terrible accidente que lo dejó inválido y acabó con su carrera, pero no veía el menor atisbo de autocompasión en su actitud. Era evidente que sentía adoración por su esposa. Rod había permanecido a su lado, rodeándola con un brazo protector, mientras Robert Powell la saludaba. Pero ¿por qué lo necesita?, se preguntó.

—Confiemos en que el programa haga que la gente comprenda que estas mujeres no tuvieron nada que ver con la tragedia —dijo Laurie—. Sé que mis ayudantes han leído todo lo que se ha escrito sobre las circunstancias y ambos están convencidos de que un intruso, que pudo colarse en la Gala vestido de etiqueta, entró furtivamente por la puerta que se quedó abierta buscando las esmeraldas de Betsy.

El timbre interrumpió todas las conversaciones. Los comensales se volvieron hacia la entrada del comedor.

Robert Powell arrastró la silla y se levantó. Se oyeron unos pasos en el vestíbulo, y de repente ahí estaba Claire Bonner, deslumbrante con su media melena rubia, sus ojos azules realzados por un maquillaje aplicado con esmero, su esbelta figura enfundada en un elegante traje de alta costura, y una dulce sonrisa mientras paseaba la mirada por cada uno de los reunidos en torno a la mesa.

Dios mío, es la viva imagen de su madre, pensó Laurie antes de oír un gemido ahogado y el golpe sordo de algo cayendo al suelo.

Nina Craig se había desmayado.

22

Leo Farley pasó en coche frente a la propiedad de Robert Powell a una velocidad normal. No quería llamar la atención por nada del mundo, pero si lo paraban por alguna razón, en la cartera llevaba su carnet de jubilado del Departamento de Policía de Nueva York.

La ocurrencia le hizo sonreír. «Papá, todos los policías del área metropolitana de Nueva York te conocen. Durante años fuiste el que hablaba con la prensa cuando se producía un crimen importante.»

Es cierto, pensó Leo. Su jefe, el entonces comisario general de policía, prefería mantenerse alejado del acoso de los medios. «Habla tú, Leo —decía siempre—. Se te da muy bien.»

En su última ronda había observado que el camino de entrada de la mansión contigua a la de Powell tenía una cadena de lado a lado para impedir el paso a vehículos ajenos a la propiedad. Los estores de las ventanas estaban echados casi hasta abajo. No había coches en la entrada y en general reinaba una quietud que sugería que los propietarios estaban de viaje.

El nombre del propietario, J. J. Adams, aparecía en el buzón. Leo lo había buscado primero en Google y luego en Facebook. Había acertado en su corazonada. En este aparecía una foto de Jonathan Adams y su esposa, y el mensaje a sus amigos de que lo estaban pasando de maravilla en su casa de campo de Niza. Es increíble la clase de información que la gente facilita sin pararse a pensar, se dijo Leo. Si él fuera un criminal, podría utilizarla para entrar a robar en la casa o algo peor.

Dejó el coche a diez manzanas de allí, cerca de la estación de tren, y regresó a Old Farms Road haciendo footing. Había adquirido la costumbre de salir a correr después de dejar a Timmy en el colegio, y le resultó sencillo volver al lugar que había elegido como puesto de observación.

En la esquina se le acercó un coche patrulla. Junto al conductor viajaba un policía veterano.

—Inspector Farley, ¿qué hace por estos parajes? Pensaba que nunca salía de su territorio.

Era un sargento afable, y Leo reconoció en él a un miembro de la banda de gaiteros que tocaba en Manhattan en ocasiones especiales, como en el desfile del día de San Patricio.

Leo no creía en las casualidades. Lo primero que preguntó después de saludarle fue si Ed Penn seguía de jefe de policía de Salem Ridge.

—Ya lo creo —confirmó el sargento—. Se jubila el año que viene.

Leo lo meditó. No había planeado hablar con la policía local, pero de repente le pareció una buena idea.

—Me gustaría hacerle una visita —dijo.

—Suba, entonces. Le llevaremos a la comisaría.

Cinco minutos después, Leo estaba explicando al jefe de policía Edward Penn la razón por la que estaba haciendo footing en las calles de Salem Ridge.

—Ya sabes que a Greg Moran, mi yerno, lo mataron de un disparo y que el asesino le dijo a mi nieto que los siguientes serían su madre y él.

—Lo recuerdo, Leo —dijo Penn en un tono grave.

—¿Sabías que mi hija es la productora del programa de la Gala de Graduación?

—Sí. Es una mujer admirable, Leo. Debes de estar muy orgulloso.

—Puede que no sea más que una corazonada, pero algo me dice que este programa podría dar problemas.

—A mí también —convino Penn—. No olvides que yo estaba aquí hace veinte años, cuando el ama de llaves nos llamó gritando que Betsy Powell estaba muerta. Pensamos que era un infarto y pedimos una ambulancia. Cuando llegamos, en la habitación no solo estaba Robert Powell, sino las cuatro graduadas y el ama de llaves. Aquello era un caos. Lo que quiere decir, como es lógico, que la escena del crimen estaba contaminada.

—¿Cuál fue la reacción de Powell? —preguntó Leo.

—Estaba blanco y sufría fibrilaciones cardíacas. Powell siempre le llevaba el primer café de la mañana a su mujer, de modo que fue él quien la encontró. Aunque supongo que eso ya lo sabes por la prensa.

—Sí —dijo Leo mientras absorbía las imágenes y los sonidos familiares de la comisaría: primero los coches patrulla estacionados fuera cuando llegó, luego la mesa del sargento, y por último el pasillo que sabía que conducía al calabozo y la cárcel.

Echaba de menos estar en el cuerpo de policía de Nueva York. Había ingresado en él nada más terminar la universidad. Era la única profesión que cabía en su mente, y había amado cada minuto.

También sabía que, de no haberse retirado, probablemente habría conseguido la nueva vacante de comisario general que había salido hacía un año. Pero nada de eso era importante comparado con impedir que Ojos Azules llevara a cabo su amenaza.

Ed Penn estaba diciendo:

—Sometimos a las cuatro chicas a un interrogatorio durísimo, pero ninguna confesó. Siempre he pensado que fue una de ellas, pero también existe la posibilidad de que se colara un intruso. Era una fiesta con mucha gente, y cualquier persona vestida de etiqueta habría podido mezclarse entre los invitados. Según el ama de llaves, cerró todas las puertas con cerrojo antes de acostarse, pero alguien abrió la de la sala de estar que conecta con la terraza y olvidó cerrarla. Parece ser que dos de las chicas, Regina y Nina, salieron un par de veces a fumar.

Era lo mismo que había leído Leo.

—¿Crees realmente que la mató una de las chicas?

—Se las veía demasiado tranquilas. ¿No crees que deberían haber estado más afectadas? Hasta la hija de Betsy mostraba una serenidad fuera de lugar. Creo que no las vi derramar una sola lágrima, ni en aquel dormitorio ni después.

—¿Sabes si alguna de ellas tenía un motivo?

—Betsy y su hija estaban tan unidas que Claire, en lugar de residir en Vassar College, iba y venía todos los días. El padre de Regina se arruinó tras invertir en el fondo de inversión de Powell y se ahorcó. Regina, que entonces tenía quince años, fue la que lo encontró. Pero incluso su madre reconoció que Powell le había aconsejado encarecidamente a su marido que invirtiera únicamente una suma que pudiera permitirse perder. La madre de Nina, la actriz Muriel Craig, había salido durante un tiempo con Powell, pero cuando la interrogamos dijo que eran solo amigos y que ambos estaban viéndose con otras personas cuando Powell conoció a Betsy. Solo nos queda Alison Schaefer. Alison estaba saliendo entonces con Rod Kimball, el jugador de fútbol, y se casó con él cuatro meses después. Tampoco parece que tuviera un motivo. En cuanto a Robert Powell, estaba visiblemente destrozado por la muerte de su esposa, y desde entonces no se le ha vuelto a relacionar con ninguna mujer.

—Si no fue un intruso, solo nos queda el ama de llaves —insinuó Leo.

—Tampoco ella tenía motivos. Betsy la conocía de sus días de acomodadora y sabía que trabajaba y cocinaba bien. Betsy no estaba cómoda con el ama de llaves de Powell, y como esta había sido contratada por la ex mujer, no supuso una gran pérdida para él. Jane pasó de limpiar camerinos en el teatro a disfrutar de tres habitaciones en una mansión y de un generoso salario. Betsy siempre estaba hablando de lo valiosa que era para ella.

—En ese caso, solo queda el intruso —dijo Leo.

El semblante del jefe de policía se ensombreció.

—Eso no significa que tener a esas seis personas bajo el mismo techo no consiga sacar algo a la luz. Si fue una de ellas, esa persona se asegurará de no levantar sospechas ahora, o puede que las otras confiesen algo que no dijeron en su momento. He leído en la prensa que Alex Buckley, el conocido abogado, se encargará de interrogarlas frente a las cámaras. La idea es que cada una de ellas convenza a los telespectadores de que es inocente.

Leo se dijo que había llegado el momento de desvelar qué hacía corriendo en Salem Ridge, a treinta kilómetros de su casa.

—Desde el primer momento he pensado que reunir a esa gente para revivir aquel asesinato es una mala idea. Pero ya sabes que los polis tenemos corazonadas.

—Dímelo a mí. Se nos acabaría la suerte si no las tuviéramos.

—Yo tengo la corazonada, o si quieres el presentimiento, de que al asesino de mi yerno, Ojos Azules, que fue como lo describió mi nieto, se le podría ocurrir que este es el momento idóneo para intentar matar a mi hija.

Leo ignoró la expresión de estupefacción del jefe de policía.

—Han pasado ya cinco años, y Laurie ha recibido mucha publicidad con este programa. Su foto ha salido en todos los medios. La gente está dando su opinión en Twitter sobre quién pudo matar a Betsy Powell. ¿No tendría sentido que el psicópata que mató a Greg y amenazó a Laurie y a Timmy decidiera actuar ahora? ¿Te imaginas los titulares si le saliera bien el plan?

—Sí, pero ¿cómo piensas impedirlo, Leo?

—Tengo un puesto de observación en los jardines de la propiedad de al lado. He estado indagando y sus dueños están de viaje. Haré guardia por si alguien intenta colarse en la mansión de Powell por la verja de atrás. De acuerdo con lo que he visto, esa sería la única manera en que un intruso podría entrar.

—¿Y si intentara mezclarse con el equipo de rodaje? ¿Sería eso posible?

—Laurie es muy eficiente. Todos los miembros del equipo tienen instrucciones de avisar si ven a algún fotógrafo de prensa. Reconocerían a un desconocido al instante.

—Entonces, ¿qué harás si ves a alguien trepar la verja?

—Llegaré antes de que consiga saltar. —Leo se encogió de hombros—. Es todo lo que puedo hacer. Nadie podrá colarse en la mansión mientras estén rodando en ella. Los miembros del equipo de rodaje estarán vigilando los alrededores para asegurarse de que nadie entre y estropee una escena. Recogen a eso de las seis de la tarde, y yo también me iré entonces. Pero Laurie no puede enterarse de que la estoy vigilando. Se pondría furiosa. Este programa podría ser un gran paso en su carrera o, si no funciona, costarle el puesto. —Leo guardó silencio antes de añadir en un tono grave—: Ahora ya sabes qué hacía corriendo por Salem Ridge.

Reparó en la expresión pensativa de Penn.

—Leo, vamos a trabajar contigo. Nadie se extrañará de que un coche patrulla pase por delante y por detrás de la mansión de Powell cada quince minutos. La propiedad llega hasta la siguiente calle. Si vemos algún coche aparcado cerca, comprobaremos la matrícula. Si vemos a alguien que no conocemos merodeando por los alrededores, le pediremos que se identifique.

El corazón de Leo se llenó de gratitud. Se levantó.

—Puede que todo esto sea innecesario. Puede que el asesino de mi yerno esté ahora mismo en otro continente.

—Y puede que no —dijo el jefe de policía Edward Penn antes de ponerse en pie y estrechar la mano de Leo.

23

Alex Buckley corrió junto a Nina y se arrodilló para tomarle el pulso y comprobar si respiraba.

Tras su estupefacción inicial, los demás apartaron sus sillas. Muriel, realmente pálida, se aferró al brazo de Robert Powell y se inclinó sobre su hija.

Los párpados de Nina temblaron.

—Está bien —dijo Alex—, pero denle aire.

—Betsy —gimió Nina—, Betsy.

Laurie se volvió hacia Claire, que permanecía inmóvil en el marco de la puerta, y creyó vislumbrar una expresión de triunfo en su cara. Había visto suficientes fotos de Betsy para sospechar que Claire, deliberadamente, había hecho todo lo posible por explotar el sorprendente parecido con su madre.

Alex cogió en brazos a Nina, se la llevó a la sala de estar y la tumbó en el sofá. Los demás lo siguieron al tiempo que Jane irrumpía en la sala con una compresa fría que dobló con mano experta sobre la frente de Nina.

—¡Que alguien llame a un médico! —gritó Muriel—. Nina, Nina, háblame.

—Betsy —murmuró Nina—. Betsy ha resucitado.

Mientras Nina miraba a su alrededor, Muriel descendió sobre ella y le sujetó la cara con las dos manos.

—Tranquila, cariño, tranquila.

Nina apartó bruscamente a su madre.

—Quítame las manos de encima —espetó con la voz temblando de ira—. ¡Quítame tus asquerosas manos de encima! —Y empezó a sollozar—: Betsy ha resucitado. Ha resucitado.

24

Ojos Azules observaba con sumo interés a Laurie Moran, ahora claramente al mando, dirigir la secuencia de las tomas.

Es una mujer muy competente, se dijo mientras ella comprobaba que las cámaras tuvieran el ángulo que deseaba.

En un momento dado, le hizo señas y Bruno se acercó con rapidez.

Laurie esbozó una breve sonrisa y le pidió que retirara las plantas que él había puesto a primera hora de la mañana.

—Son preciosas —dijo—, pero no estaban aquí cuando fotografiamos el jardín la semana pasada.

Bruno se deshizo en disculpas mientras sentía la emoción de estar tan cerca de su presa. Es preciosa, pensó. Sería una pena estropear esa cara tan bonita. No lo haría.

No obstante, ahora que la tenía tan cerca, un plan nuevo y maravilloso empezó a forjarse en su mente.

Cinco meses antes había hackeado el ordenador y el teléfono de Leo Farley y, desde entonces, lo sabía todo sobre las actividades de Laurie, Timmy y Leo. Los cursos de informática que había hecho online habían dado sus frutos, pensó ahora.

Sabía que Timmy se encontraba actualmente en el campamento Mountainside de las Adirondacks. Y que solo estaba a cuatro horas en coche.

El programa de actividades de Timmy en el campamento estaba en el ordenador de Farley. Y lo más interesante de todo era que los chicos tenían libre entre las siete y las ocho de la tarde, y que durante esa hora podían hacer o recibir una llamada telefónica.

Eso significaba que después de las ocho, Laurie no esperaría hablar con Timmy durante otras veintitrés horas.

¿Cómo podía conseguir que el director del campamento le dejara llevarse a Timmy sin levantar sospechas?

Ojos Azules estuvo dando vueltas a ese tema mientras se mantenía en segundo plano, siempre listo para reparar el menor daño causado al césped o los arbustos.

Incluso charló un poco con el hombre y la mujer que estaban siempre con Laurie.

Jerry y Grace. Jóvenes los dos, con toda una vida por delante. Esperó por su bien que no estuvieran demasiado cerca de Laurie cuando le llegara la hora de morir.

Porque le llegaría. Desde luego que sí.

Ojos Azules observó con pesar al equipo de rodaje recoger sus cosas al final de la jornada. Los había oído decir que regresarían a las ocho de la mañana y que a esa hora empezarían a grabar a las graduadas.

Asegurándose en todo momento de pasar inadvertido, como le habían ordenado, telefoneó a la oficina de Perfect Estates con quince minutos de antelación para que fuesen a recogerlo.

Cuando llegó la furgoneta, a Ojos Azules no le hizo gracia ver que Dave Cappo conducía. Era demasiado entrometido.

—¿De dónde has salido tú, Bruno? ¿Siempre has sido jardinero? A mi mujer y a mí nos gustaría invitarte a cenar un día de estos. Ya me dirás. —Gran guiño de Dave—. Tanto tú como yo sabemos que no te dejará en paz hasta que se lo cuentes todo sobre las graduadas. ¿Cuál de ellas crees que lo hizo?

—¿Qué te parece si quedamos cuando termine el rodaje? —propuso Ojos Azules.

Con un poco de suerte, pensó, para entonces me habré largado y tú y tu mujer tendréis mucho de que hablar.

25

—Y aparte de eso, ¿cómo ha ido el día? —preguntó Leo.

Estaba cenando con Laurie en Neary's, el restaurante favorito de ambos de la Cincuenta y siete Este. Eran las ocho y media y a Laurie se la veía agotada. Acababa de describirle el desayuno, el desmayo de Nina Craig y la reacción que esta tuvo con su madre.

—Ha ido bien —respondió en un tono cansado.

—¿Solo bien? —preguntó Leo con calculado desenfado mientras levantaba su copa y bebía un sorbo de vino.

—No, en realidad debería decir bastante bien —se corrigió Laurie—. El programa empieza con un plano de la fachada como si estuviéramos avanzando por el camino de entrada. Y no hay duda de que acertamos al elegir de comentarista a Alex Buckley. Luego mostramos algunas cintas de la Gala de Graduación de hace veinte años en las que salen las cuatro chicas, ninguna de las cuales parece muy contenta.

—¿Qué me dices de Betsy Powell? ¿Sale en muchas escenas interactuando con las graduadas?

—La verdad es que no —reconoció Laurie—. En casi todas las tomas que tenemos de ella aparece con su marido o hablando con otros adultos. No estoy diciendo con eso que ellas fueran unas niñas —se apresuró a añadir—. Las cuatro tenían entre veintiuno y veintidós años, pero apenas se las ve con Betsy. Hoy hemos pasado las cintas con ellas. Creo que estaban incómodas. Mañana las grabaremos mientras miran el fragmento que aparecerá en pantalla y luego Alex hablará con las cuatro sobre la Gala. —Soltó un suspiro—. Ha sido un día largo y estoy hambrienta. ¿Y tú?

—Yo también —dijo Leo.

—¿Qué has hecho en todo el día ahora que tu colega está de campamento?

Leo estaba preparado para esa pregunta.

—No mucho —mintió con la boca pequeña—. Fui al gimnasio y luego me compré una par de camisas deportivas en Bloomingdale's. —Aunque no lo había ensayado, de pronto se le escapó—: Echo de menos a Timmy y solo lleva fuera un día.

—Yo también —dijo Laurie—, pero me alegro de haberle dejado ir. Le hacía mucha ilusión. Y aunque nosotros lo echemos de menos, parecía muy contento por teléfono cuando hablé con él hace una hora.

—No entiendo por qué les dejan hacer solo una llamada al día —refunfuñó Leo—. ¿No han oído hablar de los abuelos?

Laurie advirtió que su padre se había puesto repentinamente triste y taciturno.

—¿Estás bien? —preguntó preocupada.

—Sí.

—Tendría que haber llegado antes a casa para compartir la llamada de Timmy contigo, papá. Te prometo que mañana lo haré.

Se quedaron los dos pensativos, tomando conciencia de la sensación que les producía que Timmy estuviera tan lejos, sin la estrecha vigilancia de Leo.

Laurie miró en derredor. Como siempre, casi todas las mesas estaban ocupadas. Las conversaciones eran animadas y los clientes tenían pinta de estar pasándolo bien. ¿Realmente estaban tan contentos como parecían?, se preguntó.

Naturalmente que no, pensó. Cuando rascas la superficie, todo el mundo tiene problemas de uno u otro tipo.

Decidida a no hablar de sus temores con respecto a Timmy, dijo:

—Cenaré hígado con beicon. Timmy lo odia y a mí me encanta.

—Lo mismo para mí —decidió Leo, y agitó la carta cuando una de las camareras de Neary's de toda la vida se acercó con una sonrisa—. Ya sabemos lo que queremos, Mary —dijo.

Tranquilidad, fue lo primero que pensó Laurie. Y no parece que estemos destinados a disfrutar de ella ahora, y puede que nunca.

26

Por fin se habían ido todos. Para cuando empezaron a recoger, Jane ya se había dado cuenta de que el señor Powell estaba harto de sus «invitados».

En cuanto se hubo marchado el último coche, él entró en la sala de estar y Jane lo siguió para preguntarle si quería una copa.

—Me has leído el pensamiento, Jane —dijo—. Un whisky. Y que sea doble.

Para cenar, Jane le había preparado su menú favorito: salmón, espárragos, ensalada y sorbete de piña fresca.

Cuando el señor Powell estaba en casa, le gustaba cenar a las ocho en el comedor pequeño. Pero esa noche no se terminó la cena y tampoco comentó lo buena que estaba, como era su costumbre. En lugar de eso dijo:

—No tengo mucho apetito, me saltaré el postre.

Se levantó y regresó a la sala de estar.

Jane tardó apenas unos minutos en quitar la mesa y devolver a la cocina su habitual orden impecable.

Hecho esto, subió al dormitorio del señor Powell, abrió la cama, puso el aire acondicionado a dieciocho grados y dejó un vaso y una jarra de agua sobre la mesilla de noche.

Por último, sacó las zapatillas y colgó el pijama y la bata en el cuarto de baño, acariciando la tela con ternura.

Algunas noches, cuando estaba en casa, el señor Powell pasaba un par de horas en la sala de estar viendo la tele o leyendo. Le gustaba el cine clásico y al día siguiente lo comentaba.

—Anoche vi dos películas de Alfred Hitchcock, Jane. Nadie sabe crear suspense como él.

Si había tenido un día duro en el trabajo, subía directamente a la habitación después de cenar, se cambiaba y leía o veía la tele en la salita de su suite.

Otras noches invitaba a seis o siete personas a tomar unas copas y a cenar.

Seguía un patrón previsible que facilitaba sobremanera el trabajo de Jane.

Las noches que la inquietaban eran aquellas en que el señor Powell salía y Jane veía en su agenda que había invitado a una mujer al club.

Aun así, tales citas no eran frecuentes, y casi nunca salía con la misma mujer más de dos o tres veces.

Todo eso pasaba por la cabeza de Jane mientras llevaba a cabo el ritual de la noche.

Su última tarea del día, cuando el señor Powell estaba en casa, era preguntarle si necesitaba algo más antes de retirarse a sus habitaciones.

Esa noche estaba sentado en el amplio sillón de la sala de estar con los pies sobre el escabel, los codos en los reposabrazos y las manos juntas. La televisión estaba apagada y no había ningún libro o revista cerca.

—¿Se encuentra bien, señor Powell? —le preguntó con preocupación.

—Estoy pensando, Jane, eso es todo —respondió él al tiempo que se volvía para mirarla—. Imagino que los dormitorios están listos.

Jane intentó que no le molestara la insinuación de que alguna habitación pudiera no estar impecable.

—Por supuesto, señor.

—Vuelva a comprobarlo. Como bien sabe, he pedido a todos los participantes que pasen aquí la noche de mañana. Ofreceremos un desayuno especial antes de su partida.

Rob Powell enarcó las cejas y esbozó para sí una sonrisa que no compartió con Jane.

—Seguro que será muy interesante, ¿no le parece, Jane?

27

Josh Damiano vivía al otro lado de la ciudad, a solo quince minutos de la mansión de Powell, pero en un mundo totalmente distinto.

Salem Ridge era un pueblo del estrecho de Long Island que lindaba con la próspera ciudad de Rye.

Había sido colonizado a finales de la década de 1960 por gente de ingresos medios que se mudó a las casas de dos plantas de estilo Cape Cod erigidas por las constructoras.

Pero la ubicación privilegiada de Salem Ridge, a solo treinta kilómetros de Manhattan y frente al estrecho de Long Island, despertó el interés de los agentes inmobiliarios y los precios empezaron a subir. Poco a poco, las modestas casas fueron compradas, derribadas y reemplazadas por mansiones como la que se había hecho construir Robert Powell.

Hubo propietarios que aguantaron, entre ellos Margaret Gibney, que adoraba su casa estilo Cape Cod y no quería mudarse. Tras la muerte de su marido, cuando ella tenía sesenta años, convirtió la planta superior en un apartamento.

Josh Damiano era su primer y único inquilino. Actualmente octogenaria, Margaret daba gracias a Dios todos los días por el hombre tranquilo y agradable que sacaba la basura sin que ella se lo pidiera e incluso le pasaba el soplador de nieve cuando estaba en casa.

Por su parte, Josh, tras un matrimonio con su novia del instituto que había durado catorce desagradables años, estaba encantado con su situación y su vida actuales.

Respetaba y admiraba a Robert Powell. Le encantaba trabajar de chófer para él. Y lo que más le gustaba era grabar las conversaciones de los ejecutivos cuando el señor Powell lo enviaba con el Bentley a recoger a uno o varios de ellos para una reunión o una comida. Aunque solo llevara un pasajero, una conversación por el móvil solía ser de utilidad para Powell. Si contenía algo especialmente interesante, por ejemplo si se hablaba de información privilegiada, Josh se la reproducía en el momento al ejecutivo en cuestión y le ofrecía vendérsela. No lo hacía mucho, pero era un negocio sumamente lucrativo.

Con el tiempo, el señor Powell dejó de escuchar las cintas y simplemente preguntaba a Josh si había algo interesante en ellas. Las veces que Josh respondía que no, como en el caso de las graduadas, el señor Powell le creía.

—Únicamente dijeron «hola» y «gracias», señor —le había dicho Josh sobre los traslados de las mujeres desde el aeropuerto.

Y Robert Powell, decepcionado, se había limitado a menear la cabeza.

En momentos como ese, Josh se acordaba del día que estuvo en un tris de perder su empleo. Apenas llevaba unos meses trabajando para los Powell cuando Betsy Powell murió. La mujer le había caído mal desde el principio. ¿Quién se cree que es?, ¿la reina de Inglaterra?, pensaba cuando ella esperaba imperiosamente a que él le ofreciera la mano para ayudarla a subir al coche.

Una semana antes de su muerte, la oyó decirle al señor Powell que pensaba que Josh se tomaba demasiadas confianzas y carecía de la presencia que debía esperarse de un sirviente.

—¿No has observado que se encorva cuando nos abre la puerta del coche? Debería saber que tiene que mantenerse derecho.

Sus palabras inquietaron a Josh, que se había hecho a su nuevo trabajo y le gustaba. Había tenido que hacer un gran esfuerzo por mostrar conmoción y tristeza por el fallecimiento de Betsy. En realidad, suspiró aliviado, pues ya no estaría en este mundo para acribillar los oídos del señor Powell con su supuesta falta de presencia.

El día del desayuno, el señor Powell le había pedido que recogiera a Claire Bonner en el hotel. A lo mejor tengo suerte y hace una llamada.

No la hizo. Cuando la recogió en el hotel, Claire subió al Bentley y enseguida recostó la cabeza y cerró los ojos, señal inequívoca de que no pensaba charlar con nadie.

A Josh le había sorprendido lo mucho que Claire se parecía a su madre. La recordaba como una chiquilla apocada que aparentaba menos de sus veintidós años.

El primer día de rodaje, Josh se había pasado el día en la mansión ayudando a Jane a preparar sándwiches y postres, y a servirlos en la terraza, donde el grupo del desayuno esperaba entre escena y escena.

Cuando todos se marcharon, el señor Rob le dijo que se fuera a casa y recogiera de nuevo a Claire por la mañana.

—Intenta hablar con ella, Josh —le ordenó el señor Rob—. Dile lo bien que te caía su madre, aunque no sea cierto.

A las seis en punto, Josh se fue a casa en su coche. Era una de esas noches en que la señora Gibney estaba habladora y le invitaba a compartir el pollo al horno que había hecho.

Solía ocurrir una vez por semana, y Josh, por lo general, aceptaba de buena gana; la señora Gibney cocinaba muy bien. Esa noche, sin embargo, tenía la mente ocupada, y después de darle las gracias le dijo que ya había cenado. Era mentira, pero necesitaba pensar.

Llevaba en los bolsillos copias de las cintas que había grabado en el coche de Nina Craig y su madre, Alison Schaefer y su marido, y Regina Callari hablando por teléfono con su hijo.

Seguro que ninguna de esas mujeres querría que el señor Powell o la policía escuchara las cintas. Habían aceptado volver a Salem Ridge para intentar que la gente dejara de verlas como sospechosas del asesinato de Betsy, pero las cintas desvelaban que todas habían tenido un motivo para desear matarla.

Cada una de ellas recibiría un dinero por participar en el programa, un montón de dinero, y a cada una de ellas le horrorizaría saber que su motivo había quedado grabado, alto y claro, en una cinta. Si no se fiaban de que él cumpliera su parte del trato, tenía preparada una respuesta.

«Yo siempre tendré la cinta original —diría—. Vosotras podéis destruir la copia que voy a daros. A ninguna os conviene irle al señor Powell o a la policía con esas cintas. A mí tampoco. Pagadme y nadie las escuchará jamás.»

Había calculado el precio que pensaba pedir por ellas. Únicamente la sexta parte de los trescientos mil dólares que recibirían.

Seguro que funcionaba. Estaban muy asustadas. Lo había notado mientras les servía en la terraza.

Josh quería incrementar sus ahorros. Había acompañado al señor Powell al oncólogo en varias ocasiones y presentía que estaba más enfermo de lo que la gente creía. Si le ocurría algo, Josh sabía que le había dejado cien mil dólares en su testamento. Pero añadir ciento cincuenta mil a esa suma no le vendría mal.

¡Ojalá pudiera sacarle algo también a Claire!

28

Georges Curtis condujo las cuatro manzanas que había hasta su propiedad con aparente tranquilidad, pero estaba agotado emocionalmente.

Rob Powell estaba jugando con él. Rob sabía lo suyo con Betsy, estaba seguro. Pensó en Laurie Moran, la productora del programa, hablando del plan de rodaje del día siguiente. Le había agradecido especialmente su participación en el programa.

—Imagino que debe de ser un hombre muy ocupado, señor Curtis —dijo—. Gracias por dedicarnos el día de hoy. Sé que tuvo que esperar mucho mientras preparábamos el equipo. Mañana le grabaremos con los clips de la Gala como telón de fondo, y después Alex Buckley le preguntará sobre sus recuerdos de aquella noche.

Recuerdos, pensó George mientras tomaba el camino de entrada a su mansión. Fue la noche que Betsy le dio un ultimátum.

—O le dices a Isabelle que quieres el divorcio, tal como me prometiste, o me pagas veinticinco millones de dólares para que me quede con Rob y mantenga la boca cerrada. Eres multimillonario, puedes permitírtelo.

Y había sido en el coche, camino de la Gala, cuando Isabelle le comunicó con el rostro radiante que estaba embarazada de cuatro meses, de gemelos.

—Quería esperar para contártelo, George —dijo—. Después de cuatro abortos no quería que te llevaras otra decepción, pero cuatro meses es un plazo seguro. Después de quince años rezando, al fin tendremos una familia.

—Dios mío. —Fue todo cuanto él acertó a articular—. Dios mío.

Estaba feliz y aterrorizado al mismo tiempo, recordó George. Me preguntaba cómo había sido capaz de liarme con Betsy, la esposa de mi mejor amigo.

Todo empezó en Londres. George estaba allí por una reunión de negocios con el director europeo de la cadena de restaurantes de comida rápida Curtis, fundada por su padre en 1940. Rob y Betsy Powell se encontraban en la ciudad esos mismos días, y también se alojaban en el hotel Stanhope, en la suite de al lado. Rob tuvo que viajar una noche a Berlín.

Invité a Betsy a cenar y de regreso en el hotel me propuso que tomáramos una última copa en mi suite, recordó George. Se quedó hasta el día siguiente. Fue el comienzo de una aventura que duró dos años.

Isabelle y yo estábamos cada vez más distanciados, pensó George mientras detenía el coche delante de su residencia. Ella estaba muy ocupada trabajando de voluntaria en obras benéficas y yo viajaba por todo el mundo abriendo nuevos mercados. Cuando tenía unos días libres no quería acompañarla a sus cenas benéficas.

Porque siempre que Rob estaba de viaje, yo me veía con Betsy en alguna parte.

Pero, transcurrido un año, empecé a desinflarme. Finalmente veía a Betsy como lo que era: una manipuladora. Y entonces no podía quitármela de encima. Me acosaba para que me divorciara.

En la Gala, Isabelle les contó a sus amigos que estaba embarazada.

Cuando Betsy lo oyó, me dijo que ya no dudaba de que nunca me divorciaría y que quería veinticinco millones de dólares por mantener la boca cerrada.

—Puedes permitírtelo, George —farfulló con una sonrisa, siempre pendiente de la gente a su alrededor—. Eres multimillonario. Ni siquiera los echarás de menos. Si no me das lo que te pido, le contaré a Isabelle lo nuestro. A lo mejor el disgusto le provoca otro aborto.

A George se le revolvió el estómago.

—Si se lo cuentas a Isabelle o a cualquier otra persona, Rob se divorciará de ti. —Apenas era capaz de pronunciar las palabras—. Y sé que vuestro acuerdo prematrimonial te dejará prácticamente sin nada.

Betsy sonrió.

—Sé que eso no ocurrirá, George, porque vas a pagarme. Yo seguiré viviendo felizmente con Rob, e Isabelle y tú viviréis felices con vuestros gemelos.

Seguía sonriendo cuando George se oyó decir:

—Te pagaré, Betsy, pero si alguna vez le cuentas algo a Isabelle, o a quien sea, te mataré. Te juro que te mataré.

—Por nuestro acuerdo —dijo Betsy acercando su copa a la de George.

De eso hace veinte años, pensó mientras abría la puerta del coche. Su mente saltó a lo que Laurie Moran le había dicho sobre el resto de su participación en el rodaje.

—Después les sentaremos juntos a Alex Buckley y a usted, y él le hará preguntas sobre sus impresiones acerca de la fiesta y de Betsy Powell. Puede que tenga algunas anécdotas que contar sobre ella. Tengo entendido que usted era un buen amigo de los Powell y solían coincidir en actos sociales.

Le dije a Moran que a Rob lo veía sobre todo en el club de golf, pensó George subiendo los tres peldaños de la encantadora casa de ladrillo que Isabelle y él se habían hecho construir hacía veinte años. Recordó que el arquitecto había llegado con pretenciosas versiones de mansiones con vestíbulos lo bastante grandes para alojar una pista de patinaje y escaleras dobles que conducían a terrazas «donde cabía una orquesta entera».

La respuesta de Isabelle fue:

—Queremos un hogar, no un auditorio.

Y su casa era, en efecto, acogedora. Espaciosa sin resultar abrumadora. Cálida y agradable.

Abrió la puerta y se encaminó a la sala de estar. Tal como esperaba, Isabelle y los gemelos, Leila y Justin, que habían vuelto de la universidad para pasar el verano, estaban allí.

George se quedó mirándolos mientras su corazón se henchía de amor.

Y pensar que estuve a punto de perderlos, se dijo recordando su amenaza a Betsy.

29

Cuando Claire regresó al hotel, lo primero que hizo fue colgar el letrero de NO MOLESTAR en la puerta y después corrió a lavarse la cara.

El cuidado maquillaje se fue diluyendo en la toallita enjabonada conforme la pasaba una y otra vez para no dejar el menor rastro. Por lo menos, ha cumplido su objetivo, pensó. Me fijé en la expresión de sus caras cuando me vieron, sobre todo en la de Rob Powell. No sabría decir si el vahído de Nina fue fingido o auténtico. Era bastante buena como actriz, aunque nunca llegara a convertirse en una estrella.

Pero creo que Nina eclipsó a papaíto Rob. Se disponía a desmayarse cuando ella se le adelantó. ¿Acaso no solía alardear Rob de que en el instituto fue elegido mejor actor en la obra de fin de curso? Y ha perfeccionado sus dotes interpretativas desde entonces.

30

Nina reparó en la cara de decepción de su madre cuando Rob no le propuso que cenaran juntos. Pero, una vez en el coche, Muriel señaló que Rob había hecho referencia en más de una ocasión a los buenos momentos que habían pasado juntos. Eso es cierto, reconoció Nina para sí.

Cuando salían del ascensor del hotel, Muriel preguntó:

—¿Viste la araña de luces? Debe de costar cuarenta mil dólares por lo menos.

—¿Cómo lo sabes?

—Vi una como esa cuando estábamos en Venecia rodando segundos planos.

Típico de ella, pensó Nina. Pues ahora, como actriz, vuelves a estar en segundo plano.

—¿Te diste cuenta de que el ama de llaves nos trataba como a unas intrusas?

—Mamá, conozco a Jane desde que era adolescente. Ella veía con malos ojos a todo el mundo menos a Betsy. —Nina titubeó antes de añadir con sarcasmo—: Quiero decir, a la «señora Powell». Jane estaba obligada a llamarla así a pesar de que habían trabajado juntas un montón de años.

—Yo también le habría exigido que me llamara «señora Powell» en lugar de Muriel —espetó su madre—. Si me hubiera casado con Rob.

—Me voy a mi habitación. Pediré que me sirvan la cena allí —respondió Nina poniendo los ojos en blanco.

Mientras se alejaba rápidamente de Muriel iba pensando: el mejor regalo que recibiste en tu vida fue que Betsy te dejara el camino libre; pero, a pesar de las muchas veces que telefoneaste a Rob Powell después de su muerte, él no quería volver a verte. Y ahora es evidente que está jugando contigo.

¿Cuándo aprenderás?

31

Regina llevaba un minuto en su hotel cuando recibió una llamada de Zach desde Londres. Fue directamente al grano.

—Mamá, por favor, dime la verdad, ¿te llevaste la nota contigo?

Regina comprendió que no tenía sentido mentir.

—Sí. Lo siento, Zach, te mentí porque no quería preocuparte.

—Entonces tengo que decirte algo, mamá. Destruí la copia que tenías. He querido destruirla desde el día que me hablaste de ella. Habría destruido el original también, pero no lo encontré por ningún lado.

—No te preocupes, Zach. Sé que tienes razón, y la destruiré cuando haya pasado esta semana. O, si lo prefieres, dejaré que la quemes tú. Tienes mi palabra.

—Genial, mamá. Te lo recordaré.

Se dijeron «Te quiero» y colgaron.

Regina corrió hasta el bolso, que había dejado sobre el tocador, lo abrió y sacó con mano temblorosa la cartera. Nada más llegar a la residencia de Powell había comprendido que no tendría que haber llevado la nota consigo.

Abrió el bolsillo secreto de la cartera donde había guardado cuidadosamente la nota.

Estaba vacío.

Quienquiera que la hubiera cogido debió de sospechar que Regina llevaba encima algo importante, o a lo mejor había registrado todos los bolsos que se habían quedado en la terraza por esa misma razón.

Y la nota proporcionaba un motivo perfecto para que ella hubiera querido asesinar a Betsy.

Volcó el bolso sobre la mesa y hurgó en su contenido esperando contra toda esperanza encontrarla, pero no estaba.

32

Rod se despertó a las cuatro de la mañana después de oír cerrarse una puerta.

—Ali —llamó.

Encendió la luz del techo. La puerta del salón se encontraba abierta y podía ver que Alison no estaba allí. Se incorporó de un salto y agarró las muletas. Después de todos estos años tenía los brazos y los hombros fuertes y podía moverse ágilmente con ellas. ¿Estaba Alison caminando otra vez sonámbula? Miró en el cuarto de baño y en el ropero. Nada. En cuestión de segundos alcanzó la puerta de la suite y la abrió. Y allí estaba Alison, avanzando lentamente por el largo pasillo.

La alcanzó en lo alto de la escalera que conducía al vestíbulo.

La cogió de la mano y susurró su nombre. Alison parpadeó y se volvió hacia él.

—Tranquila —le dijo con dulzura—. Tranquila. Ahora vamos a volver a la cama.

Cuando llegaron a la habitación, Alison rompió a llorar.

—Rod, Rod, estaba caminando sonámbula otra vez, ¿verdad?

—Sí, pero no pasa nada. Tranquila.

—Rod, la noche de la Gala estaba muy enfadada. La gente

no paraba de preguntarme si tenía intención de estudiar medicina y yo respondía que para eso tendría que trabajar por lo menos un año. Cada vez que miraba a Betsy lo único que podía pensar era que me había arrebatado esa beca solo para poder ingresar en un club elegante. —Bajó la voz hasta un susurro desesperado—: Esa noche caminé sonámbula. Me desperté cuando salía de la habitación de Betsy. Estaba muy contenta de que no me hubiera oído. ¿Es posible que la matara?

El llanto ahogó sus palabras.

33

Leo Farley dejó a Laurie en casa e indicó al taxista que esperara a que el portero abriera la puerta del vestíbulo y la cerrara tras ella.

Es toda la seguridad que puedo proporcionarle, pensó, y se recostó en el asiento del taxi con un suspiro de cansancio. Había sido un día largo, sobre todo por la angustia que le generaba que Timmy estuviera de campamento.

Tan absorto se hallaba en sus pensamientos que no advirtió que el taxista se había detenido delante de su edificio, situado en la siguiente manzana.

Tony, el portero, se acercó para abrirle la puerta del taxi. Leo normalmente bajaba de un salto, pero esa noche, después de pagar la carrera, se movió despacio e incluso buscó la mano de Tony para que lo ayudara a levantarse.

Y entonces notó que empezaban: los latidos rápidos del corazón que indicaban que estaba sufriendo un episodio de fibrilación cardíaca. Mientras Tony aguardaba diligentemente, Leo procedió a bajar del taxi hasta que recordó que su médico le había advertido que no debía, bajo ningún concepto, hacer caso omiso cuando su corazón empezaba a latir de ese modo, como una locomotora fuera de control.

—Ve derecho al hospital, Leo —le había ordenado—. Mucha gente padece esta dolencia, pero la tuya es mucho más grave que la de la mayoría. Hay que desacelerarte el corazón de inmediato.

Leo miró a Tony.

—Acabo de recordar que me he dejado una cosa en casa de mi hija —mintió. Luego añadió—: Puede que me quede a dormir allí.

—Muy bien, señor. Buenas noches.

Tony cerró con un golpe seco y Leo pidió de mala gana al taxista que lo llevara al hospital Mount Sinai.

Por lo menos está a pocas manzanas de aquí, pensó mientras volvía a comprobar su pulso acelerado.

34

Alex Buckley reflexionó sobre los acontecimientos del día mientras conducía desde Salem Ridge hasta su apartamento de Manhattan. Las cuatro chicas, ahora mujeres, habían sido amigas desde el primer año de instituto, y era evidente que se habían saludado con cierto recelo, aunque con el paso de las horas pareció que se animaban.

La actitud de las cuatro hacia Robert Powell era decididamente hostil, pese a mantener una fina capa de cordialidad.

Después de años interrogando a testigos, Alex había desarrollado la capacidad de atravesar la superficie de lo que alguien estaba diciendo y concentrarse en la mirada y el lenguaje corporal. Su conclusión de hoy con respecto a las graduadas era que todas detestaban a Robert Powell.

La pregunta era por qué. Alex sospechaba que dicha animosidad había comenzado más de veinte años antes.

Entonces, ¿por qué accedieron a celebrar la Gala de Graduación? Si mi mejor amigo deseara compartir su fiesta de graduación conmigo y yo odiara a su padre, no aceptaría, pensó Alex. Y eso planteaba otro interrogante. ¿Qué sentían las chicas por Betsy Bonner Powell? Si una de las cuatro la había matado, tenía que existir un motivo poderoso para que aprovechara la oportunidad de pasar la noche en la mansión de los Powell.

Alex empezó a dar vueltas a esas preguntas mientras entraba en el garaje y subía a su apartamento.

Ramón oyó el giro de la llave en la cerradura y apareció en el recibidor con una sonrisa.

—Buenas noches, señor Alex. ¿Ha tenido un buen día?

—Digamos que ha sido interesante. —Alex le devolvió la sonrisa—. Voy a cambiarme. Hoy era el peor día para llevar traje y corbata. Ha hecho un calor asfixiante.

El apartamento tenía una temperatura agradable y, como siempre, el armario de Alex era una obra maestra de precisión gracias a Ramón, que colgaba las americanas, las camisas y las corbatas por colores. Los pantalones estaban ordenados siguiendo ese mismo patrón.

Alex se puso una camisa deportiva de manga corta y unos caquis. A continuación se lavó las manos, se refrescó la cara con agua y decidió que lo que más le apetecía era una cerveza bien fría.

Al pasar por el comedor reparó en que la mesa estaba puesta para dos.

—Ramón, ¿quién viene a cenar? —preguntó abriendo la nevera—. No recuerdo haber invitado a nadie.

—No tuve tiempo de avisarle, señor —respondió Ramón mientras preparaba un pequeño aperitivo—. Su hermano está a punto de llegar. Tiene una reunión en Nueva York mañana a primera hora.

—¿Andrew está a punto de llegar? Qué bien —dijo Alex de corazón, aunque tuvo un breve momento de decepción, pues había planeado anotar todas sus impresiones del día durante la cena. Por otro lado, Andrew sabía que hoy comenzaba el rodaje y probablemente tendría un montón de preguntas que hacerle, y las preguntas podrían ayudar a extraer conclusiones. Si alguien lo sabe soy yo, pensó Alex.

Su primer sorbo de cerveza coincidió con el tintineo del carillón que anunciaba la llegada de Andrew. Tenía su propia llave y estaba abriendo cuando Alex apareció en el recibidor.

Durante mucho tiempo solo se habían tenido el uno al otro. Su madre había muerto cuando Alex estaba en primero de carrera y su padre, dos años después. Alex acababa de cumplir veintiún años y fue nombrado tutor de Andrew.

Como la mayoría de los hermanos, habían tenido sus peleas mientras crecían. Ambos eran competitivos en los deportes, y vencer al otro al golf o al tenis era motivo de gran regocijo.

Pero la competitividad desapareció cuando se quedaron solos. En su familia únicamente tenían primos lejanos, y ninguno vivía en Nueva York. Alex y Andrew vendieron su casa de Oyster Bay y se fueron a vivir a Manhattan, a un apartamento de dos habitaciones en la Sesenta y siete Este que compartieron hasta que Andrew se licenció en derecho por la Universidad de Columbia y aceptó un trabajo en Washington D. C.

Alex, que se había licenciado por la NYU cinco años antes y por entonces era un abogado en alza, siguió viviendo en el apartamento hasta que compró el de Beekman Place.

A diferencia de Alex, Andrew se había casado hacía seis años y ahora tenía tres hijos: un niño de cinco años y gemelas de dos.

—¿Cómo están Marcy y los niños? —fue la primera pregunta que le hizo Alex después de darle un abrazo.

Andrew, de metro ochenta y siete frente al metro noventa y dos de Alex, el pelo ligeramente más oscuro, los ojos azul grisáceo pero un cuerpo igual de atlético, rió.

—Marcy tiene envidia de las noches que duermo aquí. Las gemelas están pasando por esa terrible fase de los dos años donde la única palabra que conocen es «no». Johnny, en cambio, se porta genial, como siempre. Si alguna vez tuvo dos años, no lo recuerdo.

Miró el vaso que su hermano tenía en la mano.

—¿Hay una de esas para mí?

Ramón ya estaba vertiendo la cerveza en un vaso helado.

Se sentaron en la sala de estar y Andrew se abalanzó sobre el aperitivo.

—Estoy muerto de hambre. Hoy me he saltado la comida.

—Tendrías que haber encargado algo —dijo Alex.

—Cuánta sabiduría. Ojalá se me hubiera ocurrido.

Los hermanos intercambiaron una sonrisa. Luego Andrew preguntó:

—Y ahora la pregunta del millón: ¿qué tal tu día?

—Interesante, por supuesto.

Alex le habló del desayuno de bienvenida. Cuando llegó al momento en que Nina Craig se desmayó al ver a Claire, Andrew lo interrumpió.

—¿Fue un desmayo real o fingido?

—¿Por qué lo preguntas?

—Bueno, no olvides que Marcy hizo mucho teatro antes de que nos casáramos. Vivió cinco años en California después de la universidad. Cuando nos contaste que ibas a intervenir en ese programa y que los periodistas estaban haciendo un refrito del caso, Marcy me explicó que había coincidido en una obra de teatro con Muriel Craig y que todas las noches, después de la representación, se iba directa al bar, donde se emborrachaba y contaba a la gente que se habría casado con Robert Powell si la estúpida de su hija no le hubiera presentado a la madre de su amiga. Vociferaba que Powell y ella estaban prácticamente prometidos y que, de no ser por la estúpida de Nina, ahora estaría viviendo en una mansión con un marido guapo y rico. Por lo visto, Nina se encontraba en el bar una de esas noches y, cuando Muriel terminó su perorata, casi llegaron a las manos.

—Puede que eso explique su reacción —dijo Alex—. Creo que el desmayo fue real, pero cuando Nina volvió en sí empezó a gritarle a su madre que le quitara sus asquerosas manos de encima.

—¿Cuántos años llevaba Betsy casada con Powell cuando la asesinaron? —preguntó Andrew—. ¿No eran seis o siete?

—Nueve.

—¿Crees que existe la posibilidad de que Nina Craig aprovechara la oportunidad de deshacerse de Betsy quedándose a dormir después de la Gala, con la esperanza de que Powell volviera a estar disponible para su madre? Por lo que cuenta Marcy, Nina puede ser una tía dura.

Alex estuvo más de un minuto callado. Luego dijo con sorna:

—Creo que tú tendrías que haber sido el abogado criminalista.

Ramón apareció en la puerta.

—La cena está lista, señor.

—Espero que haya pescado —comentó Alex poniéndose en pie—. Se supone que es bueno para el cerebro, ¿no es cierto, Ramón?

35

Laurie se había puesto la alarma a las seis pero se despertó a las cinco y media. Un vistazo al despertador que había sobre la mesilla de noche le dijo que podía permitirse quedarse en la cama otra media hora.

Esta era la hora a la que Timmy, las veces que se despertaba pronto, entraba en su habitación y se acurrucaba con ella en la cama. A Laurie le encantaba rodearlo con el brazo y notar su coronilla bajo el mentón. Timmy era alto para su edad, pero aun así parecía tan pequeño y vulnerable que siempre la invadía la necesidad imperiosa de protegerlo. Mataría por ti, pensaba Laurie con vehemencia cuando la amenaza que había gritado Ojos Azules acudía a su mente.

Pero hoy Timmy había pasado su primera noche lejos de Laurie o de su abuelo desde que nació. Siempre que ella tenía que viajar por motivos de trabajo, Leo se instalaba en su casa con Timmy.

¿Estaba Timmy pasándolo bien en el campamento? ¿Echaba de menos su casa? Sería lo natural, se dijo. Todos los campistas primerizos sentían añoranza uno o dos días.

Yo sí lo echo de menos, pensó mientras apartaba la fina sábana, consciente de que le sería más fácil levantarse que permanecer en la cama inquietándose por Timmy.

Se permitió coger la foto que descansaba sobre el tocador.

Era una ampliación de una instantánea que alguien les había hecho a Greg, Timmy y ella cuando estaban con un grupo de amigos en la playa de East Hampton.

Era la última foto de ellos tres. A Greg le dispararon una semana después.

Laurie deslizó el dedo por el rostro de Greg, un gesto que había repetido cientos de veces los últimos cinco años. A veces imaginaba que algún día, en lugar de la superficie lisa de la foto notaría el rostro de Greg, que pasaría el dedo por el contorno de su boca y la notaría curvarse con una sonrisa.

Recordó que una noche, muerto Greg, tenía tal necesidad de él que se durmió susurrando su nombre una y otra vez.

Luego tuvo un sueño increíblemente vívido con él. Greg tenía el semblante triste y preocupado, como si le afligiera verla tan angustiada...

Sacudiendo la cabeza, Laurie devolvió la foto al tocador. Quince minutos después, con el pelo todavía húmedo de la ducha y el albornoz envolviendo su esbelta figura, entró en la cocina, donde el temporizador ya había puesto en marcha la cafetera.

Jerry y Grace la recogieron a las 7.45. El resto del equipo se reuniría con ellos en la mansión de Powell.

Como siempre, Grace estaba haciendo esfuerzos por despertarse.

—Me acosté a las diez —explicó a Laurie—, pero no podía dormir tratando de deducir quién de ellas podría haber matado a Betsy Powell.

—¿Y a qué conclusión llegaste? —preguntó Laurie.

—Las cuatro graduadas estaban compinchadas, como en *Asesinato en el Orient Express*, donde todos se turnan para acuchillar al tipo que había secuestrado al niño.

—Grace, eso es demasiado fantasioso incluso viniendo de

ti —dijo Jerry—. Yo digo que la mató el ama de llaves. Es tan evidente que está deseando perdernos de vista que creo que se debe a algo más que al hecho de que hayamos perturbado su rutina. Creo que está preocupada. ¿Qué dices tú, Laurie?

Laurie estaba sacando su móvil. Había oído el suave pitido que indicaba que había recibido un SMS.

Era de Brett Young y rezaba: «Laurie, los informes financieros del trimestre indican otra caída de ingresos. Como ya dije, tus dos últimos programas piloto fueron caros y decepcionantes. Asegúrate de que este funcione».

36

El señor Powell se había despertado antes de su hora habitual. A las siete y cuarto estaba terminando su segunda taza de café. Desde la salita del desayuno podía ver todo el jardín trasero, una vista que, por lo general, era de su agrado. Sin embargo hoy, aunque los rosales de la terraza estaban en plena floración y la fuente lanzaba chorros de agua cristalina y las plantas en torno al estanque ofrecían un despliegue de colores semejante a la paleta de un pintor, su semblante era de disgusto. La productora había dejado dos camionetas grandes estacionadas a un lado de la casa, y Jane sabía que esa imagen le desagradaba tanto como a ella.

Jane conocía sus estados de ánimo. La noche previa el señor Powell casi se había mostrado divertido con los acontecimientos del día, como el desmayo de Nina Craig y los comentarios obvios e insinuantes de Muriel sobre citas que habían compartido antes de que Betsy apareciera en escena.

¿Hasta dónde sabía de lo de George Curtis con Betsy?, se preguntó Jane. Veinte años antes, ella había estado pasando aperitivos en la Gala cuando percibió la tensión palpable entre Curtis y Betsy, y consiguió acercarse discretamente por detrás justo en el instante en que Curtis amenazaba a Betsy. Jane sabía que si Betsy hubiese conseguido los veinticinco millones probablemente los habría escondido, como había hecho con las joyas, y habría seguido viviendo con el señor Powell.

Si supiera todo lo que sé de usted, señor Powell, pensó Jane mientras frenaba el impulso de darle unas palmaditas en el hombro. ¿Debería recordarle que fue usted quien accedió a todo este lío y aconsejarle que pase el día en la oficina ya que, según tengo entendido, hoy no interviene en el rodaje? Pero Jane no le tocó el hombro ni le aconsejó que se fuera a la oficina. Sabía que al señor Powell le horrorizaría que se tomara tales libertades. En lugar de eso, hizo el gesto simbólico de ofrecerle más café y él, después de negar bruscamente con la cabeza, se marchó.

El día antes Jane había visto a ese chivato de Josh hurgar en los bolsos cuando se les dijo a las graduadas que los dejaran sobre la mesa de la terraza. Josh había sacado algo de uno de ellos. No estaba segura de cuál, porque había sido muy rápido. ¿Qué había encontrado de interés? Hacía tiempo que sabía que Josh grababa las conversaciones de sus pasajeros. También sabía que a Betsy —la «señora Powell», pensó burlonamente— no le gustaba la actitud de Josh. Este no habría durado mucho en su puesto si ella hubiese vivido, pensó Jane.

¿Qué había extraído de aquel bolso? De una cosa estaba segura: si era algo que podía beneficiar al señor Powell, Josh se lo enseñaría y, como un perro recibiendo unas palmaditas alentadoras de su dueño, acabaría con unos cientos de dólares más en el bolsillo.

—Jane, esta mañana no quiero ver a nadie —dijo el señor Powell—. Pasaré mucho tiempo al teléfono. La productora se traerá su propia comida, de modo que no hay razón para mantener la cocina abierta para esta gente. El equipo de rodaje utilizará el cuarto de baño de la casita de la piscina. Que el resto se quede en la terraza y cruce la cocina para ir al cuarto de baño. No quiero a nadie arriba o deambulando por la mansión. ¿Queda claro?

Anoche parecía estar disfrutando con todo esto, pensó Jane. ¿Qué había cambiado desde entonces? ¿O acaso estaba preocupado por su entrevista con el abogado? Jane había leído cosas sobre Alex Buckley y lo había visto en la tele hablando de crímenes. Sabía que en algún momento también le haría preguntas a ella sobre aquella noche.

Bueno, he conseguido guardarme lo que pienso durante casi treinta años, se dijo. Estoy segura de que puedo seguir haciéndolo. Sonrió para sí al pensar en las joyas que había cogido del escondrijo de Betsy después de que esta apareciera muerta. Como es lógico, Betsy jamás lució delante del señor Powell los pendientes, el anillo y el collar que George Curtis le había regalado. Se reservaba esas joyas para los discretos encuentros que tenían cuando el señor Powell estaba de viaje. Este nunca descubrió lo que había entre ellos, y seguro que George Curtis no tenía el menor interés en recuperarlas.

Me pregunto si George Curtis lleva todos estos años preguntándose si alguien acabará encontrando las joyas y relacionándolas con él. Es cierto que aquella noche amenazó a Betsy, y que vive a solo diez minutos a pie. Bueno, si recae alguna sospecha sobre el señor Powell o sobre mí con respecto a la muerte de Betsy, haré ver que acabo de encontrarlas y dejaré que George Curtis sea acusado de su asesinato.

Satisfecha con la presencia tranquilizadora de las joyas ocultas en su habitación, recogió la taza que Robert Powell había dejado antes de marcharse y, acercándosela tiernamente a los labios, apuró el café que había dejado en ella.

37

Claire desayunó un zumo de naranja, un café y una magdalena en la habitación. Ya estaba vestida y a la espera mucho antes de que llegara el coche que debía trasladarla a la casa donde había pasado los nueve años más desgraciados de su vida.

Se había puesto a propósito la ropa que solía vestir por casa: una sencilla camisa de algodón de manga larga y un pantalón negro. Hoy, como era habitual en ella, no se había maquillado ni se había puesto ninguna joya. Llevo todos estos años tratando de pasar desapercibida, pensó. Cuando era niña, mi madre me empujó a ello. ¿Por qué debería cambiar ahora? Además, ya es tarde para cambiar nada.

Solo existía una satisfacción en la vida de Claire: su trabajo como asistente social en temas de familia. Sabía que era buena, y únicamente cuando ayudaba a rescatar a mujeres y a niños de circunstancias insoportables se sentía plena y en paz.

¿Por qué he vuelto?, se preguntó. ¿Qué pensaba que iba a conseguir? ¿Qué pensaba que iba a enterrar? Al participar en el programa todas las graduadas corrían el riesgo de desvelar las razones secretas por las que odiaban a Betsy. Claire conocía esas razones y simpatizaba con todas ellas. Recordaba que las otras tres habían sido su puntal durante sus años de instituto. Cuando salía con ellas, pensó, casi podía olvidarme de todo.

Ahora las cuatro tenemos miedo de lo que la gente pueda descubrir de nosotras. ¿Sacará este programa a la luz la verdad o será un mero refrito de recuerdos dolorosos y vidas destrozadas? Se encogió de hombros con gesto impaciente y puso las noticias para matar el tiempo hasta que llegara el coche. Una de las secciones mencionaba el rodaje del programa sobre el asesinato de Betsy Bonner Powell y decía que estaba destinado a ser «el acontecimiento más esperado de la temporada televisiva».

Claire pulsó el botón del mando y la pantalla se tiñó de negro justo cuando sonó el teléfono. Desde el vestíbulo, Josh Damiano le preguntó en un tono alegre si estaba lista.

A lo mejor hace veinte años que lo estoy, pensó Claire mientras agarraba el bolso y se lo colgaba del brazo.

38

El jefe de policía Ed Penn había recibido una llamada de Leo Farley a las nueve de la noche del lunes. Pensó que sonaba fatigado, pero se sobresaltó cuando Leo le informó de que estaba en el hospital.

—No han conseguido devolverle a mi corazón su ritmo normal —explicó Leo—. Lo que significa que no podré vigilar la mansión.

Lo primero que pensó Penn fue que Leo Farley llevaba cinco años bajo la presión de la amenaza contra su hija y su nieto, y estaba resquebrajándose. Tras recordarle lo que Leo ya sabía —que la productora tenía un vigilante apostado en la verja de la propiedad de Powell para mantener a los paparazzi a raya y que comprobaba la identidad de todas las personas que intentaban entrar—, Penn le prometió que pondría un coche patrulla en la calle de atrás para asegurarse de que nadie saltaba la valla.

Ahora que la filmación del programa estaba en marcha, Penn se había llevado a casa el expediente completo del caso y había estado leyéndolo de nuevo.

Cuando Leo le telefoneó, estaba examinando con una lupa las fotografías de la escena del crimen: con el bello dormitorio de fondo, se veía la extraña imagen del cadáver de Betsy Powell con el cabello suelto desordenadamente sobre la almohada, los ojos abiertos y el camisón de raso cayéndole por los hombros.

El jefe de policía leyó que el ama de llaves estaba en la cocina cuando escuchó alboroto arriba y subió corriendo. Encontró a Robert Powell jadeando en el suelo, junto a la cama, con las manos abrasadas por el café que le llevaba a Betsy.

Al oír los gritos de Jane, las cuatro graduadas irrumpieron en la habitación. Según ellas, Jane Novak había gritado «Betsy, Betsy» a pesar de que, por lo general, la llamaba «señora Powell».

Y después de retirar la almohada de la cara de la víctima, Jane reconoció que había recogido del suelo el pendiente de esmeraldas y lo había dejado sobre la mesilla de noche.

—Supongo que lo hice porque estuve a punto de pisarlo —declaró—. No era consciente de lo que estaba haciendo.

Lo que estaba haciendo era contaminar la escena del crimen, pensó Penn. Primero al quitar la almohada y luego al recoger el pendiente.

—Y después corrí a ocuparme del señor Powell —proseguía la declaración de Jane—. Se había desmayado. Pensé que estaba muerto. Había visto a alguien hacer una reanimación cardiopulmonar en la tele y lo probé con él por si el corazón había dejado de funcionarle. En ese momento las chicas entraron y les grité que llamaran a la policía y pidieran una ambulancia.

El jefe de policía recordaba haber reparado de inmediato en la calma de las cuatro graduadas. De acuerdo, le dijeron que se habían quedado charlando hasta las tres de la madrugada y que habían bebido mucho vino. Puede que la falta de sueño y el exceso de alcohol hubieran anestesiado su reacción inmediata a la muerte de Betsy Powell. Pero, en su opinión, incluso aceptando que Claire Bonner se hallara en estado de shock, estaba demasiado serena para tratarse de una joven que acababa de perder a su madre.

Aunque también lo estaban las demás cuando las interrogaron.

Sigo pensando que no fue un intruso, se dijo Penn. Siempre he creído que alguien de dentro mató a Betsy Powell.

Las seis personas que estaban allí eran Robert Powell, el ama de llaves y las cuatro chicas.

Todas ellas serán entrevistadas por Buckley, pensó Penn. Por lo visto es un hacha interrogando a testigos. Será interesante comparar sus primeras declaraciones con lo que digan ahora delante de las cámaras.

Meneando la cabeza, el jefe de policía paseó la mirada por su sala de estar. Sentía que era una mancha para su departamento que el crimen nunca se hubiera resuelto. Sus ojos se detuvieron en la pared donde exhibía las numerosas menciones que había obtenido a lo largo de los años. Quería otra.

Por la resolución del asesinato de Betsy Bonner Powell.

Miró su reloj. Eran las nueve y diez. Basta de conjeturas inútiles. Descolgó el teléfono para pedir que pusieran un coche patrulla en la parte de atrás de la propiedad de Powell a partir del día siguiente.

39

El martes, Bruno se despertó a las seis de la mañana pensando que el momento glorioso en que podría llevar a cabo su venganza estaba cada vez más cerca.

Puso la tele antes de proceder a prepararse su espartano desayuno. Tenía permitido disponer de una nevera pequeña en su habitación. Encendió la cafetera y llenó un cuenco de yogur y cereales.

Después de las noticias nacionales y una docena de anuncios, finalmente llegó lo que estaba esperando. «El programa piloto de la serie *Bajo sospecha* se está rodando actualmente en la propiedad de Robert Powell. Veinte años después de la Gala de Graduación, las cuatro invitadas de honor se han reunido para salir en un programa de televisión y defender su inocencia en la muerte de la bella Betsy Bonner Powell, muy conocida entre la alta sociedad.»

Bruno soltó una carcajada áspera. El día antes había charlado con uno de los miembros sorprendentemente habladores del equipo de rodaje, quien le contó que tenían programado grabar hoy y mañana. Esa noche las graduadas dormirían allí. Hoy las filmarían sentadas en la sala de estar de la misma manera que lo habían estado veinte años antes, y mañana en un desayuno de despedida.

Y mientras ellas desayunaran, Bruno aprovecharía para salir de la casita de la piscina con su rifle y apuntaría directo hacia Laurie.

Rememoró aquel día que, siendo un niño, en Brooklyn, escuchó la conversación de unos chicos que sabía que pertenecían a la banda. Él trabajaba de ayudante de camarero en la cafetería donde algunos de ellos desayunaban todas las mañanas.

Oyó a un par de ellos asegurar que podrían atravesar la manzana del hijo de Guillermo Tell, pero con una bala en lugar de una flecha. Ese día Bruno compró un rifle y una pistola de segunda mano y empezó a practicar.

Seis meses después, cuando estaba recogiendo la mesa, dijo a los dos tipos que habían estado alardeando que le gustaría mostrarles lo excelente tirador que era. Se rieron de él, pero uno de ellos dijo: «¿Sabes, muchacho? No me gusta que la gente me haga perder el tiempo con fantasmadas. Si quieres demostrar lo que vales, te daré una oportunidad».

Y de esa manera ingresó en la banda.

Bruno podría cargarse a Laurie Moran en cualquier momento, pero quería asegurarse de que las cámaras estuvieran grabando cuando cayera al suelo.

Dio unos cuantos tragos al café mientras saboreaba ese momento.

El agente del coche patrulla estacionado en la calle de atrás saltaría la valla y correría hacia el comedor. El equipo de televisión también. Cuando se hubieran alejado de la casita de la piscina, Bruno saldría por la puerta trasera y estaría al otro lado de la valla en cuestión de segundos.

Tardaría cuatro minutos escasos en llegar corriendo al aparcamiento público de la estación de tren. El aparcamiento se hallaba a solo una manzana de la habitación en la que estaba sentado ahora mismo.

Había elegido el coche que robaría del aparcamiento, un monovolumen Lexus cuyo dueño lo dejaba todas las mañanas a las siete para tomar el tren de las siete y cuarto a Manhattan.

Bruno ya habría abandonado la ciudad antes de que hubiesen averiguado de dónde provenía el disparo.

El dueño del coche no denunciaría el robo hasta el jueves por la tarde.

Bruno estaba tan absorto repasando su plan que no se dio cuenta de que su taza estaba vacía.

¿Qué probabilidades había de que saliera mal?

Algunas, como es lógico. Puede que el agente no consiga saltar la valla, pensó Bruno, en cuyo caso seguro que me planta cara. No quiero verme obligado a dispararle. El disparo alertaría al otro poli. No obstante, si le diera con la culata del rifle, tendría todo el tiempo que necesito...

El elemento sorpresa, la confusión por el desplome de Laurie, la sangre empezando a manar de su cabeza, todo eso actuaría en su favor.

Puede que me cojan, admitió Bruno, lo cual eliminaría para siempre la posibilidad de aniquilar a Timmy. Pero si logro escapar tendré que ocuparme enseguida de él. Mi buena suerte no durará siempre.

Gracias a que había hackeado el ordenador de Leo Farley, Bruno sabía que Timmy estaba de campamento, incluso sabía en qué tienda dormía y cómo estaba distribuida. Pero aunque consiguiera colarse de noche y secuestrar a Timmy, Laurie sería informada de inmediato y ya nunca podría acercarse a ella. Timmy tenía que ir después.

Bruno se encogió de hombros. Estaba seguro de que aquella vieja había oído su amenaza. «Tu madre será la siguiente, y luego irás tú.» Tendría que ceñirse a ese plan.

No consultaba el móvil de Leo desde ayer, aunque Leo tampoco tenía mucho que hablar con nadie.

Escuchó la grabación de la llamada de Leo al jefe de policía de la noche previa. «Leo Farley estaba en el hospital Mount Sinai en cuidados intensivos.»

Empezó a considerar las posibilidades que sugería eso.

Y sonrió.

Seguro, seguro que saldría bien. Tenía que salir bien. Podía hacerlo.

Cuando Laurie estuviera en el desayuno de despedida, Bruno saldría de la casita de la piscina sujetando la mano de Timmy y apuntándole a la cabeza con una pistola.

40

A Regina le temblaban las manos con tal violencia que casi no podía meterse la camiseta por la cabeza. Laurie Moran les había pedido que vistieran ropa sencilla. Había encargado réplicas de lo que llevaban puesto cuando la policía llegó después de que encontraran el cuerpo sin vida de Betsy. Las cuatro graduadas habían entregado los pijamas como prueba y habían recibido la orden de aguardar en la sala de estar hasta que pudieran ser interrogadas.

Aquel día Regina llevaba tejanos y una camiseta roja de manga larga. La idea de ponerse ahora un atuendo similar la angustiaba. Sentía como si le estuvieran arrancando todas las capas protectoras que había construido a su alrededor a lo largo de veinte años.

El mero hecho de pensar en aquella ropa le traía el recuerdo de las cuatro apiñadas en la sala de estar, sin poder siquiera ir a la cocina a por un café o una tostada. Jane estaba en la sala de estar con ellas, pese a sus ruegos de que la dejaran viajar en la ambulancia con el señor Powell.

¿Quién le había cogido del bolso la nota de suicidio de su padre? ¿Y qué pensaba esa persona hacer con ella?

Si la policía la encontraba, podrían arrestarla por haber escondido la nota que había dejado su padre. Ella sabía que la policía siempre sospechó que, si su padre había escrito una nota, ella la había cogido. Regina mintió una y otra vez durante la investigación de la muerte. Quienquiera que tuviera ahora la nota podría proporcionar a la policía cuanto necesitaba para acusarla del asesinato de Betsy.

Los ojos se le llenaron de lágrimas.

Zach, su hijo de diecinueve años, había tenido el buen juicio de destruir la copia que ella había hecho y había intentado dar con la nota original, y luego le había suplicado que no se la llevara.

Si la detenían y la acusaban de la muerte de Betsy, ¿cómo afectaría eso a la vida de su hijo?

Pensó en el niño que entraba en la agencia inmobiliaria después del colegio, cuando no tenía entrenamiento de uno de sus deportes, y la ayudaba a plegar y enviar folletos de la agencia a las poblaciones cercanas. Se ponía como loco cuando un folleto derivaba en una cita con un posible comprador. Zach y ella siempre habían estado muy unidos. Sabía lo afortunada que era en ese aspecto.

Cuando llegó el desayuno, intentó beber el café y comer un pedazo de cruasán, pero se le quedó atascado en la garganta.

Tienes que tranquilizarte, pensó. Si estás nerviosa cuando ese abogado, Alex Buckley, te entreviste, solo conseguirás empeorar las cosas.

Dios, te lo suplico, haz que salga bien parada de esto. Sonó el teléfono. El coche había llegado para trasladarla a la mansión de Powell.

—Enseguida bajo —dijo, incapaz de dominar el temblor en su voz.

41

Alison no volvió a dormirse después de su episodio de so-
nambulismo. Rod la notaba dar vueltas en la cama, y finalmente la rodeó con el brazo y la estrechó contra él.

—Alie, no debes olvidar nunca que aquella noche estabas
caminando sonámbula. Que creas que entraste en el cuarto
de Betsy no quiere decir que ese recuerdo sea exacto.

—Estuve allí. Betsy tenía una lamparilla de noche encen-
dida. Hasta recuerdo que vi el pendiente brillando en el
suelo. Rod, si lo hubiese recogido, habría dejado en él mis
huellas dactilares.

—Pero no lo hiciste —repuso Rod con ternura—. Alie,
tienes que dejar de pensar de ese modo. Cuando estés delante de la cámara cuenta únicamente lo que sabes, o sea, nada.
Oíste a Jane gritar e irrumpiste en el dormitorio con las demás. Y, como las demás, te quedaste conmocionada. Durante
la entrevista di siempre «las demás» y todo irá bien. Y recuér-
date que la razón de que estés participando en este programa
es conseguir el dinero para estudiar medicina. ¿Qué he estado diciéndote desde que se te presentó la oportunidad de volver a la universidad?

—Que algún día me llamarás la nueva madame Curie —susurró Alison.

—Exacto. Y ahora, vuelve a dormirte.

Pero aunque dejó de dar vueltas, Alison no volvió a dormirse. Cuando el despertador sonó a las siete en punto, ya estaba duchada y vestida con el pantalón y el polo que pronto sustituiría por la camiseta y los tejanos que había llevado la mañana después del asesinato de Betsy Powell.

42

Laurie, Jerry y Grace llegaron a la mansión de Powell poco después que el equipo de rodaje, que aquella mañana incluía peluquera, maquilladora y ayudante de vestuario. Había dos furgonetas nuevas en la entrada para su uso: una para hacer de vestidor y la otra, de peluquería y salón de maquillaje para las personas que iban a ponerse ante las cámaras.

Laurie había trabajado bien con las tres en otros proyectos.

—En la primera escena que rodaremos saldrán las cuatro graduadas y el ama de llaves con la ropa que se pusieron después de descubrirse el cuerpo. El maquillaje ha de ser ligero, porque seguro que aquel día ninguna tuvo tiempo ni ganas de pintarse. Disponemos de una foto que la policía les hizo aquella mañana. Estudiadla e intentad darles el aspecto que tenían hace veinte años. Como es lógico, ya no llevan el pelo largo, pero las cuatro han envejecido muy bien.

Meg Miller, la maquilladora, acercó la foto a la ventana para verla mejor.

—Laurie, una cosa está clara: las cuatro parecen aterrorizadas.

—Estoy de acuerdo —dijo Laurie—, y mi trabajo es averiguar por qué. Lo lógico es que parecieran impactadas y desconsoladas, pero ¿por qué parecen tan asustadas? Si a Betsy la mató un intruso, ¿de qué tienen miedo?

La escena se filmaría en la sala de estar, donde la policía había reunido a las chicas aquella mañana. Por increíble que pareciera, el mobiliario y los cortinajes eran los mismos, de manera que la sala conservaba un inquietante parecido con el aspecto que había tenido veinte años atrás.

Por otro lado, razonó Laurie, imagino que solo Robert Powell ha utilizado esa estancia todos estos años. De acuerdo con Jane Novak, a los invitados los recibe en el salón y el comedor. Por lo que cuenta, cuando el señor Powell está solo, o se encierra en la sala de estar a ver la tele o leer, o sube a su suite.

Dado que aquí solo vive él y que Jane lo mantiene todo impecable, no es de extrañar que no haya tenido que cambiar la decoración.

¿O acaso Powell quiere mantener la mansión congelada en el tiempo, exactamente como su esposa la dejó?, se preguntó. Había oído hablar de casos así.

Presa de un escalofrío, Laurie regresó rápidamente a la sala de estar y entró por la puerta de la terraza. El equipo estaba montando las cámaras. No había ni rastro de Robert Powell. Jane les había informado de que estaba en su despacho y no se movería de allí en toda la mañana.

Powell había dicho desde el principio que no había necesidad de compensar a Jane con la misma suma de dinero.

—Creo que también hablo por ella cuando digo que a los dos nos gustaría mucho que este terrible asunto se resolviera. Jane siempre ha lamentado que después de echar el cerrojo a todas las puertas antes de acostarse, las chicas abrieran la de la sala de estar para salir a la terraza a fumar y olvidaran cerrarla cuando volvieron a entrar. De haberlo hecho, probablemente no habría podido meterse ningún intruso.

Puede que Powell y Jane tengan razón, pensó Laurie. Después de comprobar las cámaras y los focos, salió a la terraza y vio a Alex bajar de su coche.

Hoy vestía camisa deportiva y caquis en lugar del traje oscuro de ayer. La capota del coche estaba bajada y la brisa había alborotado su pelo moreno. Laurie lo observó acariciarse el cabello, un gesto probablemente mecánico, antes de echar a andar hacia ella.

—Eres una mujer madrugadora —dijo con una sonrisa relajada.

—Esto no es nada. Deberías vernos cuando empezamos a rodar un programa al amanecer.

—No, gracias. Esperaré a poder pulsar un botón para verlo por la tele. —Como hizo en su despacho, Alex se puso súbitamente serio—. ¿El plan sigue siendo entrevistar a las graduadas después de grabarlas en la sala de estar?

—Sí. He cambiado el orden porque tengo el presentimiento de que todas han ensayado lo que van a decirte. Si empiezan las cuatro juntas, puede que eso las pille desprevenidas. Y no te sorprendas por su atuendo. Visten una réplica de lo que llevaban después de que el cuerpo de Betsy fuera encontrado y recibieran la orden de ponerse ropa de calle.

Alex Buckley raras veces permitía que su cara desvelara sorpresa, pero esta vez estaba tan atónito que fue incapaz de ocultarla.

—¿Irán vestidas como hace veinte años?

—Sí, para dos escenas. La de la sala de estar, adonde fueron conducidas junto con Jane en cuanto llegó la policía, y otra en la que aparecen con un vestido exacto al que lucieron la noche de la Gala.

La respuesta de Alex Buckley se vio interrumpida por la llegada, casi simultánea, de las cuatro graduadas en sus respectivas limusinas. Cuando Muriel Craig bajó del asiento de atrás de la segunda limusina al tiempo que su hija Nina lo hacía del asiento de delante, la sorprendida fue Laurie. No estaba previsto que Muriel viniera hoy, pensó. O Powell la ha llamado o ha venido por decisión propia.

En cualquier caso, seguro que su presencia consigue irritar a Nina.

Lo cual podría estar bien a la hora de entrevistarla.

43

El martes por la mañana Josh llevó el Bentley al servicio de lavado y limpieza a mano. El señor Rob insistía en que lo mantuviera impecable en todo momento, «de lo contrario...», pensó Josh mientras esperaba en una silla de la recepción.

Con una sensación de satisfacción, Josh se felicitó por haber resuelto el problema de cómo hacer que las graduadas escucharan las cintas que había grabado. Colocaría el casete en el cuarto de baño que había en el pasillo, junto a la cocina. En su interior había un tocador con un banco para las invitadas que desearan retocarse el maquillaje o el pelo. Mostraría las cintas a Nina, Regina y Alison, y les diría que quizá les interesara escuchar las conversaciones que habían mantenido en el coche y que la destrucción de cada copia del casete les costaría cincuenta mil dólares.

Seguro que el pánico se apoderaba de ellas, pensó. Claire no había abierto la boca en el coche, así que no había cinta para ella. Sin embargo, Josh estaba seguro de que, de todas las graduadas, era la que más secretos escondía.

Tenía la nota de suicidio que Regina había escondido en el bolso. Josh se había debatido entre entregársela al señor Rob o darle un uso mejor. Finalmente había dado con la respuesta: pediría a Regina cien mil dólares por ella, puede que incluso más, y le diría que, si no se los daba, iría directo a la policía.

Esa nota podría hacer que el señor Rob, Jane y las demás graduadas quedaran libres de toda sospecha en relación con el asesinato de Betsy.

Y si Josh entregaba la nota a la policía, sería considerado un héroe y un ciudadano ejemplar. Pero la policía podría preguntarle qué hacía hurgando en los bolsos de las señoras. No tenía una buena respuesta a eso, y confiaba en que no fuera necesaria.

El señor Rob no le había pedido que recogiera a ninguna graduada aquella mañana. En su lugar, le había ordenado, con tono malhumorado, que volviera a casa después de lavar el coche por si decidía ir a la oficina.

Era evidente que al señor Rob lo desestabilizaba tener a toda esa gente cerca. No solo debe de traerle muchos recuerdos, pensó Josh, sino que probablemente sabe que él también se halla bajo sospecha y está deseando limpiar su nombre.

Al igual que Jane, Josh había conseguido echar un vistazo al testamento del señor Rob el día que lo dejó sobre la mesa. Legaba diez millones de dólares a Harvard para financiar becas destinadas a alumnos brillantes y cinco millones al Waverly College, donde había recibido un doctorado honoris causa y donde ya había conseguido que la biblioteca llevara su hombre y el de Betsy.

Alison Schaefer había estudiado en Waverly. Josh recordaba que era la mejor estudiante de las cuatro muchachas y que contaba que quería estudiar medicina, pero en vez de eso se casó con Rod Kimball tan solo cuatro meses después de la Gala.

Josh siempre se había preguntado por qué Alison no había llevado a Rod a la Gala aquella noche. Quién sabe, pensó, tal vez habían discutido.

Cuando el gerente del servicio de lavado se acercó para decirle que el coche estaba listo, Josh cerró su círculo de pensamientos. El señor Rob es un hombre muy enfermo que intenta asegurar su legado antes de morir, reflexionó.

Pero mientras se alejaba en el Bentley, no pudo evitar pensar que quizá existieran más razones de las que parecía a primera vista por las que el señor Rob quería seguir adelante con el programa.

44

La impaciencia de Leo Farley por salir del hospital aumentaba por segundos. Contempló con desdén la aguja de su brazo izquierdo y la botella de líquido conectada a ella que pendía sobre su cabeza. Tenía un monitor cardíaco conectado al pecho, y cuando intentó levantarse una enfermera irrumpió al instante en la habitación.

—Señor Farley, no puede ir solo hasta el baño. Tiene que acompañarlo una enfermera. Pero puede cerrar la puerta.

Fantástico, pensó con sarcasmo al tiempo que comprendía que ella no tenía la culpa de su situación. Así pues, le dio las gracias y aceptó de mala gana que lo siguiera hasta la puerta del cuarto de baño. A las nueve de la mañana, cuando llegó su médico, Leo estaba listo para pelear.

—Mira —dijo—, puedo irme sin necesidad de llamar a mi hija. Anoche nos vimos justo antes de mi ingreso, de modo que sé que no tendrá intención de hablar conmigo hasta esta noche. Todavía le quedan dos días de programa y la presión es enorme porque tiene que conseguir que sea un éxito. Si le digo que estoy en el hospital, se llevará un disgusto de muerte y probablemente acabará viniendo aquí en lugar de terminar el programa.

El doctor James Morris, un viejo amigo, se mostró igual de enérgico.

—Leo, el disgusto de tu hija será aún mayor si te ocurre algo. Yo mismo llamaré a Laurie, que ya sabe que a veces sufres fibrilaciones, y le dejaré claro que estás estable y que quizá te dé el alta mañana por la mañana. Puedo hablar con ella antes de que la llames esta noche. Le serás mucho más útil a tu hija y a tu nieto si sigues vivo que exponiéndote a un posible infarto. —Le sonó el busca—. Lo siento, Leo, he de irme.

—No te preocupes, seguimos hablando luego.

Cuando el doctor Morris se hubo marchado, Leo cogió el móvil y llamó al campamento Mountainside. Le pusieron con el despacho del administrador del campamento y de ahí con el director, a quien ya conocía.

—Soy el abuelo puñetero —dijo—. Solo quería saber cómo está Timmy. ¿Tiene pesadillas?

—No —aseguró el director—. He preguntado por él en el desayuno y el monitor me ha dicho que ha dormido nueve horas de un tirón.

—Es una gran noticia —comentó Leo con alivio.

—Deje de preocuparse, señor Farley. Estamos cuidando bien de él. ¿Y cómo está usted?

—Podría estar mejor —se lamentó Leo—. Estoy en el hospital Mount Sinai con fibrilaciones cardíacas. No me gusta la sensación de no estar disponible para Timmy cada minuto del día.

Leo no podía imaginar que el director estaba pensando que, teniendo en cuenta la presión bajo la que había vivido los últimos cinco años, no era de extrañar que tuviera fibrilaciones. En lugar de eso, Leo escuchó y agradeció las palabras tranquilizadoras del director.

—Usted cuídese, señor Farley, que nosotros nos ocuparemos de su nieto. Se lo prometo.

Dos horas más tarde, cuando Ojos Azules escuchó la conversación grabada, pensó entusiasmado: «Me lo ha puesto en bandeja. Ahora ya no dudarán de mí».

45

Jane Novak, desde que había entrado a servir en la mansión de los Powell, hacía veintinueve años, vestía el mismo modelo de uniforme negro con delantal blanco.

También lucía el mismo peinado: el pelo hacia atrás y recogido en un moño impecable. La única diferencia era que ahora estaba veteado de gris. Jane jamás se había maquillado y rechazaba cualquier intento de Meg Miller de ponerle colorete o perfilarle las cejas, por poco que fuera.

—Señora Novak, lo hago porque los focos de la cámara harán que salga muy blanca.

Pero Jane no quería ni oír hablar del asunto.

—Sé que tengo una piel estupenda —dijo—, y eso es porque nunca he utilizado esas porquerías.

No sabía que Meg, mientras decía «Claro, como usted quiera», estaba pensando que, efectivamente, Jane poseía un cutis fantástico y unas facciones bonitas. Si no fuera por la caída al final de los labios y la expresión ceñuda de los ojos, Jane Novak sería una mujer muy atractiva, pensó Meg.

Claire fue la siguiente en aceptar solo una cantidad mínima de maquillaje.

—Nunca me maquillaba —dijo, antes de añadir con amargura—: Aunque lo hubiera hecho, nadie se habría fijado en mí. Ya tenían a mi madre para admirar.

Regina estaba tan nerviosa que Meg se esforzó por disimularle las gotas de sudor de la frente con un corrector, por si seguía sudando.

Alison, una mujer reservada, se limitó a encogerse de hombros cuando Meg comentó:

—Solo te pondré un poco de maquillaje por los focos.

Nina Craig dijo:

—Soy actriz y conozco el efecto de los focos. Haz lo que haga falta.

Era poco lo que Courtney, la peluquera, podía hacer, salvo tratar de imitar, en la medida de lo posible, el peinado que lucían las graduadas en la fotografía de hacía veinte años.

Mientras Laurie esperaba a sus estrellas en la sala de estar, Jerry y Grace se mantenían cerca para llevar a cabo los ajustes que Laurie juzgara necesarios.

Una foto ampliada de las cuatro chicas y Jane, tomada veinte años atrás por el fotógrafo de la policía, descansaba en un caballete, a modo de plantilla, fuera del encuadre de la cámara. El cámara, su ayudante y el técnico de luces ya habían situado las cámaras en los lugares estratégicos. En la foto, tres de las chicas estaban sentadas en el largo sofá, muy pegadas unas a otras. A cada lado de la mesa de centro había un sillón. Jane Novak ocupaba uno de ellos con la cara acongojada y los ojos vidriosos, aunque no había llorado. Claire Bonner estaba sentada frente a ella con expresión meditabunda, pero sin mostrar el menor atisbo de pesar.

Alex Buckley estaba junto a la puerta, observando toda aquella actividad sentado en el sillón de cuero que el señor Rob solía ocupar al final del día.

—Es reclinable —informó Jane a Laurie—. Al señor Powell le gusta tener los pies en alto. El médico le dijo que era bueno para la circulación.

Es una sala muy bonita, pensó Alex mirando en derredor. Los paneles de caoba de las paredes eran el telón de fondo de la colorida alfombra persa. El televisor estaba colgado de la pared, sobre la chimenea, y rodeado de estanterías. Los muebles habían sido agrupados en dos zonas; a un lado, el sofá y los sillones donde estaban sentadas ahora las graduadas y Jane Novak, y al otro, el sofá y el sillón de cuero con asiento reclinable. La puerta corredera de cristal que daba a la terraza se hallaba a la derecha del sofá ocupado por las chicas y era, según Jane, la puerta por la que estas habían entrado y salido para fumar la noche de la Gala y habían olvidado cerrar después.

Según el informe policial, aquella mañana los ceniceros de la terraza aparecieron repletos de colillas. Jane declaró que en el contenedor del vidrio había por lo menos tres botellas de vino vacías, arrojadas allí después de que ella y los del servicio de catering hubieran limpiado todo al término de la fiesta.

Alex escuchó a Laurie explicar la toma a las chicas.

—Como ya sabéis, solo queremos esta foto con la misma ropa y en el mismo lugar donde estabais aquella mañana para poner al público en antecedentes. Luego Alex Buckley os entrevistará por separado en el mismo lugar donde estáis sentadas ahora para obtener vuestras reflexiones sobre lo que estabais pensando y sintiendo aquella mañana. ¿Hablabais entre vosotras? No lo parece, a juzgar por la foto.

Nina respondió por las demás.

—Casi no abrimos la boca. Supongo que estábamos en estado de shock.

—Es comprensible —dijo con dulzura Laurie—. Bien, ahora sentaos como estabais aquella mañana e iniciaremos la sesión de fotos. No miréis a la cámara. Observad la foto e intentad recrear las mismas posturas.

Desde su posición ventajosa de detrás de una de las cámaras, Alex Buckley podía percibir la tensión que flotaba en el ambiente, la misma que notaba a veces en la sala del juzgado cuando un testigo importante era llamado a declarar. Sabía que Laurie Moran estaba buscando un efecto dramático al incorporar las dos fotos a la filmación, pero también que su objetivo era poner nerviosas a las graduadas y a Jane hasta que una de ellas, o varias, declarara algo que se contradijera con lo que constaba en los informes. Meg, la maquilladora, entró sigilosamente en la sala de estar con un neceser en la mano. Alex sabía que estaba allí por si alguna de las caras brillaba demasiado bajo los focos.

Estaba maravillado con el aspecto juvenil de las graduadas y lo delgadas que se habían mantenido, si bien sospechaba que Nina, que no aparentaba ni treinta, se había hecho algún retoque. Le había sorprendido que Claire Bonner, tan glamurosa y tan parecida a su madre el día anterior, ofreciera hoy un aspecto tan dejado. ¿A qué estaba jugando?, se preguntó.

—Bien, empecemos —estaba diciendo Laurie—. Grace, el almohadón de detrás de Nina sobresale demasiado por la derecha.

Grace lo ajustó. Laurie volvió a mirar por el objetivo y dio el visto bueno al cámara. Alex observó como este hacía una foto tras otra mientras Laurie introducía algún comentario.

—Alison, trata de no volverte hacia la izquierda. Nina, reclina la espalda como en la foto original para que no parezca que estás posando. Jane, gire la cabeza un poco hacia aquí.

Pasaron treinta y cinco minutos antes de que Laurie estuviera satisfecha con lo que percibía por el visor de la cámara.

—Muchas gracias —dijo enérgicamente—. Haremos un descanso y luego Alex comenzará las entrevistas. Claire, tú serás la primera. Volveremos a la sala de estar y os sentaréis frente a frente, en los sillones donde ahora estáis Jane y tú. Entretanto, las demás podéis descansar. En los camerinos hay periódicos y revistas. Hace un día precioso. Quizá os apetezca sentaros en la terraza.

Se levantaron una a una. Jane fue la primera en dirigirse a la puerta.

—Sacaré un tentempié y que cada una se sirva —dijo—. Pueden tomarlo fuera o en la salita del desayuno. Comeremos a la una y media.

46

El jefe de policía Ed Penn no era consciente de hasta qué punto se le había contagiado la preocupación de Leo por la seguridad de su hija mientras se filmaba el programa *Bajo sospecha*.

Aunque había puesto un coche patrulla en la calle de atrás, decidió ir a echar un vistazo. Tenía que reconocer que sentía una gran curiosidad por ver qué aspecto tenían las graduadas veinte años más tarde.

Eran cerca de las diez cuando, después de haber hecho una visita al coche patrulla, entró en la finca para hablar con Laurie Moran. No le mencionaría los temores de su padre, naturalmente que no, pero lo cierto es que Laurie se hallaba con seis personas que habían estado presentes la noche que Betsy Powell fue asesinada. Penn estaba convencido de que entre esas seis personas estaba el asesino.

Robert Powell había aparecido desplomado en el suelo con las manos abrasadas por el café humeante que llevaba a su esposa. Aun así pudo haberla matado y decidir que unas quemaduras en las manos eran un precio pequeño que pagar a cambio de parecer inocente, pensó Penn.

El jefe de policía sabía que el padre de Regina se había suicidado por el dinero que había metido en el fondo de inversión de Powell. Era probable que la afligida hija estuviera resentida con Powell por ser la causa indirecta de su muerte.

Penn estaba convencido de que Regina había mentido cuando aseguró que no había ninguna nota de suicidio. En aquel momento tenía apenas quince años, pero había aguantado un interrogatorio intenso, lo que sugería una determinación férrea que iba más allá de su edad.

Claire Bonner constituía un misterio. ¿Estaba tan serena tras la muerte de su madre porque se hallaba en estado de shock? Penn había estado en el funeral. Mientras las lágrimas rodaban por el rostro de Robert Powell, la actitud de Claire había sido fría y tranquila.

De Nina Craig únicamente sabía que su madre la flagelaba constantemente por haber presentado a Betsy Bonner y Robert Powell.

Alison Schaefer era la que menos razones tenía, aparentemente, para estar resentida con Betsy. Se casó a los cuatro meses de morir Bonner y, en aquel entonces, su marido Rod tenía un brillante futuro como futbolista.

Penn se había preguntado si los paparazzi intentarían colarse en el rodaje, pero por el momento no parecía que fuera así. El vigilante de la entrada dejó pasar el coche del jefe de policía, y el conductor, un agente joven, aparcó detrás de las furgonetas.

—No tardaré —le dijo Penn antes de poner rumbo a la terraza, donde había gente tomando un tentempié.

Laurie fue a su encuentro y lo condujo hasta el grupo, y Penn reconoció enseguida a las cuatro graduadas. Estaban sentadas a la misma mesa con el marido de Alison, y las cuatro levantaron la mirada cuando se acercó. Todas parecían sorprendidas, luego recelosas, pero Regina fue la única que reculó como si la hubieran golpeado.

Fue a ella a quien se dirigió primero.

—Regina, no sé si te acuerdas de mí —dijo.

—Desde luego que sí.

Penn prosiguió.

—¿Cómo estás? Lo sentí mucho cuando me enteré de que tu madre había muerto después de mudarse a Florida.

A Regina le entraron ganas de contestar que su madre había muerto de pena porque nunca superó la muerte de su marido, pero sabía que eso podría reabrir el asunto de la nota de suicidio. ¿O el jefe de policía está aquí porque ya la tiene?, se preguntó. Rezando para que no le temblara la mano, levantó su vaso de té helado y bebió mientras el hombre saludaba a las demás graduadas.

Penn se volvió entonces hacia la mesa ocupada por Laurie, Alex Buckley, Muriel Craig, Jerry y Grace.

—Dentro de unos minutos Alex hablará con Regina sobre sus recuerdos de aquella noche y del día siguiente —le explicó Laurie—. Mañana, cuando oscurezca, grabaremos a las graduadas con sus vestidos de noche, con las filmaciones de la fiesta como telón de fondo. Si desea presenciar el rodaje, es usted bienvenido.

Robert Powell salió a la terraza justo entonces.

—Estaba trabajando en mi despacho —dijo—. Si diriges un fondo de inversión no puedes apartar los ojos del mercado ni un segundo. ¿Cómo está, Ed? ¿Ha venido a protegernos?

—No creo que sea necesario, señor Powell.

Aunque Robert Powell estaba sonriendo y parecía relajado, Penn reparó en sus ojeras y en la pesadez general de su cuerpo cuando tomó asiento y rechazó el sándwich que Laurie le ofrecía de la fuente que Jane había dejado sobre la mesa. Muriel, que había estado quejándose de que no tenía nada que hacer, se animó de golpe.

—Rob, querido —dijo—, ya has trabajado suficiente por hoy. ¿Por qué no nos vamos tú y yo al club y jugamos una partida de golf? Yo jugaba muy bien, ¿sabes? Estoy segura de que podría alquilar unos palos, y me traje mis zapatos de golf por si conseguía persuadirte.

Laurie esperaba oír una negativa aplastante, pero Powell sonrió.

—Es la mejor idea que he oído en todo el día —dijo—, pero me temo que tendremos que dejarlo para otro momento. Tengo mucho que hacer en mi despacho. —Hizo una pausa y se volvió hacia Laurie—. Creo que hoy lo tengo libre, ¿verdad?

—Sí, señor Powell. Alex entrevistará a cada una de las chicas y, si tenemos tiempo, también a Jane.

—¿Cuánto durará cada entrevista? —preguntó él—. Había calculado que no más de diez minutos.

—Quedarán reducidas a ese tiempo —dijo Laurie—, pero Alex tiene previsto hablar con cada una de ellas una hora más o menos. ¿No es así, Alex?

—Sí.

—Señor Rob, ¿seguro que no quiere picar algo? —preguntó Jane—. Casi no tocó el desayuno.

—Jane me cuida mucho —dijo Powell a los demás—. De hecho, a veces es como una madre.

No es exactamente un cumplido, pensó Laurie, y advirtió, por el rubor que le subía por la cara, que Jane compartía su opinión.

—La confianza da asco —espetó Muriel mirando a Jane, mientras Robert Powell se levantaba y entraba en la mansión.

Sin mediar palabra, Jane giró sobre sus talones y se acercó a la mesa que compartían las graduadas y Rod. Como nadie quería más café, Laurie se puso en pie.

—Si nadie os lo ha dicho antes, os lo diré ahora. En este negocio hay muchos ratos de espera. Alex empezará entrevistando a Claire. Cuando terminen, Claire podrá regresar a su hotel, y lo mismo con cada una de vosotras. Calculad una hora por entrevista, más o menos.

El jefe de policía Penn se levantó.

—Si ve a algún fotógrafo o a alguien intentando colarse durante la filmación, llámeme de inmediato —dijo a Laurie mientras le tendía su tarjeta.

Rod le dijo a Alison:

—Aquí empieza a hacer calor. Imagino que no somos bienvenidos en el salón —añadió con sarcasmo— y en la sala de estar están grabando. Pero supongo que podemos sentarnos en la salita del desayuno. Las sillas parecen cómodas.

Laurie le hizo una recomendación a Claire:

—Creo que deberías maquillarte un poco más. Con las cejas y las pestañas rubias saldrás muy blanca en pantalla. En serio, necesitas unos retoques. —Se volvió hacia la furgoneta de maquillaje—. Te están esperando —dijo y, con un breve ademán de cabeza, se dirigió a la puerta que daba a la sala de estar y la abrió.

El jefe de policía Penn echó a andar hacia su coche. Miró casualmente hacia Bruno, que estaba buscando meticulosamente en el césped papeles o terrones de hierba que pudieran perturbar la serena belleza de los jardines. Penn apenas alcanzó a verle el perfil, pero al subir al coche se dio cuenta de que algo en su subconsciente le estaba molestando. Una vocecita estaba diciendo: «Ese tipo me suena de algo, pero ¿de qué?».

Mientras Alex Buckley seguía a Laurie hasta la sala de estar, tuvo exactamente el mismo pensamiento acerca de Bruno. «Ese tipo me suena de algo, pero ¿de qué?» Vaciló, luego se llevó la mano al bolsillo, sacó el móvil e hizo una foto. Se anotó mentalmente que debía conseguir el nombre del jardinero y pasárselo a su investigador.

Por primera vez, las cuatro graduadas se quedaron a solas y Josh, que había estado ayudando a Jane con el café, vio su oportunidad.

—Tengo un regalo para cada una de vosotras —dijo—, excepto para Claire. —La miró—. Intenté hablar contigo en el coche, pero no hubo manera. —Josh miró a las demás—.

Aquí tenéis una cinta que creo que encontraréis muy interesante. Sobre todo tú, Regina. ¿Es posible que perdieras algo que yo he encontrado?

Entregó un sobre a Regina, otro a Alison y otro a Nina, y dijo:

—En el cajón del tocador del cuarto de baño que está junto a la cocina hay un reproductor. ¿Qué os parece si hablamos después de que hayáis tenido la oportunidad de escuchar las cintas? —Recogió las tazas de café—. Hasta luego —añadió en un tono firme y ligeramente amenazante.

47

Dado que su despacho se encontraba junto a la sala de estar, donde estaba teniendo lugar toda la actividad, Robert Powell decidió regresar a la suite que había compartido con Betsy durante sus nueve años de matrimonio. Jane lo siguió con una jarra de café recién hecho que él le había pedido con aspereza. Luego, al percibir su mal humor, Jane cerró la puerta de la salita para poder dar un repaso rápido al dormitorio. Se abstuvo de pasar el aspirador, pues sabía que el ruido le molestaría. Cuando hubo terminado, salió por la puerta del dormitorio para regresar abajo.

Robert se estaba preguntando una vez más si no había cometido un grave error al invitar a esas chicas —mujeres, se corrigió con sarcasmo— para recrear lo que había sucedido hacía veinte años. ¿Lo había hecho por el diagnóstico de su médico? ¿Por una necesidad malsana de volver a verlas, de jugar con ellas como Betsy lo había hecho todos esos años atrás? ¿Tanto había absorbido de la personalidad de Betsy que ya no le quedaba nada de la suya, ni siquiera veinte años después? Cada una de las graduadas tenía una razón para matar a Betsy, eso lo sabía. Sería interesante ver si alguna se desmoronaba con el interrogatorio de Alex Buckley. Estaba seguro de que Buckley era capaz de detectar las respuestas preparadas.

No le cabía duda de que todas habían ensayado lo que iban a decir en la entrevista. Estaba seguro de que empezarían con sus primeras impresiones de lo que vieron cuando, alarmadas por los gritos, irrumpieron en la habitación de Betsy.

Parecía que fuera ayer cuando entró en su dormitorio con la taza de café, que Betsy insistía siempre en que estuviera ardiendo «para obtener todo el sabor de los granos de café».

Rob se miró las marcadas cicatrices de las manos. Se las había quemado cuando entró en la habitación de Betsy y vio la almohada sobre su cara. La larga melena rubia asomaba por debajo y las manos seguían aferradas a los bordes de la almohada. Era evidente que había estado forcejeando para quitársela de encima.

Rob se recordaba gritando y tratando de evitar que el café se derramara antes de que las rodillas le fallaran. Recordaba a Jane inclinándose sobre él e intentando hacerle una torpe reanimación cardiopulmonar mientras las chicas se agolpaban como espectros en torno a la cama. Lo siguiente que recordaba era que se despertó en el hospital, consciente únicamente del dolor en las manos y llamando a Betsy.

Robert Powell se reclinó en la butaca. Hora de bajar y hacer algunas llamadas de trabajo. Pero vaciló un instante mientras se paraba a reflexionar sobre lo que Claire le estaría contando a Buckley.

Comprendió que lo que al principio había encontrado tan divertido ya no se lo parecía. Ahora solo quería a esas mujeres fuera de su casa y seguir disfrutando del poco tiempo que le quedaba de su vida tranquila y placentera.

48

Alex miró a Claire Bonner desde el otro lado de la mesita de la sala de estar. Claire había desoído una vez más el consejo de Meg Miller de retocarse las pestañas y las cejas. Ahora, mientras la observaba, a Alex se le antojó absurdo compararla con la hermosa mujer que había entrado el día anterior en aquella misma casa.

Era fácil ver dónde estaba la diferencia. Las perfiladas cejas y las largas pestañas de Claire estaban muy pálidas, y también la tez. Tampoco llevaba carmín en los labios, y Alex juraría que se había quitado las mechas rubias del pelo. Descubriré qué está tramando, pensó, y sonrió de forma alentadora a Claire cuando Laurie dijo: «Acción», y la luz roja de la cámara se encendió.

—Me encuentro en la mansión del financiero de Wall Street Robert Nicholas Powell —comenzó Alex—, cuya bella esposa, Betsy Bonner Powell, fue asesinada hace veinte años después de una Gala de Graduación en honor a Claire, la hija de Betsy, y sus tres mejores amigas. Claire Bonner me acompaña en estos momentos. Claire, sé que es sumamente difícil para las cuatro estar hoy aquí. ¿Por qué accedió a venir al programa?

—Porque las otras chicas y yo, y en menor grado mi padrastro y el ama de llaves, llevamos veinte años siendo considerados sospechosos, o «personas de interés», como se nos llama ahora, de haber matado a Betsy —declaró Claire con vehemencia—. No se hace una idea de lo que es estar en un supermercado y ver tu foto en la portada de una revista barata con la pregunta «¿Tenía celos de su hermosa madre?».

—No —respondió quedamente Alex.

—O una foto saliendo las cuatro en fila, como esas que hace la policía para sus archivos. Por eso estamos hoy aquí, para que el público comprenda lo injustamente que nosotras, cuatro jóvenes traumatizadas e intimidadas por la policía, hemos sido tratadas. Por eso estoy hoy aquí, señor Buckley.

—Y supongo que las otras chicas están aquí por la misma razón —dijo Alex Buckley—. ¿Se han puesto al día entre ustedes?

—La verdad es que casi no hemos tenido tiempo de hablar —respondió Claire—. Y sé que es porque ustedes no querían que nos pusiéramos de acuerdo en lo que íbamos a decir. Pues deje que le diga algo: no hemos hecho coincidir nuestras versiones, y creo que no tardará en descubrirlo. Si se parecen en algo, será solo porque estábamos juntas cuando todo ocurrió.

—Claire, antes de hablar de la muerte de su madre me gustaría retroceder un poco en el tiempo. ¿Por qué no empezamos por el momento en que su madre conoció a Robert Powell? Tengo entendido que ustedes llevaban muy poco tiempo viviendo en Salem Ridge. ¿Es así?

—Sí. Yo había terminado la enseñanza primaria en junio y mi madre quería que nos mudáramos al condado de Westchester. Sé que su deseo era conocer a un hombre rico. Alquiló un apartamento en una casa de dos plantas, y le aseguro que no hay mucho de eso en Salem Ridge.

»Ese septiembre empecé mi primer año de bachillerato en el instituto, que fue cuando me hice amiga de Nina, Alison y

Regina. Cumplí años en octubre y mi madre tiró la casa por la ventana y me llevó a comer al restaurante La Boehm de Bedford. Nina Craig y su madre estaban allí. Nina nos vio y nos llamó para que nos acercáramos a su mesa y conociéramos a su madre. También conocimos, obviamente, a Robert Powell, que estaba comiendo con ellas. Supongo que lo de Robert y mi madre fue amor a primera vista. Sé que la madre de Nina nunca superó el hecho porque, según sus propias palabras, "Betsy me quitó a Rob cuando estábamos a punto de prometernos".

—Su padre las abandonó cuando usted era un bebé. ¿Cómo conseguía su madre cuidar de usted y, además, trabajar a tiempo completo?

—Mi abuela vivió hasta que yo tuve tres años. —Los ojos de Claire se humedecieron al mencionar a su abuela—. Luego tuve una canguro detrás de otra. Si no aparecían, mi madre me llevaba al teatro y yo me dormía en algún asiento que hubiera libre, o en un camerino desocupado si la obra tenía un reparto pequeño. Sea como fuere, nos las apañábamos. Pero más tarde mi madre conoció a Robert Powell y, lógicamente, todo cambió.

—Usted y su madre estaban muy unidas, si no me equivoco. ¿Sintió en algún momento celos por el hecho de que Robert Powell hubiese irrumpido en sus vidas y su madre le dedicara tanto tiempo y atención?

—Yo quería que mi madre fuera feliz, y él era un hombre muy rico. Después de los apartamentuchos en los que había vivido toda mi vida, mudarnos a este precioso lugar parecía el paraíso.

—¿Parecía el paraíso? —preguntó rápidamente Alex.

—Era el paraíso —se corrigió Claire.

—Fue un año importante para usted, Claire: cambió de ciudad, empezó el instituto, su madre se casó y se vino a vivir aquí.

—Fue un gran cambio —convino Claire con una sonrisa débil. No imaginas hasta qué punto, pensó.

—Claire, ¿estaba unida a Robert Powell?

Claire miró a Alex directamente a los ojos.

—Desde el principio —contestó. Y tan unida, pensó al recordar lo atenta que estaba por si oía abrirse la puerta de su dormitorio.

Alex Buckley sabía que detrás de las respuestas calmadas de Claire había una rabia candente que estaba intentando ocultar. En ese hogar no todo era dulzura y alegría, pensó al tiempo que decidía cambiar de tercio.

—Claire, hablemos de la Gala. ¿Qué tal noche hacía? ¿Cuánta gente había? Ya tenemos esa información, por supuesto, pero me gustaría escuchar su punto de vista.

Alex esperaba que Claire empezara a responderle con frases ensayadas.

—Hacía una noche espléndida —dijo—. Una temperatura de lo más agradable, unos veinte grados, creo. Había un grupo tocando en la terraza y una pista de baile, y mesas por todas partes con toda clase de comida. Junto a la piscina montaron una mesa con una decoración preciosa. El centro era una gran tarta rectangular con nuestros nombres y las insignias de las cuatro facultades donde habíamos estudiado.

—Usted eligió ir y venir cada día en lugar de quedarse en Vassar College, ¿no es cierto?

Alex vio de nuevo una expresión en los ojos de Claire que no podía identificar. ¿De qué era? ¿De rabia, de decepción, de ambas cosas? Decidió arriesgarse.

—Claire, ¿lamentaba no estudiar en una facultad que quedara lejos de casa, como hicieron sus amigas?

—Vassar es una universidad fantástica. Probablemente me perdí la experiencia de vivir en una residencia de estudiantes, pero mi madre y yo estábamos tan unidas que yo prefería volver todos los días a casa. —Claire esbozó una sonrisa que más que una sonrisa parecía una mueca de desprecio, pero se repuso enseguida—. Lo pasamos muy bien en la fiesta —continuó—. Y las chicas, como ya sabe, se quedaron a dormir. Cuando los invitados se fueron, nos pusimos el pijama y la bata, bajamos a la sala de estar y bebimos vino. Mucho vino. Y cotilleamos sobre la fiesta, como hacen las chicas.

—¿Estaban Rob y su madre en la sala con ustedes?

—Rob nos dio las buenas noches en cuanto se fueron los últimos invitados. Mi madre se quedó un rato pero luego dijo «Voy a ponerme cómoda como vosotras». Subió y bajó minutos después en bata y camisón.

—¿Se quedó mucho tiempo?

Por un momento hubo una sonrisa real en los labios y los ojos de Claire.

—Mi madre no era una borracha, ni se le ocurra pensarlo, pero le encantaba tomarse sus dos copas de vino por la noche. Esa noche se bebió unas tres antes de subir. Se despidió de nosotras con besos y abrazos, de ahí que al día siguiente encontraran pelo con su ADN en nuestros pijamas y batas.

—Las demás chicas adoraban a su madre, ¿no es cierto?

—Creo que las intimidaba.

Alex sabía que lo que Claire no estaba diciendo era que todas ellas tenían una razón para odiar a Betsy Powell. Nina, porque su madre la torturaba por haberle presentado a Robert. Regina, porque su padre había perdido todo su dinero en una de las inversiones de Robert Powell. Alison, porque se había quedado sin una beca de la que era merecedora pero que Betsy Bonner desvió hacia otra persona. Robert Powell había donado un montón de dinero a la universidad de Alison, gesto que la institución no olvidó cuando otorgó la beca a la hija de una mujer que presidía un club en el que Betsy estaba deseando entrar.

—Después de que su madre les diera las buenas noches, ¿volvió a verla?

—¿Se refiere a si volví a verla con vida? —Claire no esperó la respuesta—. La última vez que recuerdo que vi a mi madre con vida fue cuando se volvió con una sonrisa y nos lanzó un beso. Siempre llevaba conjuntos de bata y camisón preciosos. Esa noche lucía uno de raso azul claro con un ribete de encaje color marfil. Llevaba la melena suelta sobre los hombros y estaba feliz porque la fiesta había sido un éxito. Cuando volví a verla, Rob y Jane le habían quitado la almohada de la cara. Tenía los ojos abiertos e inmóviles. Una mano todavía estrujaba la almohada. Seguramente estaba muy dormida cuando la atacaron, por todo el vino que había bebido, pero siempre he tenido la impresión de que forcejeó.

Alex escuchaba mientras Claire hablaba en un tono que parecía, de repente, exento de emoción. Ahora tenía las manos juntas y el rostro aún más pálido que antes.

—¿Cómo supo que había ocurrido algo? —preguntó Alex con calma.

—Oí un grito escalofriante procedente del dormitorio de mi madre. Luego me enteré de que había sido Robert, que le llevaba a mi madre su habitual taza de café. Creo que todas las chicas estábamos profundamente dormidas; habíamos estado hablando y bebiendo hasta las tres de la madrugada. Irrumpimos en la habitación casi al mismo tiempo. Jane debió de oír el grito de Robert. Ella fue la primera en llegar al dormitorio. Estaba de rodillas, inclinada sobre él, que se había desplomado y se retorcía de dolor en el suelo. Supongo que Robert debió de apartar apresuradamente la almohada de la cara de mi madre y el café se le derramó en las manos. La almohada estaba junto a la cabeza de mi madre y tenía manchas de café.

Alex vio que la expresión de Claire se volvía súbitamente fría. La diferencia entre esta reacción y la que había tenido con las preguntas sobre su abuela era sorprendente.

—¿Qué sucedió después, Claire? —preguntó.

—Creo que fue Alison la que cogió el teléfono y marcó el 911. Gritó algo como «¡Necesitamos que venga la policía y una ambulancia! ¡Betsy Bonner Powell está muerta! ¡Creo que la han asesinado!».

—¿Qué hicieron mientras esperaban?

—No creo que la policía y la ambulancia tardaran más de tres minutos en llegar. Luego estalló el caos. Nos echaron literalmente de allí. Recuerdo que el jefe de policía nos ordenó que volviéramos a nuestras habitaciones y nos cambiáramos. Tuvo el valor de decir que se había fijado en lo que llevábamos puesto y que no intentáramos cambiar la ropa con la que habíamos dormido. Más tarde comprendimos que tenían previsto buscar rastros de ADN.

—Así que se pusieron camisetas y tejanos parecidos a aquellos con los que las han fotografiado esta mañana.

—Sí. Una vez cambiadas nos bajaron aquí, a la sala de estar, y nos dijeron que esperáramos a que la policía nos interrogara. No nos dejaron ir ni a la cocina a por un café.

—Sigue muy enfadada por aquello, ¿verdad, Claire?

—Sí —respondió ella con la voz temblando de rabia—. Póngase en nuestro lugar. Solo teníamos veintiún años. Cuando miro atrás, me doy cuenta de que, aunque nos creíamos muy mayores porque acabábamos de terminar la carrera, en realidad éramos unas chiquillas asustadas. El interrogatorio al que nos sometieron aquel día, y durante las semanas posteriores, era una parodia de la justicia. Nos hacían ir a la comisaría una y otra vez. Por eso la prensa empezó a referirse a nosotras como «sospechosas».

—¿Quién cree que mató a su madre, Claire?

—En aquella fiesta había trescientas personas. En las fotos y las filmaciones que tenemos de esa noche aparecen caras que no reconocemos. Había gente entrando continuamente para utilizar los cuartos de baño. Jane había colocado un cordón al pie de la escalera, pero cualquiera podría haber subido a hurtadillas. Mi madre lucía esa noche sus esmeraldas. Habría sido fácil para cualquiera meterse en su dormitorio y esconderse en uno de los vestidores. Creo que esa persona esperó a que mi madre estuviera profundamente dormida y cogió las esmeraldas del tocador. A saber si mi madre empezó a moverse y el ladrón se asustó e intentó devolver las esmeraldas a su lugar. Uno de los pendientes estaba en el suelo. Yo creo que mi madre se despertó y el intruso intentó evitar que pidiera auxilio de la única manera a su disposición.

—¿Y cree que esa persona es el asesino de su madre?

—Sí. No olvide que dejamos la puerta de la terraza abierta. Las cuatro éramos fumadoras y mi padrastro tenía totalmente prohibido que se fumara dentro de la mansión.

—¿Por eso le molesta la cobertura mediática de la muerte de su madre?

—Por eso le estoy diciendo que nadie de los que estamos aquí, ni Jane, ni Nina, ni Regina, ni Alison, ni Rob, tuvo nada que ver con la muerte de mi madre. ¡Y yo por supuesto tampoco! —La voz de Claire se volvió estridente—. ¡Y yo por supuesto tampoco!

—Gracias, Claire, por compartir sus recuerdos de aquel día aciago en que perdió a su madre, a la que tanto quería.

Alex alargó el brazo para estrechar la mano de Claire.

Estaba empapada de sudor.

49

El martes por la mañana George Curtis se levantó a las seis y media, como de costumbre, y besó la frente de Isabelle con suavidad para no despertarla. Sentía una necesidad apremiante de acariciarla. Se había despertado varias veces durante la noche y la había rodeado con el brazo. Luego el vergonzoso recuerdo se colaba en su mente: «Betsy también utilizaba camisones de raso». Casi te pierdo, Isabelle, era inevitablemente su siguiente pensamiento. Casi pierdo la vida dichosa que he tenido contigo y con nuestros hijos durante casi veinte años.

Esa nueva vida había comenzado la mañana de la Gala, cuando Isabelle le dijo que esperaba gemelos. Después del increíble anuncio, Betsy le pidió veinticinco millones de dólares por su silencio sobre su aventura. No me importaba pagarle, pensó George, pero sabía que ese sería solo el comienzo de sus amenazas de contárselo todo a Isabelle.

Esos eran los pensamientos que ocupaban su mente mientras se duchaba, se vestía y bajaba a la cocina para preparar café. Se llevó la taza al coche, la depositó en el hueco para recipientes y puso rumbo a su despacho en las oficinas internacionales de Curtis Foods de New Rochelle, a quince kilómetros de su casa.

Adoraba esa hora y media que pasaba a solas en la oficina. Era el momento en que podía concentrarse en la correspondencia y los correos importantes de sus representantes regionales de todo el mundo. Pero hoy era incapaz de concentrarse. Tras repasar los informes de beneficios, bastante favorables, su única reacción fue que podría haber encontrado fácilmente una manera de pagar a Betsy y enterrar el gasto sin levantar sospechas. «Pero no podía fiarme de ella» era la cantinela que se repetía en su cabeza.

Cuando la oficina empezó a llenarse justo antes de las nueve, saludó a su ayudante de toda la vida, Amy Hewes, con su cordialidad habitual y procedió resueltamente a señalar algunos correos que quería que contestase de inmediato. Sabía, no obstante, que estaba demasiado disperso para poder concentrarse. A las once y media llamó a casa.

—¿Tienes algún plan para comer? —preguntó a Isabelle.

—No —dijo ella de inmediato—. Sharon me llamó para jugar al golf pero hoy me siento perezosa. Estoy tumbada en la terraza. Louis está haciendo gazpacho y ensalada de pollo. ¿Qué te parece?

—Perfecto. Voy para allá.

Cuando pasó junto a la mesa de Amy y le dijo que no volvería por la tarde, ella lo miró sorprendida.

—¿No me digas que tú, el solicitado orador que siempre encandila al público, está nervioso por la entrevista de esta tarde?

George intento sonreír.

—Tal vez.

El breve trayecto se le hizo interminable. Estaba tan impaciente por ver a Isabelle que dejó el coche en la entrada circular, subió los escalones corriendo, abrió la puerta y cruzó a grandes zancadas el largo pasillo hasta la parte de atrás de la casa. Antes de abrir la puerta de cristal de la terraza se detuvo y miró afuera. Isabelle estaba en una de las sillas acolchadas con los pies sobre un escabel y un libro en las manos. A sus sesenta años recién cumplidos, tenía el pelo completamente blanco. Ahora lo llevaba más corto y con flequillo. El peinado enmarcaba a la perfección su rostro, con esas facciones clásicas fruto de varias generaciones de buena cuna. Sus antepasados habían venido en el *Mayflower*. Su cuerpo esbelto ya estaba bronceado. Se había quitado los zapatos y tenía los tobillos cruzados.

George Curtis se quedó un rato observando a la bella mujer que llevaba treinta y cinco años siendo su esposa. Se habían conocido en un baile organizado por los estudiantes de último año de Harvard. Isabelle había acudido con unas amigas de Wellesley College. En cuanto entró en la sala fui a por ella, pensó George. Pero la primera vez que vi a sus padres sé que no quedaron demasiado impresionados conmigo. Habrían preferido que nuestra familia hubiese hecho su dinero en Wall Street en lugar de vendiendo salchichas y hamburguesas.

¿Qué habrían pensado los padres de Isabelle si hubieran sabido que yo estaba teniendo una aventura con la esposa de mi mejor amigo? Le habrían dicho a su hija que se deshiciera de mí.

Y si Isabelle se hubiese enterado, incluso embarazada de nuestros gemelos, me habría dejado.

Y todavía lo haría, pensó sombrío George mientras descorría la puerta de la terraza. Advertida por el ruido, Isabelle alzó la mirada y sonrió con ternura.

—¿Qué te impulsó a querer comer conmigo, el menú o yo? —preguntó al tiempo que se levantaba y besaba afectuosamente a su marido.

—Tú —respondió rotundamente George, devolviéndole el beso y rodeándola por la cintura.

Louis, el chef, salió a la terraza portando una bandeja con dos tés helados.

—Es una alegría tenerlo en casa para comer, señor Curtis —dijo en un tono animado.

Louis llevaba con ellos veintidós años. Estaba trabajando de chef en un restaurante cercano cuando, una noche que Isabelle y George fueron a cenar allí, se acercó a la mesa.

—Me he enterado de que están buscando un chef —había comentado quedamente.

—Sí. El nuestro está a punto de jubilarse.

—Me gustaría mucho presentarme para ocupar el puesto —había dicho Louis—. Aquí servimos sobre todo comida italiana, pero estudié en el Instituto Culinario de Hyde Park y les prometo que puedo ofrecerles una amplia selección de menús.

Y así lo había hecho, pensó George, además de preparar diariamente comida para bebés cuando nacieron los gemelos y dejarlos «ayudar» en la cocina cuando eran pequeños.

George se sentó junto a Isabelle, pero cuando Louis le dejó el vaso al lado dijo:

—¿Te importaría llevar el té a la mesa y traerme un bloody mary?

Isabelle enarcó una ceja.

—Qué raro, George. ¿Estás nervioso por la entrevista con Alex Buckley?

George aguardó a que Louis cerrara la puerta de la terraza y respondió:

—Más que nervioso, incómodo. Toda esta idea del programa me parece rara. Tengo la impresión de que lo que pretende no es demostrar que los participantes son inocentes, sino que alguien del grupo mató a Betsy.

—¿Alguien como tú, George?

George Curtis miró a su esposa sintiendo que se le helaba la sangre.

—¿Por qué dices eso?

—Oí la interesante conversación que mantuviste con Betsy la noche de la Gala. Aunque os habíais alejado del gentío, os seguí. Estaba detrás de aquellas palmeras que habían colocado como decoración. Tú no eras consciente de lo mucho que estabas levantando la voz.

George Curtis comprendió que la pesadilla que tanto había temido estaba cumpliéndose. ¿Iba a decirle Isabelle, ahora que los gemelos eran mayores, que quería divorciarse?

—Isabelle, no puedes ni imaginar lo mucho que lo siento —dijo—. Perdóname, por favor.

—Oh, ya lo he hecho —respondió enseguida ella—. ¿Pensabas que era demasiado estúpida para sospechar que tenías una aventura con esa zorra? Cuando escuché vuestra conversación decidí que no quería perderte. Me di cuenta de que nos habíamos distanciado y de que parte de lo sucedido era culpa mía. No tenía intención de perdonarte fácilmente, pero me alegro de haber tomado esa decisión. Has sido un marido y un padre maravilloso, y te amo profundamente.

—Me he sentido tan culpable todos estos años —dijo George con la voz entrecortada.

—Lo sé —dijo, resuelta, Isabelle—. Esa ha sido mi manera de castigarte. Ah, aquí llega Louis con tu bloody mary. Apuesto a que ahora lo necesitas de verdad.

¡Dios mío, y yo creía conocer a mi esposa!, pensó George Curtis mientras aceptaba la copa que le tendía Louis.

—Louis, creo que podemos comer ya —dijo Isabelle antes de beber un sorbo de té helado. Esperó a que Louis regresara a la cocina para continuar—: George, cuando advertiste a Betsy de que si algún día me contaba lo de vuestra aventura la matarías, es posible que yo no fuera la única que lo oyera. Como te dije, no eras consciente de lo mucho que estabas elevando la voz. Luego, después de que llegáramos a casa y nos acostáramos, me dormí en tus brazos. Cuando me desperté a las cuatro de la madrugada no estabas en la cama y tardaste más de una hora en volver. Supuse que estabas abajo viendo la tele. Siempre ves la tele si te despiertas y no te puedes volver a dormir. Cuando me enteré de que habían asesinado a Betsy rogué a Dios que, si habías sido tú, no hubieras dejado pistas. Si durante la filmación de ese programa sale eso a la luz, juraré que esa noche no te moviste de la cama.

—Isabelle, no creerás...

—George, vivimos a solo unas manzanas de la propiedad de los Powell. Podrías haber llegado allí en cinco minutos. Conocías la distribución de la mansión. Francamente, me da igual si la mataste. Sé que podíamos permitírnoslo, pero no veo por qué tenías que darle veinticinco millones de dólares a esa zorra chantajista.

Mientras George le apartaba la silla para que se sentara a la mesa, Isabelle dijo:

—Te quiero, George, y los gemelos te adoran. No menciones nada que pueda estropear eso. Aquí viene Louis con la ensalada. Apuesto a que tienes hambre, ¿no?

50

—Buen trabajo, chicos —dijo Laurie—. Tomaos un descanso. Alison Schaefer será la siguiente. Empezaremos dentro de media hora.

Jerry, Grace y el equipo de rodaje sabían que lo que Laurie estaba diciendo era «Perdeos». Era evidente que quería hablar con Alex Buckley a solas. Salieron de la sala de estar sin rechistar y cerraron la puerta tras de sí.

—¿Qué te parece si voy a por dos cafés? —propuso Alex—. Sé que a ti te gusta solo y sin azúcar.

—Me parece fantástico —aceptó Laurie.

—Enseguida vuelvo.

Alex desdobló sus largas piernas y se levantó.

Cuando regresó cinco minutos más tarde con sendas tazas de café, Laurie estaba en el sillón que había ocupado Claire, haciendo anotaciones.

—Muchas gracias —dijo mientras Alex dejaba las tazas sobre la mesita—. ¿Siguen todas ahí? ¿Está Claire hablando con ellas sobre su entrevista?

—Ignoro dónde está Claire, pero algo raro está pasando con las demás —respondió Alex Buckley—. Regina está blanca como la leche, y Nina y su madre están discutiendo en la terraza, aunque eso no tiene nada de particular. Alison y Rod están paseando junto a la piscina, y por la forma en que él la abraza, creo que Alison está muy angustiada. Tiene un pañuelo en la mano y está enjugándose los ojos.

Desconcertada, Laurie preguntó:

—¿Qué ha podido provocar todo eso?

—Cuando tú y yo dejamos a las cuatro a solas, Claire vino a la sala minutos después —dijo Alex arrugando la frente—. Dejamos a las demás esperando a que Josh llegara con más café. Laurie, te digo que ha sucedido algo que les ha alterado. Puede que consiga sacárselo a Alison cuando la entreviste. —Relajó el tono—. Sé que quieres hablarme de la entrevista con Claire.

—Sí —dijo Laurie—. ¿Por qué le preguntaste tanto acerca de su relación con Robert Powell?

—Piénsalo bien. Claire y su madre estuvieron muy unidas durante los primeros trece años de vida de Claire. Luego Robert Powell aparece en escena. Por muy glamuroso que fuera para ella mudarse a esta mansión, a juzgar por todo lo que he leído no hay duda de que su madre y Powell eran prácticamente inseparables. ¿Y por qué no vivía Claire en una residencia universitaria como sus amigas? Seguro que pasaba muchas noches sola. Por lo que he podido entender, Betsy y Powell tenían compromisos sociales casi todas las noches. ¿Por qué no podía Claire vivir en Vassar? ¿No viste que le cambió la cara cuando habló de Powell? Te digo que algo estaba pasando ahí —dijo Alex con vehemencia.

Laurie le miró fijamente y asintió.

Alex sonrió.

—Tú también lo captaste. Estaba seguro. Cuando preparo un caso siempre pido a mis investigadores que indaguen en el pasado tanto del cliente al que estoy defendiendo como en el de las personas que van a declarar, ya sea a favor o en contra. Una de las primeras cosas que aprendí fue a no fiarme de las apariencias. En mi opinión, Claire Bonner no estaba tan destrozada por la muerte de su madre como asegura.

—Al principio atribuí su reacción al shock —reconoció Laurie—, pero luego tuve la misma sensación que tú. Claire no hacía más que hablar de su indignación por la manera en que las trató la policía. Ni una palabra sobre el dolor que le produjo perder a su madre. —Cambió de tema—. Ahora, antes de que entre Alison Schaefer, deja que te dé mi opinión sobre ella.

Alex bebió un sorbo de café mientras Laurie proseguía.

—Alison se casó con Rod Kimball cuatro meses después de la Gala, y sin embargo no lo había invitado a la fiesta como su novio. ¿Precipitó Alison las cosas por el acoso que estaban sufriendo tras la muerte de Betsy? La única otra razón que se me ocurre es la beca que perdió. Se la otorgaron a una chica con peores notas pero que era, casualmente, hija de una amiga de Betsy. ¿Influyó en la concesión de la beca el hecho de que Powell hubiera donado un montón de dinero a la universidad de Alison? Creo que era la clase de beca donada por un antiguo alumno, y que el decano eligió a la ganadora siguiendo su propio criterio.

Alex asintió.

—Veo que has hecho tus propias pesquisas.

—Sí —reconoció Laurie—. Y me pregunto si el hecho de que Rod acabase de firmar un gran contrato con los Giants tuvo algo que ver con la decisión de Alison de casarse con él. Pero, aunque así fuera, siguió con él después del accidente. Por lo visto Rod estaba enamorado de ella desde que iban juntos al jardín de infancia. Cuando se casaron él tenía un gran futuro como *quarterback*. Por mucho que a Alison le atrajeran su fama y su dinero, tenía que sentir algo más. Los últimos veinte años son prueba de ello.

—O puede que estuviera tan enfadada por haberse quedado sin beca que asfixió a Betsy y se lo confesó a Rod. Eso habría bastado para tenerla atrapada todos estos años —sugirió Alex.

Llamaron a la puerta y el cámara asomó la cabeza.

—Laurie, ¿estás lista para continuar?

Laurie y Alex se miraron. Fue Alex quien respondió:

—Desde luego. Haz pasar a Alison Schaefer, por favor.

51

Esa misma mañana, Leo Farley contemplaba el techo mientras su médico y viejo amigo comprobaba su ritmo cardíaco.

—No me pasa nada —dijo en un tono gélido.

—Esa es tu opinión —respondió amablemente el doctor James Morris—, pero te aseguro que no te moverás de aquí hasta que yo te dé el alta. Y antes de que vuelvas a preguntarme por qué, te lo explicaré otra vez. Ayer por la noche aún tenías fibrilaciones. Si no quieres sufrir un infarto, será mejor que te quedes quietecito.

—Vale, vale —dijo Leo con malhumorada resignación—. Pero es que no lo entiendes, Jim. No quiero que Laurie se entere de que estoy aquí, y sé que ya sospecha algo. Nunca me llama camino del trabajo y hoy, sin embargo, lo ha hecho. Me preguntó con insistencia dónde estuve anoche... No quiero que se preocupe por mí mientras esté haciendo ese programa.

—¿Quieres que la llame y la tranquilice? —preguntó el doctor Morris.

—Conozco a Laurie. Si la llamas, se inquietará aún más.

—¿Cuándo sueles hablar con ella?

—Cuando llega a casa después del trabajo. Anoche conseguí engañarla, pero hoy esperará por lo menos que salgamos a tomarnos una hamburguesa juntos. No sé qué excusa voy a ponerle —contestó en un tono sombrío que, con todo, ya no sonaba enfadado.

—Oye, Leo, lo único que puedo decirte es que ayer tuviste dos episodios de fibrilaciones y que si esta noche no tienes ninguno, te daré el alta mañana —le prometió el doctor Morris—. Y no olvides que todavía sé tranquilizar a los familiares de mis pacientes. Creo que la mejor solución sería que le dijera a Laurie que, si no tienes más fibrilaciones, te dejaré ir mañana por la mañana. Piénsalo. Así podría pasarse por aquí esta noche. ¿No la llama Timmy entre las siete y las ocho?

—Sí. Le ha pedido que la llame a las ocho menos cuarto para asegurarse de que puede hablar.

—En ese caso, ¿por qué no le pides que venga aquí a esa hora para que podáis hablar los dos con él? Tú mismo dijiste que Timmy solo puede hacer una llamada al día.

El rostro de Leo se relajó.

—Has tenido una buena idea, Jim, como siempre.

El doctor Morris estaba al corriente de la profunda preocupación de Leo Farley por la amenaza dirigida contra su hija y su nieto. Y no terminará hasta que ese Ojos Azules esté pudriéndose en la cárcel, pensó.

Le puso una mano en el hombro, pero consiguió cerrar la boca antes de pronunciar las tres palabras más inútiles de su idioma: «No te preocupes».

52

Después de que Josh les entregara las cintas a las tres, Alison fue la primera en entrar en el cuarto de baño, sacar el casete del cajón del tocador y meter la cinta. Horrorizada, escuchó su conversación con Rod sobre la noche que había entrado en la habitación de Betsy. Al borde de la histeria, agarró la cinta y salió de la mansión. Rod la había visto por la ventana y fue a reunirse enseguida con ella.

Ahora estaba sentado en el banco de la piscina de espaldas al equipo de la productora, con las muletas al lado y el brazo sobre los hombros de Alison. Ella había conseguido dejar de llorar, pero todavía le temblaban los labios.

—¿Es que no lo entiendes, Rod? —espetó—. Por eso Powell ordenó a Josh que nos recogiera a todas en el aeropuerto en ese elegante Bentley, a intervalos de dos horas, con excepción de Claire, que llegó la noche antes. Powell no lo habría hecho salvo por una razón. El Bentley estaba pinchado. Rod, ¿no recuerdas que en el coche hablamos de que entré sonámbula en la habitación de Betsy?

—Chis —le previno Rod antes de mirar a los lados. No había nadie cerca. Dios mío, me estoy volviendo paranoico, pensó. Estrechó con fuerza los hombros de Alison—. Alie, si sale el tema di que, evidentemente, lo de la beca fue una gran decepción, pero que luego dejó de importarte porque habías estado secretamente enamorada de mí desde el jardín de infancia. —Se detuvo y pensó con tristeza: por lo menos en lo que a mí respecta esa parte es cierta.

—Y tú me pediste que me casara contigo a pesar de que creías que había estado lo bastante enfadada para matar a Betsy Powell —dijo Alison sin rodeos—. No niegues que has vivido todos estos años creyendo que pude matarla yo.

—Sé lo mucho que la odiabas, pero en realidad nunca te creí capaz de matarla.

—Es cierto que la odiaba. He intentado superarlo, pero no he podido. Todavía la odio. Fue tan injusto —dijo Alison, exasperada—. Powell donó una fortuna a Waverly únicamente porque Betsy deseaba desesperadamente entrar en aquel club. Cuando el decano concedió la beca a la hija de la amiga de Betsy, ¿no crees que tuve una buena razón para matarla? ¿Te he contado alguna vez que la chica dejó la facultad en segundo año?

—Creo que me lo has mencionado una o dos veces —murmuró.

—Rod, cuando todo aquello por lo que has trabajado y por lo que has rezado y con lo que has soñado se desmorona... Ya tenía medio cuerpo fuera de la silla para aceptar ese premio cuando el decano dijo su nombre. ¡No puedes ni imaginarlo! —Entonces se volvió hacia él y vio las líneas de dolor en su atractivo rostro, y las muletas—. Oh, Rod, soy una estúpida por decirte esas cosas justamente a ti.

—No pasa nada, Alie.

Sí pasa, pensó ella. Ya lo creo que pasa.

—Alison, estamos listos.

Era Jerry, el ayudante de Laurie, que estaba acercándose a ellos.

—Rod, tengo miedo de venirme abajo —susurró desesperada Alison mientras se ponía de pie y se inclinaba para darle un beso en la frente.

—No lo harás —declaró rotundamente él levantando la mirada hacia la mujer que tanto amaba.

Los ojos castaño claro, el rasgo más prominente del delgado rostro de Alison, estaban vidriosos. Las lágrimas le habían inflamado ligeramente los párpados, pero Alison sabía que la maquilladora pondría solución a eso.

Rod la siguió con la mirada cuando puso rumbo a la mansión. En veinte años nunca la había visto tan nerviosa. Y sabía por qué. Porque tenía una segunda oportunidad de estudiar la carrera que tanto deseaba, la que le había sido arrebatada.

Lo asaltó un pensamiento superfluo. Alie se había dejado crecer el pelo hasta los hombros. A él le gustaba así. El otro día comentó que quería cortárselo y a Rod le dio pena, pero jamás se le ocurriría decírselo. Eran tantas las cosas que no le había dicho en los últimos veinte años...

Si Alison salía airosa de este asunto y recibía el dinero, no pudo evitar pensar con preocupación: ¿sería ella libre, libre de él?

53

Nina fue la segunda en escuchar la cinta. Cuando regresó a la mesa, su expresión era casi de triunfo.

—Esto te concierne a ti más que a mí —dijo a su madre—. ¿Por qué no entras en el baño y escuchas detenidamente cada palabra? Y cuando lo hayas hecho, no creo que le lloriquees tanto a Rob Powell sobre lo buena y querida amiga que era Betsy para ti.

—¿De qué estás hablando? —espetó Muriel al tiempo que se levantaba y apartaba bruscamente la silla.

—El casete está en el cajón del tocador del cuarto de baño que hay en el pasillo —explicó Nina—. Lo encontrarás sin problemas.

La expresión de satisfacción que Muriel había mantenido hasta ese momento se transformó en otra de incertidumbre y preocupación. Sin replicar a su hija, salió con paso ligero al pasillo. Minutos después, el golpetazo de la puerta del cuarto de baño indicó su inminente regreso.

Cuando reapareció tenía el rostro contraído de ira. Hizo una seña a Nina con la cabeza.

—Vamos afuera —dijo.

—¿Qué quieres? —preguntó Nina en cuanto hubo cerrado la puerta de la terraza tras de sí.

—¿Que qué quiero? —bufó Muriel—. ¿Que qué quiero?

¿Estás loca? ¿Has escuchado esa cinta? Da una terrible imagen de mí. Y Rob me ha invitado a cenar esta noche. Está yendo todo tan bien, como antes de que...

—Como antes de que yo lo estropeara al presentar a Rob Powell y Betsy, cuando estabas a punto de prometerte con él —terminó Nina por ella.

La expresión de Muriel se volvió dura y calculadora.

—¿Crees que Rob ha escuchado esas cintas?

—No lo sé. Cabe imaginar que sí, pero es solo una suposición. Puede que el chófer esté chantajeándonos por su cuenta y Rob no sepa nada.

—Pues dale los cincuenta mil dólares.

Nina miró atónita a su madre.

—¿Bromeas? Rob te está tomando el pelo con esa repentina atención. Si tanto te quería, ¿por qué no te llamó hace veinte años, cuando Betsy murió?

—Paga a ese chófer —dijo, categórica, Muriel—. Si no lo haces, les contaré a Rob y a la policía que tú misma me confesaste que habías matado a Betsy para darme otra oportunidad con Rob. Diré que pensabas que sería muy generosa contigo cuando me convirtiera en la señora de Robert Nicholas Powell.

—¿Serías capaz de eso? —preguntó, horrorizada, Nina.

—¿Por qué no? ¿Acaso no es cierto? —se mofó Muriel—. Y no olvides que el millón de dólares de recompensa de Rob a cambio de información que conduzca al arresto y la condena del asesino de Betsy podría ser mi premio de consolación si tienes razón en eso de que el interés de Rob por mí no es sincero. Anunció la recompensa hace veinte años y no ha sido retirada.

54

Después de ver a Alison salir disparada y a Muriel ordenar a Nina que la acompañara a la terraza, Regina supo que tenía que escuchar su cinta.

La nota debe de tenerla Josh, pensó camino del cuarto de baño. El casete descansaba sobre el tocador. Introdujo la cinta y, temblando de miedo, pulsó el botón. Su conversación con su hijo Zach se oía con total claridad a pesar de que la estaba telefoneando desde Inglaterra.

Es lo peor que me podía pasar, pensó Regina horrorizada. ¿Y si no reconozco que escondí la nota de suicidio de papá? Josh podría sacarla en cualquier momento. Y entonces podrían detenerme por haber mentido a la policía cuando me interrogó durante horas y horas. Josh tendría la cinta y la nota como prueba.

Comprendiendo que no le quedaba otra que pagar a Josh lo que pedía, regresó a la mesa y apartó su café ya frío.

Jane apareció de inmediato con su acostumbrada cara avinagrada llevando una jarra de café recién hecho y una taza limpia. Regina observó que la taza de café humeante reemplazaba al café que había ignorado.

Mientras lo bebía, la pesadilla recurrente se reprodujo en su mente. Pedaleando por el camino de la hermosa casa con las impagables vistas de Long Island en la que había vivido quince años. Pulsando el botón que subía la puerta del garaje. Viendo el cuerpo de su padre columpiado por la brisa que llegaba del estrecho. La mandíbula floja, los ojos fuera de las órbitas, la lengua colgando. Un papel prendido en la chaqueta. Una mano aferrada a la soga. ¿Había cambiado de opinión en el último momento?

Regina recordaba que estaba como entumecida, anestesiada, que retiró la nota mientras el cuerpo se balanceaba bajo su mano, que la leyó y, conmocionada, se la metió en el bolsillo.

En ella su padre había escrito que estaba teniendo una aventura con Betsy y que lo lamentaba profundamente.

Betsy le había contado que el valor del fondo de inversión que Rob había iniciado estaba a punto de dispararse y que metiera todo lo que pudiera en él. Incluso entonces, a sus quince años, Regina no tuvo la menor duda de que Betsy lo había hecho siguiendo instrucciones de Powell.

No podía permitir que mi madre viera esa nota, pensó ahora Regina. Le habría partido el corazón, y yo sabía que la muerte de papá ya se lo dejaría completamente roto. Además, mi madre despreciaba a Betsy Powell. Sabía que era una hipócrita.

Y ahora alguien tenía esa nota. Estaba prácticamente segura de que ese alguien era Josh, que se pasaba todo el día dentro de la mansión, ayudando a Jane. ¿Qué puedo hacer?, se preguntó. ¿Qué puedo hacer?

En ese momento Josh entró con una bandeja para quitar la mesa. Miró en derredor a fin de asegurarse de que estaban solos.

—¿Cuándo te va bien que hablemos, Regina? —preguntó—. Y permite que te diga que deberías haber seguido el consejo de tu hijo de quemar la nota de suicidio de tu padre. He estado dándole vueltas al tema. Nadie tiene un motivo más poderoso para matar a Betsy Powell que tú, ¿no te parece? ¿Y no crees que los doscientos cincuenta mil dólares que recibirás del señor Rob es un precio justo para garantizar que nadie vea jamás la nota ni escuche la cinta?

Regina fue incapaz de responder. Tenía el rostro congelado en una expresión de horror y autorreproche, y sus ojos miraban algo por encima del hombro de Josh: el cuerpo de su padre, pulcramente vestido, columpiándose de la soga que tenía alrededor del cuello.

55

Instintivamente, Claire subió a su antigua habitación después de su entrevista con Alex Buckley.

Sabía que no había ido bien. Había ensayado sus respuestas a las preguntas sobre la Gala, desde que estuvieron en la sala de estar una vez terminada la fiesta hasta que irrumpieron en el dormitorio de su madre por la mañana.

Había sido fácil recrear aquel terrible momento: Rob en el suelo, retorciéndose de dolor, el café derramado sobre las manos, la piel ya levantada en rabiosas ampollas. Jane chillando «Betsy, Betsy» y sujetando la almohada que había asfixiado a su madre. El pelo, tan glamuroso cuando su madre les dio las buenas noches, parecía estridente a esa hora temprana de la mañana, y su tez luminosa estaba ahora gris y moteada.

Y me alegré, recordó Claire. Estaba asustada pero me alegré.

Solo podía pensar en que al fin era libre, que ahora podría largarme de esta casa.

Y eso hice, el día del funeral. Me mudé con Regina y su madre a su diminuto apartamento. Dormía en el sofá de la sala.

Había fotos del padre de Regina por todas partes. Su madre era amable y dulce conmigo, aun cuando habían perdido todo lo que tenían porque su marido había invertido en el fondo de inversión de Robert.

Claire recordaba haber oído a Betsy y Powell burlarse de la ingenuidad de Eric, el padre de Regina. «No olvides, Betsy, que no me gusta que hagas esto, pero es necesario. Tenemos que elegir entre él y nosotros.»

Y a su madre responder entre risas: «Prefiero que se arruine él a que nos arruinemos nosotros».

La de noches que permanecí despierta en aquel sofá, pensando que, si no hubiera sido por mi madre y mi padrastro, Eric seguiría vivo y viviendo con su familia en aquella adorable casa del estrecho.

¿Y Alison? Trabajó muy duro por aquella beca y la perdió únicamente para que mi madre pudiera ingresar en un club.

Claire meneó la cabeza. Se había detenido delante de la ventana para contemplar el largo jardín de atrás. Incluso con las furgonetas de la productora estacionadas discretamente a la izquierda, y Alison y Rod sentados en el banco de la piscina, había tal quietud que semejaba el paisaje de un cuadro.

Pero entonces divisó movimiento. La puerta de la casita de la piscina se abrió y por allí salió el hombre de tez curtida que había estado trajinando esos últimos días en el jardín.

Su figura corpulenta rompió la sensación de quietud de Claire y la recorrió un escalofrío. Entonces oyó abrirse la puerta de su habitación.

Robert Powell se detuvo en el marco con una sonrisa.

—¿Puedo hacer algo por ti, Claire? —preguntó.

56

El jefe de policía Ed Penn no durmió bien la noche del lunes. La sensación de apremio que le había transmitido Leo Farley hacía que los pocos ratos que conseguía dormir fueran agitados. Tuvo sueños extraños. Alguien estaba en peligro. Ignoraba quién. Él estaba registrando un caserón vacío con la pistola en alto. Podía oír pasos pero no sabía decir de dónde venían.

A las cuatro de la madrugada despertó de ese sueño y no volvió a dormirse.

Entendía la preocupación de Leo, el peligro potencial de tener a esas seis personas de nuevo bajo el mismo techo veinte años después. Ed Penn estaba seguro de que una de ellas —Powell, el ama de llaves, la hija de Betsy o una de sus tres amigas— había matado a Betsy Powell.

De acuerdo, la puerta de la terraza no tenía echado el cerrojo. ¿Y qué? De acuerdo, puede que un intruso se mezclara con los invitados. Pero puede que no.

Algo que había llamado su atención al llegar aquella mañana a la mansión era que entre las chicas, incluida la hija, no había percibido pesar alguno por la muerte de Betsy Powell.

Y el ama de llaves no paraba de suplicar que la dejaran ir al hospital para ver al «señor Rob». Hasta que se dio cuenta de la imagen que estaba dando y cerró la boca, pensó Penn.

¿Powell? Pocos hombres estarían dispuestos a marcarse deliberadamente las manos con quemaduras de tercer grado. Tal vez se derramara el café a modo de tapadera, pero no está claro cuál pudo ser su móvil.

¿El ama de llaves? Del todo posible. Interesante que las cuatro chicas coincidieran en que estaba chillando «¡Betsy, Betsy!» con la almohada en la mano.

Eso no quería decir que el primer impulso de cualquier persona no fuera levantar la almohada, pero lo de Jane gritando «¡Betsy, Betsy!» era otro tema. Ed Penn había averiguado que, cuando Betsy se convirtió en la señora de Robert Nicholas Powell y contrató a su amiga Jane como ama de llaves, ordenó a esta que la llamara «señora Powell».

¿Había hervido Jane de resentimiento los nueve años que había pasado degradada de amiga a criada?

¿Y ese jardinero? No tenía antecedentes. Puede que fuera únicamente ese estúpido nombre lo que lo hacía destacar. ¿Qué madre con dos dedos de frente pondría a su hijo Bruno cuando su apellido era Hoffa y el caso Lindbergh seguía siendo portada?

Bueno, supongo que es mejor que algunos de los apodos que los padres encasquetan hoy día a sus críos, decidió Ed.

No tenía sentido seguir en la cama. Era preferible que el jefe de policía de Salem Ridge se pusiera a trabajar. A las doce me pasaré por la mansión de Powell y probablemente los pillaré a todos comiendo, pensó Ed.

Se incorporó. Desde el otro lado de la cama, oyó a su esposa decir:

—¿Te importaría decidirte, Ed? O te levantas ahora o te vuelves a dormir. Me estás volviendo loca con tanto bote.

—Perdona, Liz —murmuró él.

Cuando se levantó, comprendió que estaba dividido entre dos deseos. El primero, que uno de ellos cometiera un desliz y se delatara como el asesino o la asesina de Betsy Powell. El otro, igual de ferviente, que la grabación del programa concluyera mañana, tal como estaba previsto, y pudieran irse todos a casa. Ed Penn llevaba veinte años con la espina clavada de ese crimen no resuelto.

La mansión de Powell es un polvorín, pensó, y solo puedo verlo estallar.

Cuando, por la tarde, regresó a la jefatura de policía tras la visita a la mansión de Powell, su impresión no había cambiado.

57

Laurie decidió que tenía que hablar de nuevo con su padre. La noche anterior parecía terriblemente cansado y su cara, por lo general sonrosada, estaba pálida.

Cuando lo telefoneó camino del trabajo, él le dijo que estaba a punto de meterse en la ducha, y que estaba bien.

No está bien, pensó Laurie.

Ahora se levantó y se acercó a la silla colocada detrás de la cámara.

—Voy a hacer una llamada rápida a mi padre antes de que llegue Alison —informó a Alex.

—Claro —respondió afablemente él.

Pero, cuando Laurie marcó el número y esperó, Alex percibió su inquietud.

—No contesta —dijo ella.

—Déjale un mensaje —sugirió.

—No lo entiendes. Mi padre respondería a una llamada mía aunque estuviera besándole la mano al Papa.

—¿Qué crees que está haciendo? —preguntó Alex.

—Puede que se haya enterado de algo relacionado con Ojos Azules y no quiera contármelo —dijo Laurie con voz trémula—. O que haya vuelto a sufrir fibrilaciones.

Alex Buckley miró compasivamente a la joven, que había perdido de golpe su profesional fachada de autoridad. Hasta ese momento, le había sorprendido que, pese al asesinato sin resolver de su marido y la amenaza que flotaba sobre ella y su hijo, hubiera sido capaz de hacer un programa sobre un asesinato no resuelto; no obstante, ahora podía ver lo mucho que Laurie dependía de su padre.

Había leído los artículos sobre el asesinato de Greg Moran. La foto de la viuda de treinta y un años saliendo de la iglesia, detrás del féretro, sostenida por el brazo de su padre cruzó su mente.

Sabía que el padre había dejado repentinamente el cuerpo de policía para velar por la seguridad de su nieto.

Si a Leo Farley le sucedía algo ahora, la protección que Laurie sentía frente a Ojos Azules desaparecería.

—Laurie, ¿quién es el médico de tu padre?

—Su cardiólogo es el doctor James Morris. Mi padre y él son amigos desde hace cuarenta años.

—Llámale y pregúntale si tu padre ha ido a verlo.

—Buena idea.

Tocaron a la puerta. Alex se levantó con rapidez. Cuando Grace asomó la cabeza, la pregunta que se disponía a hacer —«¿Estáis listos?»— murió en sus labios. Al ver la cara de preocupación de Laurie con el teléfono pegado a la oreja y oír el «Dale un minuto» de Alex, cerró la puerta.

58

—Tenías razón, Laurie se ha llevado un disgusto terrible cuando le he explicado que estabas en el hospital —le dijo el doctor Morris a Leo Farley—, pero he conseguido tranquilizarla. Vendrá a verte directamente desde la grabación y, tal como te propuse, podréis esperar juntos la llamada de Timmy.

—Me consuela saber que no voy a tener que devanarme los sesos para idear una mentira —dijo Leo Farley—. ¿Le has dicho que mañana mismo me largo de aquí?

—Le he dicho que si no sufrías más fibrilaciones te daría el alta por la mañana. Y también que eres el paciente más cascarrabias que he tenido en los cuarenta años que llevo ejerciendo la medicina. Te prometo, Leo, que fue justo eso lo que la tranquilizó.

Leo Farley soltó una carcajada de alivio.

—Te creo. Pero si soy cascarrabias es porque me siento un inútil con todos estos monitores acorralándome contra la cama.

El doctor Morris se aseguró de que la solidaridad no se reflejara en su voz.

—Confiemos en que no sufras más fibrilaciones, Leo. Si consigues mantener la calma y ver algunos de esos concursos de la tele, apuesto a que mañana mismo podrás irte a casa.

Bruno escuchaba con regocijo. Hackear el móvil de Leo había sido una idea brillante. Leo ya había telefoneado al director del campamento para informarle de que estaba en el hospital. Y ahora Bruno sabía que esa noche Laurie y su padre hablarían por teléfono con Timmy.

Si Leo y Laurie hablan con Timmy en torno a las ocho, se quedarán tranquilos y no esperarán volver a hablar con él hasta mañana por la noche, pensó Bruno.

Me pondré mi uniforme de policía y subiré al campamento a las diez, se dijo. Le contaré a quienquiera que esté de guardia que el abuelo del muchacho ha empeorado. Si llama al Mount Sinai, le confirmarán que es un paciente pero no le desvelarán información sobre su estado.

Saldrá bien. Bruno estaba tan seguro de eso que procedió a prepararlo todo para su joven invitado. Dispuso unas mantas y una almohada en el lavadero de la casita de la piscina, pues sería demasiado arriesgado instalar a Timmy en el dormitorio. Tendría que atarlo y amordazarlo. Bruno sabía que era necesario mantener la rutina y permitir que Perfect Estates lo recogiera de la mansión de Powell con el camión y volviera a dejarlo allí por la mañana. Traería cereales y zumo de naranja para Timmy. Siempre se traía su almuerzo en una bolsa de supermercado, por lo que no llamaría la atención.

El equipo de producción había dejado copias del plan de rodaje por todas partes. Bruno sabía que mañana Powell sería el último entrevistado, y que luego los fotografiarían a todos juntos alrededor de la mesa del desayuno, como en la escena inicial.

Y en ese momento Timmy y yo haremos nuestra entrada, pensó. Lo llevo sujeto de la mano y tengo una pistola que apunta a su cabeza. Grito a Laurie que salga si no quiere que le pegue un tiro a su hijo. Cualquier madre saldría corriendo para salvar a su pequeño.

Soltó una risa ronca y profunda y abrió la puerta de la casita. La graduada con el marido cojo estaba sentada en el banco que había junto a la piscina.

Bruno se puso a examinar detenidamente las plantas que rodeaban la casita de la piscina en busca de imperfecciones.

Mañana se cubrirán de sangre, pensó con regocijo. Madre e hijo. Será fantástico verlos morir juntos, aunque yo no consiga escapar.

59

—Tenías razón —susurró Laurie apagando el móvil—. El doctor Morris me ha explicado que a mi padre le están haciendo ahora mismo una angiografía. Solo como precaución, pero no sé si creerle.

—¿Qué te ha dicho exactamente? —preguntó Alex.

—Que anoche mi padre tuvo fibrilaciones. —Con la voz entrecortada, Laurie repitió lo que el médico le había dicho—. Y sé por qué. A mi padre le preocupaba que yo hiciera este programa. Cree que uno de los seis participantes es un asesino y podría explotar bajo presión.

Tal vez tenga razón, pensó Alex.

—Oye, Laurie —dijo—, esta tarde, cuando hayas terminado aquí, te llevaré directamente al hospital para que no tengas que esperar a la furgoneta de la productora. Deja que Jerry y Grace recojan. —Luego, impulsivamente, añadió—: Esperaré abajo mientras visitas a tu padre y luego iremos a comer algo. A menos que tengas otros planes.

—Mi plan de esta noche era comer una hamburguesa con mi padre. Como buen ex policía, querrá que le cuente hasta el último detalle del rodaje de hoy.

—Entonces, cuéntaselo y tómate luego una hamburguesa conmigo —propuso Alex.

Laurie vaciló. Dadas las circunstancias, no podía imaginarse cenando sola en un restaurante. Alex Buckley posee una presencia tranquilizadora, pensó. Además, podría hablar con él de las entrevistas.

—Gracias, acepto el plan. —Esbozó una sonrisa débil y a renglón seguido, mientras Alex la observaba, llamó—: Jerry, ¿puedes pedir al equipo y a Alison Schaefer que entren?

Su voz volvía a ser firme y autoritaria.

60

Una Regina de semblante sombrío partió en busca de Josh Damiano. Lo encontró pasando el aspirador por el gran salón. Recordó que Betsy lo llamaba presuntuosamente el *lounge*. «Desde que se ha casado con Richard Powell, se cree la reina de Inglaterra.» Eso era lo que su madre solía decir de Betsy, recordó Regina.

Josh levantó la mirada y al verla apagó el aspirador.

—Sabía que me buscarías, Regina —dijo con una sonrisa alegre.

Regina había encendido su iPhone y estaba grabando cada una de sus palabras.

—Veo que tienes profesiones diversas, Josh. Chófer, criado, chantajista. Es evidente que tus talentos son infinitos.

La sonrisa desapareció de los labios de Damiano.

—No te confundas, Regina —repuso en un tono tranquilo—. Si estoy ayudando en la mansión es únicamente porque el señor Powell ha cancelado el servicio de mantenimiento hasta el jueves, cuando todo el mundo se haya ido.

—La etiqueta de amo de llaves no es de tu agrado, ¿verdad, Josh? —preguntó Regina—. ¿Qué tal la de estafador? ¿Te molesta que te llamen así?

Josh Damiano no se inmutó.

—Prefiero pensar que te estoy protegiendo de que te acusen del asesinato de Betsy Powell. La nota de suicidio de tu padre te da el motivo más poderoso para querer matarla, y no olvides que mentiste a la policía reiteradamente al decir que no habías visto ninguna nota.

—Es cierto que mentí —convino Regina—. Por otro lado, le hice un gran favor a Robert Powell al no desvelar el contenido de la nota. ¿Has tenido eso en cuenta? En ella se detalla que Powell permitió que su esposa tuviera una aventura con mi padre para así poder pasarle información privilegiada sobre su fondo de inversión. Como resultado, mi padre perdió toda su fortuna y con ello sacó de apuros a los Powell.

—¿Y qué? —preguntó Damiano.

—Que mentí a mi hijo en la conversación que grabaste en el coche. Tengo otra copia de la nota de suicidio de mi padre. Voy a dejarte elegir. Si me devuelves el original, quedamos en paz. Si no me lo devuelves, hoy mismo entregaré la copia y la grabación de esta conversación al jefe de policía Penn y tú acabarás entre barrotes. Doy por sentado que también grabaste a las demás. Apuesto a que si las presiono lo suficiente para que no se dejen chantajear, también ellas entregarán sus cintas.

—Bromeas.

—En absoluto. Tenía quince años cuando encontré esa nota. De hecho, el suicidio de mi padre fue el inicio del lento declive de mi madre. Se habría ido aún más rápido si hubiera sabido que mi padre estaba teniendo una aventura con Betsy.

Josh Damiano se obligó a reír.

—Razón de más para que aprovecharas la oportunidad de dormir en esta casa y así poder vengarte de Betsy.

—Si no fuera porque Betsy no valía lo suficiente para pasarme el resto de mi vida en prisión. Padezco claustrofobia. Espero que tú no.

Sin esperar una respuesta de Damiano, Regina abandonó

el salón. Una vez que hubo llegado al pasillo empezó a temblar de forma violenta.

¿Funcionaría? Era su única esperanza. Subió al dormitorio donde iba a pasar la noche, cerró con llave y sacó el móvil.

La batería estaba muerta.

61

Alison entró en la sala de estar serena por fuera, pero hecha un manojo de nervios por dentro.

«Yo estuve en la habitación de Betsy aquella noche» era el pensamiento que predominaba en su mente.

Intentó recordar las palabras tranquilizadoras de Rod pero, curiosamente, solo podía pensar en que le había dicho que él no podía saber qué significaba desear mucho algo y perderlo.

¿No podía?, se preguntó.

Recordó los grandes titulares cuando Rod firmó por los Giants. Las conjeturas sobre su brillante futuro.

Todo el tiempo que ella había estado estudiando, él lo había pasado entrenándose al fútbol.

Desde el jardín de infancia, Rod había estado siempre ahí para ella.

Pero yo aspiraba a casarme con un científico, pensó Alison. Seríamos los nuevos doctor y madame Curie. «Doctor y doctora» Curie, se corrigió.

Qué arrogancia la mía. Y Rod lo aceptaba. Me propuso matrimonio y le dije que sí porque prometió pagarme la carrera de medicina.

Mientras él estuvo enfermo conseguí sacarme el título de farmacéutica, pero no podía abandonarle. En el fondo, siempre me ha consumido la rabia por el hecho de sentirme obligada a quedarme.

E incluso ahora estoy pensando que, si hubiera venido sola, no habría hablado en el coche. No existiría ninguna grabación.

—Pase, Alison —le invitó Laurie.

Alex Buckley se levantó.

Caray, qué alto, pensó Alison mientras tomaba asiento en el sillón situado al otro lado de la mesita. Se notaba el cuerpo tan rígido que temía que pudiera romperse como un cristal si se movía demasiado deprisa.

—Alison, gracias por acompañarnos en este programa —comenzó Alex—. Han pasado veinte años desde la Gala de Graduación y la muerte de Betsy. ¿Por qué aceptó salir en el programa?

La pregunta era cordial. Rod le había aconsejado que no bajara la guardia. Alison eligió las palabras con cuidado.

—¿Sabe, o puede imaginar siquiera, lo que representa estar bajo sospecha de haber matado a alguien durante veinte años?

—No, no lo sé, y tampoco puedo imaginarlo. Como abogado criminalista he visto a personas de interés vivir bajo la espada de Damocles hasta que un jurado las declaraba inocentes.

—Hasta que un jurado las declaraba inocentes —repitió Alison, y Alex pudo oír la amargura en su voz—. ¿Es que no lo ve? Ese es justamente el problema. Nadie nos ha acusado oficialmente a ninguna de nosotras, de modo que a todas nos tratan como si fuéramos culpables.

—¿Todavía lo siente así?

—¿Cómo no voy a sentirlo? El año pasado mismo aparecieron dos grandes artículos sobre el caso en periódicos de ámbito nacional. Siempre lo noto cuando publican un artículo nuevo. Alguien entra en la farmacia y pide algo insignificante, como pasta de dientes, mientras me mira como si fuera un bicho bajo un microscopio.

—Una comparación interesante, Alison. ¿Se ha sentido como un bicho bajo un microscopio todos estos años? Había aspirado a estudiar medicina, ¿no es cierto?

Ten cuidado, se previno Alison.

—Sí.

—Estaba convencida de que obtendría una beca, ¿verdad?

—Tenía posibilidades —respondió Alison con calma—. Quedé segunda. Son cosas que pasan.

—Alison, he hecho algunas indagaciones. ¿No es cierto que, justo antes de graduarse, Robert Powell donó diez millones de dólares a su universidad para una nueva residencia de estudiantes que debía llamarse «Casa Robert y Betsy Powell»?

—Sí.

—¿Es cierto que la destinataria de la beca fue la hija de una amiga de Betsy Powell?

«Alison, estás resentida. No puedes permitir que tu resentimiento salga a la luz.»

Era como si Rod estuviera gritándoselo al oído.

—Como es lógico, me llevé una gran decepción. Me merecía esa beca y todo el mundo lo sabía. Se la dieron a Vivian Fields para que Betsy pudiera entrar en el club que presidía la madre de Vivian. Pero mi decepción duró poco. Rod acababa de firmar un gran contrato con los Giants y lo primero que hizo fue proponerme matrimonio. Nos prometimos, y como regalo de bodas iba a enviarme a la facultad de medicina.

—¿Por qué no invitó a Rod a la Gala si estaban prometidos?

Alison intentó sonreír.

—La Gala tuvo lugar justo antes de que nos prometiéramos. Rod pensaba que era una tonta por asistir después de lo que Betsy me había hecho.

Ha sonado bien, pensó. No lo invité porque no estaba enamorada. Pero luego, cuando firmó con los Giants y prometió pagarme la carrera, accedí a casarme con él... Alison trató de dominarse.

Los ojos de Alex Buckley la taladraban.

—Alison, me gustaría que cerrara los ojos y visualizara el momento en que entró en el cuarto de Betsy después de oír los gritos de Jane.

Su tono era casi hipnótico. Alison cerró obedientemente los ojos.

Estaba en el cuarto de Betsy. Pisó el pendiente y eso la sobresaltó. Oyó que se abría una puerta y se metió en el armario que tenía a su espalda. Vio a alguien entrar y coger de la cama la otra almohada. Luego, la oscura silueta se cernió sobre Betsy.

A través de una grieta en la puerta del armario vio el cuerpo de Betsy retorcerse mientras la almohada la asfixiaba. Sus débiles gemidos no tardaron en apagarse.

Luego la figura desapareció. ¿Lo soñé o realmente vi una cara?, se preguntó Alison.

No lo sabía. Sus ojos se abrieron de golpe.

Alex Buckley reparó en su expresión de alarma.

—¿Qué ocurre, Alison? —preguntó al instante—. Parece asustada.

—¡No puedo soportarlo más! —estalló Alison—. ¡No puedo! Me trae sin cuidado lo que la gente piense de mí, que se pregunte si yo maté a Betsy. No lo hice, pero le diré algo: cuando irrumpí en esa habitación y vi que estaba muerta, me alegré. Y también se alegraron las demás. Betsy Powell era una mala persona, una egoísta y una zorra, y espero que se esté pudriendo en el infierno.

62

Llegó el turno de Jane. No era una mujer grande, pero su espalda ancha y su porte erguido le conferían una presencia imponente. El inalterable uniforme negro con delantal blanco almidonado resulta casi cómico, pensó Alex. Salvo en las cenas formales, ninguno de sus amigos vestía así a sus asistentas.

Jane tomó asiento en el sillón que Alison había dejado libre.

—Señora Novak —empezó Alex—, ¿Betsy Powell y usted trabajaron juntas en el teatro?

Jane esbozó una sonrisa fría.

—Suena muy glamuroso. Yo limpiaba los camerinos y zurcía los trajes, y Betsy era acomodadora. Cuando una obra concluía, nos mandaban a otro teatro.

—Entonces eran buenas amigas.

—¿Buenas amigas? ¿Qué quiere decir eso? Trabajábamos juntas. Me gusta cocinar. Algunos domingos las invitaba a ella y a Claire a cenar a mi casa. Estaba segura de que solo se alimentaban de comida precocinada. A Betsy no se le daba bien la cocina. Y Claire era una niña adorable.

—¿Le sorprendió que Betsy se fuera a vivir a Salem Ridge?

—Betsy quería casarse con un hombre rico y pensó que si vivía en un barrio acomodado tendría más probabilidades de conseguirlo. Por lo visto, no se equivocó.

—Tenía treinta y dos años cuando se casó con Robert Powell. ¿Hubo alguien antes de él?

—Oh, Betsy salía con hombres, pero nadie era lo bastante rico para su gusto. —Jane sonrió con suficiencia—. Tendría que haber oído lo que decía de algunos de ellos.

—¿Tuvo una relación especialmente estrecha con alguno de esos hombres? —preguntó Alex—. ¿Alguno que hubiera podido sentir celos cuando Betsy se casó?

Jane se encogió de hombros.

—No lo creo. Los hombres iban y venían.

—¿Le disgustó que le pidiera que la llamara «señora Powell»?

—¿Disgustarme? Naturalmente que no. El señor Powell es un hombre muy formal. Tengo unas habitaciones muy bonitas aquí. Dos veces a la semana viene un servicio de limpieza, de manera que no hago trabajo pesado. Me encanta cocinar y al señor Powell le gusta la alta cocina. ¿Por qué iba a disgustarme? Soy de un pueblecito de Hungría donde solo teníamos las comodidades modernas más básicas. Agua corriente, a veces electricidad.

—Es comprensible que estuviera satisfecha con su vida aquí. Si no me equivoco, cuando irrumpió en el cuarto de Betsy Powell esa mañana empezó a gritar «¡Betsy, Betsy!».

—Así es. Estaba tan conmocionada que no sabía lo que hacía o decía.

—Jane, ¿tiene alguna teoría sobre quién mató a Betsy Powell?

—Desde luego —contestó con firmeza—, y en cierto modo me culpo de su muerte.

—¿Por qué?

—Porque tendría que haber sabido que esas jovencitas estarían entrando y saliendo para fumar. Tendría que haberme quedado levantada y haberle echado el cerrojo a la puerta cuando se fueron a la cama.

—Entonces, ¿cree que un extraño se coló en la mansión?

—Por la puerta de la terraza o durante la fiesta. Betsy tenía dos vestidores. Alguien pudo esconderse en uno de ellos. Betsy lucía una fortuna en esmeraldas, y no olvide que uno de los pendientes estaba en el suelo.

Observando y escuchando detrás de la cámara, Laurie se descubrió preguntándose si Jane no tendría razón. Claire había insinuado otro tanto. Y a juzgar por las cintas de la Gala, era del todo posible que alguien hubiera subido sin que lo vieran durante la fiesta.

Jane estaba contándole a Alex que había colocado un cordón de terciopelo tanto en la escalera principal como en la de servicio.

—En la planta baja hay cuatro aseos —concluyó—. No era necesario subir a menos que alguien estuviera planeando robar las joyas de Betsy.

Es como si se hubieran puesto de acuerdo para contar la misma versión, pensó Laurie.

Alex estaba concluyendo:

—Gracias por hablar con nosotros, señora Novak. Sé lo difícil que es para usted revivir aquella espantosa noche.

—No, no lo sabe —le contradijo Jane en un tono triste—. Ver lo bella que estaba Betsy aquella noche, verle luego la cara tapada con aquella almohada y comprender que estaba muerta, oír al señor Powell gemir de dolor... Usted no entiende ni puede entender lo duro que es para mí revivir aquello, señor Buckley. Sencillamente no puede.

63

El resto de la mañana Nina mantuvo con su madre una distancia glacial. Cuando Alison entró para su entrevista con Alex Buckley, se unió a Rod en el banco de la piscina.

—¿Te importa que me siente un rato contigo? —preguntó.

Rod la miró sorprendido, pero luego se obligó a sonreír y dijo:

—En absoluto.

—¿Lamentáis Alison y tú haberos metido en esta historia? —preguntó Nina mientras se sentaba a su lado. Al ver la cara de asombro de Rod, añadió—: Oye, yo también he recibido una cinta. Y Regina. Claire, no lo sé. Vi que Alison se angustió mucho cuando escuchó la suya, lo mismo que Regina. ¿Crees que ese Josh Damiano grabó esas cintas por su cuenta o que Rob Powell le pidió que las grabara?

—No lo sé —respondió él, receloso.

—Yo tampoco, pero he de arriesgarme y pensar que Damiano está jugando solo, y darle los cincuenta mil dólares que pide. Creo que vosotros también deberíais pagar. Ignoro qué conversación oyó Damiano en vuestro caso, pero ese jefe de policía está empeñado en resolver el asesinato de Betsy y, si tiene algo en lo que basarse, apuesto a que no lo dejará pasar.

—Tal vez tengas razón —dijo evasivamente Rod—. Pero ¿qué puede tener sobre ti que pueda convertirte en sospechosa? Desde luego, no el hecho de que tu madre hubiera salido con Rob Powell antes de que este se casara con Betsy.

—No es eso —respondió Nina en un tono cordial—. Mi madre me ha amenazado con decir que le confesé que yo maté a Betsy si no le pago los cincuenta mil dólares a Damiano.

Rob no creía que pudiera estar más sorprendido de lo que ya lo estaba, pero ahora su voz era de absoluta incredulidad.

—Tiene que ser un farol.

—Qué va —dijo Nina—. Si Robert Powell escucha la cinta en la que mi madre habla de lo mucho que odiaba a Betsy, sus posibilidades con él, que por cierto creo que son inexistentes, se esfumarán. Pero si Josh Damiano está jugando solo, ¿quién sabe? Por eso mi madre quiere que le pague los cincuenta mil dólares que pide. Pero el caso es que yo sé que lo de Alison es mucho más preocupante que el hecho de que mi madre esté convencida de que arruiné su gran historia de amor. Fui muy considerada cuando la policía nos interrogó a las cuatro hace veinte años. —Hizo una pausa y le miró fijamente a los ojos—. No le conté a nadie que Betsy fue terriblemente cruel con Alison la noche de la Gala. No paraba de hablar de lo orgullosa que Selma Fields estaba de que su hija Vivian hubiera conseguido la beca. Se aseguró de mencionar que la mujer iba a dar una fiesta por todo lo alto en honor de Vivian y que luego toda la familia recorrería en velero la Costa Azul. Alison, entretanto, se esforzaba por contener las lágrimas. Cuando Betsy se marchó, Alison me dijo: «Voy a matar a esa bruja».

»Y ahora dime, ¿no crees que esa información merece que pagues los cincuenta mil dólares que Josh Damiano exige a Alison más los cincuenta mil que quiere de mí? Necesito irme de aquí con algo. Rod, detesto hacer esto, créeme, pero no tengo elección. Necesito hasta el último céntimo de esos trescientos mil dólares para comprarle un apartamento a mi madre y hacerla desaparecer de mi vida. Si vivo con ella mucho más tiempo, te juro que acabaré matándola. Sé perfectamente cómo se sentía Alison en la Gala.

Nina se levantó.

—Antes de irme quiero que sepas lo mucho que os admiro a los dos. Alison se casó contigo para poder estudiar, pero continuó a tu lado cuando la fabulosa carrera que te esperaba se hizo añicos. Mi teoría es que la tienes bien agarrada porque te confesó el crimen. ¿No es cierto, Rod?

Rod asió las muletas y se levantó. Rojo de ira, dijo:

—No hay duda de que tu madre y tú sois tal para cual. Alison es una mujer muy lista, ¿sabes? Quizá consiga desenterrar algunos recuerdos sobre todos los años que tu madre te estuvo machacando por haber presentado a Betsy a Rob Powell. A lo mejor no pudiste más y mataste a Betsy para dejar viudo a Robert Powell. Pero existe un pequeño problema. Alison no mataría a nadie ni en un millón de años.

Nina sonrió.

—¿Cuándo tendré tu respuesta? —preguntó.

—No lo sé —dijo Rod—. Y ahora, ¿te importaría dejarme pasar? Mi esposa ha terminado y quiero ir con ella.

—Creo que me tumbaré en una de esas hamacas —dijo alegremente Nina al tiempo que se hacía a un lado.

64

Después de la entrevista, Jane fue directa a la cocina. Ya había preparado vichyssoise, ensalada Waldorf y lonjas de jamón frío para el almuerzo.

Robert Powell entró en la cocina minutos después.

—Jane, estaba pensando que fuera hace mucho calor. Almorcemos en el comedor. ¿Cuántos invitados tenemos hoy a comer?

Jane se dio cuenta de que estaba de mucho mejor humor que por la mañana. Vestía una camisa deportiva azul claro y un pantalón caqui. La mata de pelo blanco se complementaba con su atractivo rostro. Su porte erguido no dejaba entrever su verdadera edad.

No aparenta en absoluto su edad, pensó Jane. Siempre ha parecido un lord inglés.

Lord y lady Powell.

¿Qué le había preguntado? Cuántos serían hoy para comer, claro.

—Las cuatro graduadas... —Jane titubeó—. Todavía las veo de ese modo. La señorita Moran, la señora Craig, el señor Rod Kimball, el señor Alex Buckley y usted, señor.

—Los nueve afortunados —dijo animadamente Rob Powell—. O un equipo de lo más variopinto. ¿Qué somos, Jane?

Sin esperar respuesta alguna, abrió la puerta de la terraza y salió.

¿Qué diantre le pasa?, se preguntó Jane. Esta mañana parecía que no deseara otra cosa que echarlos a todos. Puede que el hecho de saber que se marcharán mañana le haya levantado el ánimo. Ignoro lo que las demás han dicho en sus entrevistas, pero sé que yo salí bien parada de la mía.

Satisfecha consigo misma, procedió a poner la mesa en el comedor.

Josh apareció en el umbral.

—Déjame eso a mí —dijo con brusquedad—. Tú saca la comida.

Jane lo miró atónita.

—¿Qué te ocurre? —preguntó.

—Lo que me ocurre es que no soy ningún criado —soltó Josh.

Jane justo había empezado a colocar los cubiertos. Se incorporó, sorprendida, y con las mejillas encendidas y los labios fruncidos espetó:

—Con lo que cobras, no tienes ningún derecho a quejarte por ayudar unos días en la mansión. Ten cuidado. Ten mucho cuidado. Si el señor Powell te hubiera oído, ya te habría puesto de patitas en la calle. Y lo mismo haría si le contara esta conversación.

—Caray con la señora de la casa —dijo Josh en tono desafiante—. Y dime, ¿adónde fueron a parar las joyas que George Curtis le regaló a Betsy? No finjas que no sabes de lo que hablo. Cuando el señor Rob estaba de viaje, era yo quien llevaba a Betsy a sus citas con George Curtis, y salía de casa iluminada como un árbol de Navidad. Sé que las escondía en algún lugar de su dormitorio, pero nunca oí mencionar a nadie que las hubiera encontrado. De una cosa estoy seguro, y es que el señor Powell no estaba al corriente de esa aventura.

—¿De qué vas a estar seguro tú? —farfulló enfurecida Jane—. Bien, ¿por qué no quedamos en mantener la boca cerrada? Mañana a esta hora ya se habrán ido todos.

—Una cosa más, Jane. Si Betsy hubiese dejado a Powell por George Curtis, te habría llevado con ella por dos buenas razones. La primera, porque la tratabas como a una reina. La segunda, porque una vez que Betsy se hubiera largado de aquí y le hubiera pedido el divorcio a Powell, este habría contratado a un detective privado para descubrir cuánto hacía que duraba la aventura, y habría descubierto que tú cubrías a Betsy cada vez que él la llamaba desde el extranjero cuando se hallaba de viaje de negocios.

—¿Y qué crees que te habría hecho a ti si llega a descubrir que llevabas a Betsy a su nidito de amor en el Bentley? —preguntó Jane casi en un susurro.

Se fulminaron con la mirada por encima de la mesa. Finalmente Jane dijo en un tono agradable:

—Será mejor que espabilemos. Les dije que el almuerzo se serviría a la una y media.

65

Después de que Alison saliera disparada de la sala de estar, Alex y Laurie esperaron a que Jerry, Grace y el resto del equipo de rodaje se marcharan antes de hablar.

En un tono discreto, Alex dijo:

—Dos de nuestras graduadas han dado ya a la audiencia una razón convincente para haber querido matar a Betsy Powell.

—Desde luego —convino Laurie—. Y quién sabe lo que Regina y Nina tendrán que decir esta tarde. No me extrañaría que las cuatro acaben lamentando haber participado en este programa, a pesar del dinero.

—Estoy seguro de que ya lo lamentan —estuvo de acuerdo Alex.

—Alex, ¿por qué crees que Powell ha insistido en que pasemos todos la noche aquí y no le entrevistemos hasta mañana por la mañana?

—¿Quizá para aumentar la presión sobre las graduadas con la esperanza de que alguna termine confesando? Tú y yo seríamos los principales testigos si eso ocurriera. En mi opinión, Powell se está marcando un enorme farol. —Alex miró la hora en su reloj—. Será mejor que telefonee al despacho cuanto antes. Nos esperan en el comedor dentro de quince minutos para almorzar.

—Y yo llamaré a mi padre.

Alex se recostó en el sillón e hizo ver que buscaba algo en su cartera.

Quería estar allí para Laurie en caso de que Leo Farley no contestara, o no pudiera contestar.

66

El alegre «hola» de Leo atenuó el pánico de Laurie.

—He oído por ahí que anoche estuviste de juerga, papá —dijo.

—Sí, tenía una cita con una mujer de bandera en el Mount Sinai. ¿Cómo va el programa?

—¿Por qué no me llamaste cuando fuiste al hospital?

—Para que no vinieras corriendo. He tenido esos episodios antes. Jim Morris me dijo que me calmara viendo concursos por la tele. Ahora mismo estoy viendo una reposición de *Te quiero, Lucy*.

—No querría que te la perdieras por nada del mundo. Llegaré a las siete y media como muy tarde. —Laurie titubeó antes de añadir—: Papá, ¿de verdad que te encuentras bien?

—Estupendamente. Deja de preocuparte.

—No me lo pones fácil —repuso ella con sarcasmo—. Vuelve con tu Lucy. Nos vemos luego.

Con una mano, Laurie se guardó el móvil en el bolsillo y, con la otra, buscó impacientemente un pañuelo de papel para enjugarse las lágrimas que se le habían empezado a formar en los ojos.

Alex sacó de su bolsillo un pañuelo pulcramente planchado y doblado y se lo tendió. Mientras ella lo cogía, dijo:

—Laurie, a veces es bueno dejarse llevar.

—No puedo —susurró ella—. El día que me deje llevar, enloqueceré. En mis oídos resuena constantemente esa amenaza. Lo único que me permite conservar la cordura es confiar en que Ojos Azules mantenga la promesa de matarme primero a mí. Puede que entonces lo detengan. Si logra escapar, mi padre y Timmy podrían cambiar de nombre y desaparecer. Pero imagina que Timmy y yo estamos en la calle juntos. O si yo muero, imagina que mi padre no está aquí para proteger a Timmy.

Alex no tenía una respuesta que ofrecerle. Laurie dejó de llorar de golpe, sacó la polvera y se retocó los ojos.

—Será mejor que hagas esa llamada, Alex —dijo—. El señor Rob nos espera en la mesa dentro de quince minutos exactos.

67

El jefe de policía Penn, las graduadas, Rod, Alex, Muriel y Laurie se habían congregado en torno a la mesa del comedor cuando Robert Powell hizo su entrada.

—Están todos muy callados —observó—. No me extraña. Se hallan bajo una gran presión. —Hizo una pausa mientras los miraba uno a uno—. Yo también.

Jane hizo ademán de entrar en el comedor.

—Jane, ¿te importaría cerrar la puerta? Tengo algunas cosas que compartir con mis invitados.

—Claro, señor.

Powell prosiguió:

—¿Alguno de ustedes está pensando que este día espléndido es idéntico al día de la Gala? Recuerdo a Betsy sentada conmigo a esta misma mesa aquella mañana. Estábamos felicitándonos por la suerte que teníamos de que hiciera tan buen tiempo. ¿Quién iba a imaginarse que al día siguiente Betsy estaría muerta, asesinada por un intruso? —Hizo una pausa—. O quizá no fue un intruso.

Aguardó, y como no recibió respuesta alguna prosiguió en un tono eficiente.

—Y ahora, a ver si lo he entendido bien. Después serán entrevistadas Regina y Nina. A las cuatro y media, las cuatro graduadas se pondrán una réplica del vestido que lucían aquella noche y se les tomarán fotografías con las filmaciones reales de la Gala como telón de fondo. Entretanto, mi buen amigo George Curtis estará con usted, Alex, compartiendo sus impresiones de aquella noche. —Robert se volvió hacia Laurie—. ¿Todo correcto hasta el momento?

—Sí —respondió ella.

Powell sonrió.

—Por la mañana tendré mi entrevista con Alex, con las graduadas presentes. Confío en que os resulte interesante, sobre todo a una de vosotras. —Esbozó una sonrisa tirante—. En cuanto a esta noche, todos los sentados a esta mesa, con excepción del jefe de policía Penn, dormiréis aquí. Cuando se haya grabado la última escena, las graduadas serán trasladadas por separado a sus respectivos hoteles. Prepararéis la maleta y dejaréis vuestra habitación. Cenaréis por vuestra cuenta donde os apetezca; yo invito, por supuesto, pero os ruego encarecidamente que estéis aquí a las once. A esa hora tomaremos una copa juntos y luego nos retiraremos. Quiero que todo el mundo preste mucha atención a lo que tengo que decir mañana. ¿Queda entendido?

Esta vez, como si se sintieran obligados a responder, todos asintieron.

—Mañana, durante el desayuno, os entregaré a todos los talones prometidos. Puede que después de eso una de vosotras decida utilizarlo para contratar los servicios jurídicos del señor Buckley. —Esbozó una sonrisa fría—. Es una broma, claro.

Se volvió hacia Nina.

—Nina, no tendrás que compartir el coche con tu querida madre. Muriel y yo cenaremos juntos esta noche. Es hora de pasar página sobre el pasado.

Muriel sonrió con adoración a Powell antes de clavar una mirada triunfal a su hija.

—Basta de instrucciones por hoy. Disfrutemos de la comida. Ah, aquí llega Jane. Ha hecho vichyssoise. No sabrán lo que es el verdadero placer hasta que hayan probado la vichyssoise de Jane. Es auténtico néctar de los dioses.

La sopa fría se sirvió en medio de un silencio sepulcral.

68

Después de abandonar el comedor, Regina cruzó el jardín en dirección a la furgoneta de maquillaje. El calor del exterior contrastaba con la temperatura fresca de la mansión, pero lo agradeció. Tras haber escuchado los elaborados planes de Robert Powell para esa noche y mañana, solo estaba segura de una cosa: de que él tenía la nota de suicidio de su padre. ¿Qué otra prueba necesitarían de que ella había matado a Betsy?

Durante veintisiete años, desde los quince, Regina había declarado, incluso bajo juramento, que no había ninguna nota ni en el bolsillo ni en ningún otro lugar del cuerpo de su padre.

¿Quién podría haber tenido un motivo más poderoso para querer matar a Betsy?, se preguntó. Y era evidente que Robert Powell estaba decidido a esclarecer la muerte de su mujer. Por eso se había prestado a financiar el programa.

Pasó junto a la piscina. Transparente como el cristal, con el sol reflejado en ella y hamacas de alegres estampados dispuestas a su alrededor, parecía un decorado. En la carta les habían invitado a todas a traerse el bañador.

Ninguna lo había hecho.

Al otro lado de la piscina, la casita, una miniatura de la mansión, era empleada únicamente por el jardinero, que se pasaba el día entrando y saliendo para trabajar en el jardín.

Cuando llegó a la furgoneta vaciló un segundo antes de abrir la puerta.

Meg la esperaba con tarros de cremas dispuestos meticulosamente en fila sobre el estante que tenía enfrente.

Courtney estaba sentada en la silla contigua, leyendo delante de un estante plagado de cepillos, lacas y secadores.

Esa mañana le había dicho a Regina que las mujeres matarían por una mata de rizos como la suya.

—Y apuesto a que dirás que es una lata porque te crece muy deprisa.

Y eso es exactamente lo que dije, pensó Regina.

Evitó mirar la pared de su izquierda donde estaban, ampliadas, las fotos de ella y las demás graduadas en la Gala.

Sabía el aspecto que tenían. Claire, sin una gota de maquillaje, el pelo recogido en una coleta, el vestido de cuello alto y con mangas hasta los codos. Alison, cuya habilidosa madre le había confeccionado el vestido, como el resto de su ropa; el padre de Alison era gerente del departamento de verduras de un supermercado. Nina, con su atrevido escote, la brillante melena pelirroja, el maquillaje aplicado con esmero. Ya entonces parecía tremendamente segura de sí misma, pensó Regina.

Y yo con el vestido más elegante de los cuatro. Mamá había entrado a trabajar en Bergdorf después de que lo perdiéramos todo. Aunque el vestido estaba muy rebajado, seguíamos sin poder permitírnoslo, pero ella insistió en comprarlo. «Tu padre te lo habría comprado», me dijo.

Regina se dio cuenta de que no había saludado aún a Meg y Courtney.

—Hola a las dos —dijo—. No penséis que estoy loca. Simplemente me estoy preparando para la entrevista.

—Claire y Alison estaban nerviosas —dijo Meg en un tono alegre—. Es lógico que tú también lo estés. El programa se emitirá en todo el mundo.

Regina se dejó caer en la silla de Meg.

—Gracias por recordármelo —dijo mientras la maquilladora le colocaba una lámina de plástico alrededor del cuello.

Esa mañana, para la foto en la sala de estar en la que aparecían las cuatro tras el descubrimiento del cuerpo y la llegada de la policía, Meg apenas las había maquillado y Courtney las había dejado un tanto despeinadas, exactamente como estaban veinte años antes.

Ahora todas llevaban ropa de su elección. «Poneos ropa con la que os sintáis a gusto», les había aconsejado Laurie.

Regina había elegido una chaqueta de lino azul marino, una blusa blanca entallada y un pantalón. Como única joya, el collar de perlas que su padre le había regalado al cumplir los quince años.

Observó a Meg aplicarle con trazos hábiles base, colorete, sombra de ojos, rímel y carmín.

Courtney se acercó y con unos cuantos movimientos de cepillo le hizo un flequillo y le recogió el pelo detrás de las orejas.

—Estás guapísima —dijo.

—Es cierto —convino Meg.

Jerry abrió la puerta de la furgoneta cuando Meg le estaba quitando la lámina de plástico.

—¿Estás lista, Regina? —preguntó.

—Eso creo.

Camino de la mansión, Jerry le dijo:

—Sé que estás nerviosa, Regina, pero no tienes por qué. ¿Puedes creer que Helen Hayes sufría pánico escénico todas las noches hasta el momento que pisaba el escenario?

—Tiene gracia —dijo Regina—. Ya sabes que tengo una agencia inmobiliaria. Justamente esta mañana estaba pensando que el día que recibí la carta de la productora me puse tan nerviosa que hice una presentación desastrosa de una casa que tenía prisa por vender. La propietaria era una mujer de setenta y seis años que quería irse a vivir a una residencia asistida. Le vendí la casa dos meses después por treinta mil dólares menos de su precio original. Cuando reciba el dinero por hacer este programa le devolveré mi comisión.

—Entonces eres una entre un millón —aseguró Jerry al tiempo que descorría la puerta de la terraza que daba a la cocina.

Regina recordó que esa mañana esta entrada había estado bloqueada.

—No hay nadie en la terraza y no se ve a Jane por ningún lado —comentó Jerry—. Supongo que se toma sus ratos libres, después de todo.

¿Dónde están las demás?, se preguntó Regina mientras se dirigía a la sala de estar. ¿Tienen miedo de estar juntas?

No confiamos las unas en las otras, pensó. Las cuatro tenemos alguna razón para haber querido matar a Betsy, pero la mía es la más poderosa de todas.

Laurie Moran y Alex Buckley la esperaban en la sala de estar. Grace, la ayudante de Laurie, permanecía a un lado. Un miembro del equipo estaba ajustando todavía los focos. El cámara se encontraba en su puesto.

Sin esperar una invitación, Regina tomó asiento frente a Alex. Empezó a juntar y separar las manos. Para, se dijo. Oyó el saludo de Laurie y se lo devolvió.

Alex Buckley le estaba dando la bienvenida, pero Regina estaba segura de que su actitud era hostil. ¿Cuándo sacará la nota de suicidio de mi padre?, se preguntó.

—Toma uno —dijo el director, y empezó a contar—. Diez, nueve, ocho, siete, seis, cinco, cuatro, tres, dos, uno.

Se oyó el chasquido de una claqueta y Alex comenzó.

—Ahora estamos hablando con Regina Callari, la tercera de las cuatro invitadas de honor de la Gala de Graduación. Regina, gracias por aceptar acompañarnos en este programa. Usted creció en esta ciudad, ¿verdad?

—Sí.

—Sin embargo, tengo entendido que se marchó unos meses después de la Gala y la muerte de Betsy Bonner Powell, y que no había vuelto desde entonces.

Intenta parecer serena, se recordó Regina.

—Como ya le habrán contado las demás, nos trataron como sospechosas de asesinato. ¿Se habría quedado usted después de eso?

—Se fue a vivir a Florida. ¿Su madre la acompañó?

—Sí.

—Creo que falleció muy joven.

—Todavía no tenía los cincuenta.

—¿Cómo era?

—Era una de esas mujeres que hacen muchas cosas buenas, pero detestan ser el centro de atención.

—¿Cómo era la relación con su padre?

—Eran uña y carne.

—¿A qué se dedicaba él?

—Compraba empresas que iban mal, las saneaba y luego las vendía con enormes beneficios. Tenía éxito.

—Volveremos a eso más tarde. Ahora quiero hablar de la noche de la Gala, empezando por el momento en que las cuatro estaban en la sala de estar.

Laurie escuchó a Regina contar la misma historia que las otras chicas. Habían bebido varias copas de vino. Habían cotilleado sobre la fiesta, riéndose de algunos de los vestidos de las mujeres mayores. Exactamente como habían hecho las demás, Regina describió el momento en que hallaron el cuerpo de Betsy.

—Éramos muy jóvenes. Supongo que ya sabe que todas teníamos nuestros conflictos con los Powell —decía Regina—. Por aquel entonces sé que estaba relajada y disfrutando de la compañía de mis amigas. Nos llenábamos las copas y salíamos a fumar. Hasta Claire se burlaba de lo maniático que

266

era su padrastro con el tabaco. "Por favor —nos decía—, no encendáis el cigarrillo hasta que estéis en la otra punta de la terraza. Tiene el olfato de un sabueso."

»Hablamos de nuestros planes. Nina quería ir a Hollywood. Siempre le daban el papel principal en las obras de teatro del instituto y la universidad. Además, su madre era actriz. Nina hasta bromeó sobre el hecho de que su madre todavía la tuviera tomada con ella por haber pedido a Claire y a su madre que se acercaran cuando estaban en el mismo restaurante. Así fue como Betsy conoció a Rob Powell.

—¿Cómo reaccionó Claire a eso? —preguntó al instante Alex.

—Dijo: «Tienes suerte, Nina» —respondió Regina.

—¿Qué cree que quiso decir con eso? —preguntó Alex con rapidez.

—Tengo mis sospechas —confesó Regina—, pero no lo sé a ciencia cierta.

—Retrocedamos un poco más —propuso Alex—. He visto fotos de su antigua casa. Era muy bonita.

—Lo sé —dijo Regina—. Más aún, era cálida y acogedora.

—Pero todo cambió cuando su padre metió dinero en el fondo de inversión de Robert Powell.

Regina se dio cuenta de adónde quería llegar. Ten cuidado, se dijo, Alex Buckley está construyendo poco a poco un motivo para que hubieras querido matar a Betsy.

—Debía de ser difícil no sentir rabia cuando todo el dinero de su padre se perdió en esa inversión.

—Mi madre estaba triste, pero no resentida. Me dijo que a mi padre le gustaba ir a por todas y que en varias ocasiones había puesto todos los huevos en la misma cesta. Por otro lado, no era un hombre imprudente.

—Usted, sin embargo, siguió manteniendo su estrecha amistad con Claire.

—Sí, hasta que nos fuimos todas de Salem Ridge. Supongo que, tras la muerte de Betsy, decidimos tácitamente perder el contacto.

—¿Qué sentía cuando venía a esta mansión después de la muerte de su padre?

—Apenas venía. Creo que a Robert Powell no le gustaba tener a las amigas de Claire rondando por aquí. Solíamos reunirnos en las casas de las demás.

—En ese caso, ¿por qué quiso Robert Powell organizar una Gala en honor de las cuatro?

—Sospecho que fue idea de Betsy. Algunas de sus amigas estaban dando fiestas de graduación para sus hijas y quería eclipsarlas.

—¿Qué pensaba la noche de la Gala?

—Echaba de menos a mi padre. Pensaba en lo perfecta que habría sido esa preciosa noche si él hubiera estado allí. Mi madre estaba invitada y podía ver en su mirada que estaba pensando lo mismo.

—Regina, a los quince años descubrió el cuerpo de su padre —continuó Alex.

—Sí —dijo ella con voz queda.

—¿Habría sido más fácil para usted que su padre hubiera dejado una nota? ¿Que hubiera pedido perdón por suicidarse y por el desastre financiero? ¿Que le hubiera dicho por última vez que la quería? ¿Cree que eso las habría ayudado a su madre y a usted?

El nítido recuerdo de ella pedaleando feliz por el largo camino de entrada, con el aire salobre invadiendo sus sentidos, y pulsando el botón de la puerta del garaje, de su atractivo padre de cuarenta y cinco años colgado de un soga con una mano aferrada a la cuerda, como si hubiera cambiado de opinión demasiado tarde, hizo que la serenidad de Regina se tambaleara.

—¿Habría cambiado las cosas una nota? —preguntó con la voz entrecortada—. Mi padre estaba muerto.

—¿Culpó a Robert Powell de que su padre lo perdiera todo en su fondo de inversión?

El último residuo de calma se hizo añicos.

—Culpo a los dos. Betsy estaba tan metida en la estafa como Powell.

—¿Cómo lo sabe, Regina? ¿No será porque su padre sí dejó una nota?

Alex esperó un momento antes de proseguir con firmeza.

—Dejó una nota, ¿no es cierto?

Regina se oyó susurrar un débil:

—No... no... no...

Alex le clavó una mirada compasiva pero exigente.

69

Bruno entró en un estado de máxima agitación después de oír a Laurie hablar con su padre. Con gran regocijo, reflexionó sobre lo bien que estaba saliendo todo.

Leo Farley permanecería ingresado hasta mañana por la mañana.

Leo y Laurie atenderían la llamada de Timmy en la habitación del hospital.

Dos horas después recojo a Timmy, pensó Bruno. Leo ya había comunicado al director del campamento que estaba en el hospital. Iré vestido de policía.

Puedo conseguirlo.

Probablemente hasta logre escapar.

Pero, aunque me arresten, habrá merecido la pena. El caso del asesinato de Ojos Azules llevaba años saliendo en los periódicos. Si supieran que después de disparar al marido de Laurie estuve cinco años pudriéndome en la cárcel. Y todo por un estúpido quebrantamiento de la libertad condicional. Pero, en cierto modo, valió la pena. Leo Farley y su hija han pasado estos cinco años angustiándose y preguntándose cuándo volvería a actuar. Mañana la espera habrá terminado.

Bruno se guardó el móvil en el bolsillo y salió al jardín justo a tiempo de ver el coche del jefe de policía detenerse detrás de las furgonetas de la productora. Venía a la comida.

Se dirigió al *putting green*, el punto más alejado del campo de visión del jefe de policía. Desde ahí este no podría verle bien la cara.

Bruno tenía clara una cosa: casi todos los polis poseen memoria a largo plazo para los rostros, aunque la gente envejezca o se deje barba.

O sea lo bastante imbécil como para salir en Facebook.

Bruno se rió de su propia ocurrencia.

Una hora después estaba examinando detenidamente los arriates de flores que flanqueaban la piscina cuando el coche de policía se alejó por el camino.

Eso quería decir que el jefe de policía no volvería hasta mañana.

Llegaría justo a tiempo para el gran espectáculo, pensó Bruno con entusiasmo.

70

Nina y Muriel no cruzaron palabra después de la comida. Era evidente que Muriel había pedido a Robert Powell que le pusiera un coche para esa tarde, porque había uno esperándola delante de la puerta.

Nina sabía lo que eso significaba. Los caros conjuntos que Muriel se había comprado con la tarjeta de crédito de su hija estaban a punto de ser reemplazados por otros nuevos que también serían cargados a la tarjeta de crédito de Nina.

Nina subió a su habitación para tratar de ordenar sus ideas hasta la hora de la entrevista.

Se trataba, como las demás, de una habitación grande dotada de una zona de estar con un sofá, una butaca, una mesa auxiliar y un televisor.

Se sentó en el sofá, reparando en el dosel de color crema de la cama, cuyas cenefas hacían juego con las cortinas de la ventana, y en lo mucho que la alfombra y las fundas de las almohadas armonizaban y coordinaban. El sueño de un interiorista, pensó.

Recordó que el año antes de morir, Betsy se había embarcado en un proyecto de redecoración. Claire se lo comentó a las chicas. «Mi madre me ha pedido que os lleve a verlo. Está ofreciendo la gran gira a todo el mundo», les dijo.

Ese asunto surgió de nuevo después de su muerte, recordó Nina. De hecho, una amiga de la facultad que quería especializarse en derecho me dijo que la «gran gira» sería un argumento para la defensa si alguien era acusado del asesinato de Betsy: muchísima gente conocía la distribución exacta de la mansión y sabía que Betsy y Robert dormían en habitaciones separadas.

¿Qué ocurrirá?, se preguntó Nina. Estoy segura de que Robert se está marcando un farol. Le está tomando el pelo a mi madre, y mi madre volverá a emprenderla contra mí. ¿Realmente sería lo bastante vengativa para declarar que yo le confesé que había matado a Betsy?

No, ni siquiera ella sería capaz de algo así, decidió.

¿O sí?

Le sonó el móvil. Lo cogió y miró sorprendida el número. Respondió de inmediato.

—Hola, Grant.

Grant pronunció su nombre con voz cálida.

Nina escuchó atentamente mientras él le decía que no debía comprometerse con nadie el sábado por la noche. Quería que lo acompañara a una cena en casa de Steven Spielberg.

¡Ir con Grant a una cena en casa de Steven Spielberg! Estaría la flor y nata de la sociedad hollywoodiense.

¿Y si su madre la acusaba de confesar que había matado a Betsy? O, casi peor, regresaba con ella a California y volvían al punto donde lo habían dejado: viviendo juntas, su madre gritándole a todas horas, el apartamento siempre hecho un desastre, copas de vino por todas partes, el fuerte olor a tabaco en el aire.

—Estoy deseando verte el sábado —dijo Grant.

No seas aduladora ni sonrías afectadamente como Muriel, se dijo Nina.

—Yo también —respondió con afecto, pero sin excesivo entusiasmo en la voz.

Después de colgar se quedó pensativa, ni siquiera consciente de su entorno.

De una manera u otra, mi madre conseguirá arruinarme la vida, se dijo.

Volvió a sonarle el móvil. Era Grace.

—Nina, ¿puedes venir a maquillaje? —preguntó—. Estarán listos para tu entrevista en media hora.

71

Laurie y Alex se sentaron en la sala de estar después de la entrevista de Regina e intercambiaron impresiones.

—¿Estuve demasiado duro con Regina? —preguntó Alex.

—No, creo que no —dijo pausadamente Laurie—, aunque al final de la entrevista creo que nadie dudaba ya de que había una nota de suicidio. Pero ¿qué razones crees que podría tener una joven de quince años para ocultarla?

—Sé que tienes tu propia teoría —dijo Alex—. No creas que no me he dado cuenta de que cada vez que me preguntas cuál es mi teoría, tú ya te has creado la tuya.

—Me declaro culpable. —Laurie sonrió—. Mi teoría es que en esa nota había algo que Regina no quería que su madre leyera, y que tenía que ver con Betsy. Puede que el padre estuviera liado con ella. Eso es lo que yo veo. Recuerda que Regina dijo que sus padres eran uña y carne.

—Y de tu teoría se podría deducir que a lo mejor Betsy influyó en la decisión temeraria de su padre de meter todo lo que tenía en el fondo de inversión de Powell —sugirió Alex—. ¿No proporcionaría eso a Regina un poderoso motivo para aprovechar la oportunidad, caída del cielo, de la Gala para castigar a Betsy? —añadió.

—Si yo estuviera en el lugar de Regina y hubiese perdido a mis padres y absolutamente todo lo que tenía por culpa de

Betsy Powell —afirmó Laurie—, podría matar. Sé que podría hacerlo.

—Crees que podrías —le corrigió Alex—. Ahora, cuéntame qué piensas del discurso de Robert Powell en la comida. En mi opinión está marcándose un farol, pero si realmente una de las personas presentes en la mesa mató a Betsy, puede que esta se tome en serio su amenaza. Powell está jugando a un juego peligroso.

72

Nina se miró en el espejo mientras Meg le colocaba una lámina de vinilo alrededor del cuello.

—Meg —le previno—, esta mañana te dieron instrucciones de que nos maquillaras para que pareciéramos muñecas de trapo.

—Me pidieron que os diera el mismo aspecto que teníais la mañana que apareció el cuerpo de Betsy —repuso Meg con desenfado—. Incluso entonces tenías mejor cara que las demás.

—Estaba pasable, pero para esta entrevista quiero parecerme a esta.

Nina le mostró una foto de Grant con Kathryn, su difunta esposa.

Meg la observó detenidamente.

—Ya te pareces a ella —señaló.

—Quiero parecerme más —dijo, rotunda, Nina.

Había buscado en Google todo lo relacionado con Grant Richmond. Para tratarse de un productor importante, llevaba una vida sumamente discreta. Se había casado a los veintiséis años. Su mujer tenía entonces veintiuno.

Llevaban treinta años casados cuando ella murió, hacía dos años, de una insuficiencia cardíaca como consecuencia de una larga enfermedad.

No habían tenido hijos, y tampoco se les relacionaba con ningún escándalo.

De modo que Grant había sido hombre de una sola mujer y llevaba dos años solo. A estas alturas probablemente le pesaba la soledad.

Estaba rozando los sesenta.

Nina levantó su cámara y contempló una segunda foto.

—¿A quién se parece esta? —preguntó.

Meg la estudió.

—Es la misma mujer, Nina. ¿Es pariente tuya?

Nina asintió con satisfacción. No es solo que bailo bien, pensó. Me parezco a su esposa.

—Oye, Meg —dijo—, en realidad no es pariente mía, pero quiero parecerme a ella cuando me maquilles.

—Entonces no puedo ponerte tanto delineador y sombra de ojos.

—No importa.

Media hora después, Meg anunció:

—Ya está.

Nina se miró al espejo.

—Podría ser su hermana —dijo—. Es perfecto.

—Mi turno, Nina —dijo Courtney con impaciencia—. Se está haciendo tarde.

—Lo sé. —Nina se trasladó a la silla de Courtney y, sosteniendo la foto en alto, declaró—: Ella llevaba el pelo corto, pero yo no quiero que me lo cortes.

—Tranquila —dijo Courtney—. Te haré un recogido y tendrá el mismo efecto.

Cinco minutos después Jerry llamó a la puerta de la furgoneta. Cuando entró, le sorprendió el cambio de Nina.

—¿Estás lista? —preguntó.

—Sí. —Nina se miró una última vez al espejo antes de levantarse—. Estas dos hacen milagros —comentó—. ¿No estás de acuerdo, Jerry?

—Sí —contestó él con franqueza—. Con eso quiero decir que te han dado una imagen diferente, no mejor —se apresuró a añadir.

Nina rió.

—Gracias por la aclaración.

Mientras salían de la furgoneta, Jerry comparó a las graduadas. La que más le gustaba era Nina. Las demás parecían atrapadas en sus propios caparazones. Para haber sido íntimas amigas hasta los veintiún años, parecían tener muy poco que decirse. Cuando estaban en la terraza entre filmación y filmación, todas cogían un libro o sacaban el móvil del bolso.

Nina también, excepto cuando Muriel insistía en hablar. Nina siempre prestaba atención cuando Muriel hablaba de lo maravilloso que era Robert Powell y de su gran amistad con Betsy.

Se diría que Muriel está siempre esperando que Powell la oiga, pensó Jerry. Sobreactúa. He trabajado en suficientes rodajes para saber de lo que hablo.

Nina y él estaban rodeando la piscina.

—No me importaría darme un baño en un día como hoy —comentó—. ¿Tú no?

—A mí me gustaría bañarme en la piscina de mi apartamento —dijo Nina—. Me baño todas las mañanas, o por la noche si salgo tarde de trabajar.

¿Qué voy a contar?, estaba preguntándose. ¿Qué clase de preguntas me harán? ¿Qué ocurrirá mañana, cuando Robert Powell nos despida? ¿Será capaz mi madre de aprovechar ese momento para jurar que yo le confesé que maté a Betsy y reclamar la recompensa?

¡Ya lo creo que sí!

No dejaré que lo haga.

Jerry no intentó darle más conversación. A diferencia de Regina, Nina no parecía nerviosa, pero estaba seguro de que estaba preparándose para la entrevista.

Pero entonces dijo:

—Ahí está otra vez esa sabandija. —Nina señaló a Bruno, que estaba al final del jardín trasero—. ¿Qué está haciendo? ¿Persiguiendo bichos por las plantas?

Jerry rió.

—El señor Powell es un perfeccionista. Quiere que el jardín salga impecable en todas las tomas. Ayer, después de haceros fotos a las cuatro en diferentes zonas del jardín, casi le da un ataque porque el equipo técnico había dejado marcas en el césped. Pero la sabandija, como la llamas, llegó corriendo para repararlo.

—¡Cómo recuerdo lo perfeccionista que era! —exclamó Nina.

Aquella última noche, cuando estábamos de aquí para allá entre la sala de estar y la terraza, Regina pasó deliberadamente del cenicero y aplastó la colilla de su último cigarrillo en la mesa. Creo que nadie la vio.

¿Debería contar esa historia cuando me entrevisten?

Una vez más, la terraza y la cocina estaban desiertas.

Grant verá este programa cuando salga por televisión, se dijo Nina mientras avanzaba con Jerry por el pasillo en dirección a la sala de estar. No hay duda de que soy la que menos razones tiene para haber querido matar a Betsy. Nadie en su sano juicio creería que fui yo. El hecho de que mi madre me culpe por haberlos presentado jamás sería motivo suficiente para cometer un asesinato.

Se detuvo unos instantes en la puerta de la sala de estar. Bien, ha llegado el momento, pensó. Alex y Laurie la estaban esperando. Me pregunto qué sintieron las demás cuando entraron aquí, pensó Nina. ¿Estaban tan aterrorizadas como lo estoy yo?

Vamos, soy actriz, puedo hacer bien mi papel. Esbozó una sonrisa fugaz y se sentó con desparpajo frente a Alex.

—Nina Craig era la última graduada homenajeada en la

trágica noche de la Gala de Graduación —comenzó Alex—. Nina, gracias por estar hoy con nosotros.

Como sentía la boca demasiado seca para hablar, Nina asintió.

Con un tono cordial y una sonrisa amable, Alex le preguntó:

—¿Qué siente al reunirse de nuevo con sus antiguas amigas en Salem Ridge después de veinte años?

Sé sincera siempre que puedas, se advirtió Nina.

—Es violento, diría que incluso extraño. Todas sabemos por qué estamos aquí.

—¿Y por qué están aquí, Nina?

—Para intentar demostrar que ninguna de nosotras asesinó a Betsy Powell. Y que la mató un extraño que se coló en la mansión. Por otro lado, las cuatro sabemos que ustedes confían en que una de nosotras suelte una confesión o se delate sin querer. Creo que es justamente lo que Robert Powell está esperando. Y, en cierto modo, no se lo reprocho.

—¿Cómo le hace sentir eso, Nina?

—Enfadada. A la defensiva. Pero creo que todas nos hemos sentido así los últimos veinte años, de modo que no es nada nuevo. La experiencia me ha enseñado que puedes acostumbrarte a cualquier cosa.

Mientras la escuchaba, a Laurie le costó ocultar su sorpresa. Nina Craig no estaba respondiendo las preguntas de Alex como imaginaba. En cierto modo, había esperado una actitud más beligerante. Después de todo, Nina era la que menos motivos tenía de las cuatro para haber asfixiado a Betsy. Su actitud, sin embargo, era de pesar, incluso al confesarse enfadada. Y también tiene un aspecto diferente, pensó Laurie. Más dulce. ¿Por qué se había recogido el pelo? Con todo lo que hemos indagado sobre ella, no he visto una sola foto en la que no saliera con el pelo suelto. Está jugando a algo, pero ¿a qué?

Nina estaba llevando a Alex por su infancia.

—Alex, como bien sabe, mi madre, Muriel Craig, es actriz. Yo nací prácticamente en un baúl. En aquellos tiempos íbamos de un lado a otro.

—¿Cómo le fue en el colegio?

—Me saqué la enseñanza primaria entre las Costas Este y Oeste.

—¿Qué me dice de su padre? Sé que sus padres se divorciaron cuando usted era una niña.

Mi padre tampoco podía aguantarla, pensó Nina. Pero se libró pronto de ella.

—Se casaron muy jóvenes y se divorciaron cuando yo tenía tres años.

—¿Lo veía a menudo después?

—No, pero ayudó a pagar mis estudios universitarios.

Un poco, pensó, muy poco, lo que mamá consiguió sacarle en los tribunales.

—En realidad, apenas lo veía, ¿no es cierto, Nina?

—Mi padre intentó abrirse camino como actor, no le fue bien, se mudó a Chicago, volvió a casarse y tuvo cuatro hijos más. No quedaba mucho sitio para mí.

¿Adónde quiere llegar?, se preguntó, nerviosa, Nina.

—Eso significa que creció sin un padre.

—Creo que es evidente.

—¿Por qué vinieron a Salem Ridge usted y su madre?

—Porque mi madre estaba saliendo con Robert Powell.

—¿No le habían ofrecido además el papel protagonista de un proyecto piloto que se convirtió en serie, estuvo seis años en antena y ha tenido varias reposiciones desde entonces?

—Así es, pero Powell le dijo que no quería tener como esposa a una mujer que se pasara el día trabajando.

—Cuando la relación con Powell terminó, su madre y usted siguieron viviendo en Salem Ridge. Eso me parece curioso.

—No sé por qué. Mi madre había alquilado un apartamento y teníamos de vecinos a un matrimonio mayor muy agradable, los Johnson. Cuando rompió con Robert Powell recibió muchas ofertas de trabajo y yo había empezado ya el instituto. Mi madre pagaba a los Johnson para que cuidaran de mí cuando ella estaba trabajando.

No te extiendas en lo sola que te sentías una vez que los Johnson asomaban la cabeza para darte las buenas noches y pasabas la noche sola, pensó Nina. Y luego, cuando mamá llegaba a casa, empezaba a quejarse de lo mucho que trabajaba y a decir que todo era culpa mía. Cuando no estaba en casa la echaba de menos, y cuando estaba, deseaba que estuviera trabajando en la otra punta del mundo.

—Su madre conservó el apartamento hasta que usted empezó la universidad, ¿no es así?

—Sí. Para entonces todos los trabajos le salían en la Costa Oeste. Mi madre había comprado un apartamento allí.

—¿Pasaba sus vacaciones con ella?

—Siempre que podía, pero yo estaba empezando a recibir ofertas para producciones estivales y las aprovechaba todas.

—Nina, hablemos de la Gala.

Laurie escuchó cómo, de maneras diferentes, Alex le hacía las mismas preguntas que a las demás chicas. Las respuestas de Nina eran prácticamente idénticas a las de las otras. También ella insistió en que por fuerza el asesino tenía que ser un intruso.

—Retrocedamos un poco —propuso Alex—. ¿Le sorprendió que Claire la llamara y le dijera que su madre y Robert Powell querían organizar una Gala de Graduación para las cuatro?

—Sí, pero era una buena oportunidad para volver a ver a las chicas.

—¿Su madre estaba invitada?

—Sí, pero no asistió.

—¿Por qué no?

—No podía cogerse un solo día. Tenía cerca una audición.

—Nina, ¿no fue porque Betsy escribió en la invitación que ella y Robert estaban deseando verla, y lo afortunada que era de que usted la hubiera llamado para que se acercara a la mesa aquel maravilloso día que conoció a Robert?

—¿Cómo sabe eso? ¿Quién se lo ha contado?

—Su madre, de hecho —dijo Alex en un tono afable—. Poco antes de la comida.

Mamá está preparando el terreno para declarar que yo le confesé que había matado a Betsy, pensó Nina. Tanto si la creen como si no, eso destruirá cualquier oportunidad que pueda tener con Grant.

¿Qué le estaba preguntando Alex Buckley? ¿Cómo describiría lo que sentía por Betsy Powell?

¿Por qué no decir la verdad? ¿Por qué no?

—Yo odiaba a Betsy —dijo—, sobre todo después de leer esa nota. Era mala. Peor aún, era cruel. No había en ella nada bueno, y cuando vi su rostro inerte tuve que hacer un esfuerzo por no escupir en él.

73

George Curtis llegó a la mansión de Powell a las tres y media. Le habían pedido que vistiera el mismo traje que la noche de la Gala. Tenía un modelo prácticamente exacto en su armario. Como hacía calor, llevaba la americana, la camisa y la pajarita en una funda de plástico.

Antes de marcharse al club para jugar al bridge con sus amigas, Isabelle le había hecho una advertencia:

—Recuerda que aunque creas que llevabas tu aventura con discreción, si yo tenía mis sospechas, ¿no crees que los demás también? Puede que hasta Rob Powell las tuviera. Ve con cuidado y no caigas en ninguna trampa. Tú eres el que tenía la razón más poderosa para querer matar a Betsy.

Se despidió con un beso y subió a su descapotable.

—Isabelle, te juro... —había comenzado él.

—Lo sé —dijo ella—. Pero recuerda que no es a mí a quien has de convencer, y en cualquier caso, me da igual que lo hicieras. Simplemente, no permitas que te descubran.

La temperatura había bajado ligeramente, pero seguía haciendo un calor sofocante. George dejó el coche frente a la entrada, agarró la funda de plástico y rodeó el edificio. Lo recibió un revuelo de actividad. El equipo de producción tenía las cámaras apuntando a diferentes puntos del jardín. George supuso que eran los lugares donde se colocarían las graduadas mientras él hablaba en primer plano con Alex Buckley. Le habían dicho que el fondo sería una sucesión de escenas de la Gala.

Laurie Moran se acercó en cuanto lo divisó.

—Muchas gracias por prestarse a colaborar, señor Curtis. Intentaremos no robarle mucho tiempo. ¿Por qué no espera dentro con los demás? Aquí fuera hace mucho calor.

—Buena idea.

George Curtis cruzó la terraza con andar renuente y entró. Las cuatro graduadas estaban en el comedor ataviadas con lo que reconoció eran réplicas de los vestidos que habían lucido aquella noche. Pese al maquillaje hábilmente aplicado, la tensión en sus rostros era patente.

No tuvo que esperar mucho. Grace, la ayudante de Laurie, entró para llevarse a las graduadas al jardín. Cuando regresó a por él, George las vio apostadas como estatuas contra el telón de fondo que sabía que formarían las filmaciones de la Gala. Se preguntó qué estaban pensando. Se preguntó si todas ellas se habían sentido como él aquella noche. *Me aterraba que Betsy tuviera el poder de destrozar mi matrimonio justo cuando los hijos por los que Isabelle y yo habíamos rezado tanto iban a convertirse en realidad*, pensó. *Seguro que Alison estaba llena de rabia. Se había quedado sin la beca por culpa de la donación que Rob había hecho a su universidad. A veces iba a comprar al supermercado donde trabajaba su padre y este siempre me hablaba de lo mucho que estaba estudiando Alison...*

No hay una sola persona en la ciudad que no oyera a Muriel contar que Betsy le había robado a Rob y que la culpa la tenía Nina. Y tengo entendido que Claire deseaba desesperadamente residir en la facultad pero que Betsy y Powell no querían oír hablar del tema. «Es un gasto absurdo teniendo una mansión tan bonita», decía Betsy. Y el padre de Regina se suicidó por el dinero que metió en el fondo de inversión de Rob.

¿Cuál de esas chicas, en medio de todo ese alarde desmesurado, podría haber evitado sentir rabia aquella noche? Y a partir del día siguiente, durante veinte años, las cuatro habían vivido con la sombra de la sospecha flotando sobre sus cabezas.

George Curtis sintió una profunda vergüenza. Sí regresé aquí la noche de la Gala, recordó. Eran las cuatro de la madrugada aproximadamente. Me detuve justo aquí. Sabía dónde estaba el dormitorio de Betsy. La posibilidad de que Isabelle me pidiera el divorcio si Betsy le hablaba de nosotros me tenía aterrado. Entonces vislumbré la silueta de alguien moviéndose en el cuarto de Betsy. Había luz en el pasillo, y cuando la puerta se abrió creí reconocer quién era.

Todavía hoy creo que sé quién era. No. Sé quién era. Cuando descubrieron el cuerpo sin vida de Betsy, quise decirlo, pero ¿cómo iba a explicar mi presencia aquí a esas horas? No podía. Pero si hubiese contado lo que vi, las demás personas que estaban bajo sospecha no habrían tenido que vivir este infierno durante veinte años. El sentimiento de culpa lo inundó.

Alex Buckley se estaba acercando a él.

—¿Listo para rememorar el pasado? —preguntó en un tono animado.

74

—¿Cómo crees que ha ido? —preguntó preocupada Laurie cuando se montó en el coche de Alex.

Alex estaba poniendo el motor en marcha y subiendo la capota.

—Creo que un poco de aire acondicionado no nos irá mal. En cuanto a tu pregunta, creo que ha ido muy bien.

—Estoy de acuerdo. Pero son las siete menos veinte. Temo que si encontramos tráfico no estemos en el hospital cuando Timmy me llame y mi padre no pueda hablar con él.

—Hace unos minutos consulté en mi iPhone la información sobre el tráfico. Es fluido. Te prometo que llegaremos al hospital antes de las siete y media.

—Un día más y habremos terminado —suspiró Laurie mientras Alex dejaba atrás los jardines de la propiedad de Powell—. Y ahora la pregunta de siempre. ¿Qué opinas de George Curtis?

—Es un triunfador —contestó enseguida Alex—. Es la clase de hombre que la gente admira. ¿Y por qué no? Ha salido en la portada de la revista *Forbes*.

—Y para colmo es increíblemente guapo —añadió Laurie—. Piensa en eso. Curtis es multimillonario, encantador, atractivo. Compáralo con Robert Powell, por lo menos en lo referente al dinero.

—No son comparables, Laurie. La fortuna de Powell asciende a unos quinientos millones, mientras que Curtis tiene miles de millones.

—Ahora piensa en la escena de la filmación de la Gala en la que George Curtis y Betsy están muy serios, como si estuviesen discutiendo.

—¿Piensas ponerla de fondo?

—No. No sería justo. Pero una cosa tengo clara, y es que los George Curtis de este mundo no intervienen en esta clase de programas a menos que tengan algo que ocultar. Piénsalo.

—Laurie, sigues sorprendiéndome —dijo Alex—. Ya lo había pensado, y una vez más, estoy de acuerdo contigo.

Laurie sacó el móvil.

—Avisaré a mi padre de que estamos en camino.

Leo respondió al primer tono.

—Sigo vivo —dijo—. Ahora estoy viendo *Todo en familia*, otro viejo éxito. ¿Dónde estás?

—Camino del hospital. Por ahora el tráfico es fluido.

—¿No dijiste que Alex Buckley te traería aquí y luego te devolvería a la mansión de Powell?

—Sí.

—No le hagas esperar abajo. Dile que suba. Me gustaría conocerlo.

Laurie miró a Alex.

—¿Te gustaría conocer a mi padre?

—Desde luego.

—Alex acepta encantado, papá. Hasta luego.

75

Bruno estaba poniéndose su uniforme de policía cuando escuchó la llamada. ¡Empieza la cuenta atrás! Después de todos estos años ha llegado el momento de la venganza. Habrá lamentos y rechinar de dientes, pensó. Oh, Leo, qué triste te vas a quedar. Tu hija. Tu nieto. Y todo este tiempo la policía examinando los historiales del hospital para ver si el doctor había cometido un error con algún paciente. Tú cometiste el error, Leo. Cuando eras un policía joven y duro. Demasiado duro. Podrías haberme dado un respiro cuando me detuviste, pero te negaste. Me destrozaste la vida. Me costaste treinta años de cárcel y otros cinco para rematar.

Bruno se detuvo frente al espejo largo del armario de su destartalado apartamento. Había estado alquilándolo por meses porque, tal como había explicado al casero, quería cerciorarse de que su empleo en Perfect Estates iba bien. El casero, feliz de no tener que hacer las reparaciones necesarias por el momento, estaba encantado con su inquilino temporal.

Le traería sin cuidado que me largara de repente, sobre todo teniendo en cuenta que le he pagado el mes entero y no le exigiré la devolución del depósito.

Como si fuera posible hacer desperfectos en este cuchitril, pensó Bruno.

76

Cuando Laurie y Alex se marcharon, el equipo de producción empezó a recoger.

Las graduadas se habían quitado los vestidos y habían rechazado, todas a una, la oferta de conservarlos.

—A Laurie le encantaría que os lo quedarais —explicó Jerry—, y os aseguro que han costado una pasta.

Nina habló por las demás.

—Justo lo que necesitamos, otra cosa que nos recuerde aquella noche.

Los coches aguardaban en el camino para trasladarlas a sus respectivos hoteles.

Cuando Rod y Alison llegaron a su habitación, cerraron la puerta con un suspiro de alivio. Rod le tomó de las manos.

—Tranquila, Alie.

—¿Cómo quieres que esté tranquila? Tú sabes lo que hay en esa cinta. Sabes lo que Josh podría hacer con ella.

Alison se soltó y procedió a descolgar con violencia la ropa del armario y a arrojarla a la cama.

Rod se desplomó en el sofá y empezó a frotarse las doloridas rodillas inconscientemente.

—Ahora nos tomaremos un whisky —declaró tajante— y luego cenaremos por todo lo alto, aquí o fuera, tú eliges. Pediremos los platos más caros de la carta por gentileza de Robert Powell.

—¡Sería incapaz de probar bocado! —protestó Alison.

—Pídelos de todos modos.

—Rod, consigues hacerme reír cuando no tengo razones para ello.

—Para eso estoy aquí, Alison —contestó alegremente él.

No tenía intención de confesarle que compartía su preocupación por las cintas de Josh; no por el dinero, sino por lo que podría sentir Alie si, una vez más por culpa de Betsy Powell, le arrebataban la oportunidad de estudiar la carrera de medicina sin preocuparse por lo que costaba.

77

Regina metió en la maleta las escasas prendas nuevas que se había llevado para el programa. A lo mejor acabo canjeándolas por un mono naranja, pensó con amargura. Cien puntos para Robert Powell. Me destrozó la vida cuando tenía quince años y ahora tiene su gran oportunidad de destrozar el resto. No me sorprendería que hubiera sido él quien sugirió a Josh que me registrara el bolso.

Por otro lado, en la nota papá los acusa a él y a Betsy de estafarle deliberadamente. ¿Qué interés podría tener Robert en sacar eso a la luz? No. Josh debe de estar actuando solo. Tengo que pagarle, pensó. Qué ironía. Al venir aquí he conseguido que mis probabilidades de ser acusada de matar a Betsy sean mayores que si me hubiese quedado en Florida vendiendo casas.

De manera eficiente, terminó de llenar la maleta y el bolso de fin de semana. ¿Y ahora qué?, se preguntó. No me apetece cenar en el hotel. Tengo un coche abajo, gentileza del señor Powell. ¿Y si...?

Sí, decidió, ¿por qué no? Le pediría que pasara por delante de su antigua casa y la llevara luego al restaurante al que sus padres y ella solían ir a cenar.

Auld lang syne, pensó. Por los viejos tiempos.

78

¡Otra noche en esa casa que tanto odiaba! ¿Por qué me hago esto?

Claire llevaba haciéndose esa pregunta desde que aterrizó el avión. ¿Había sido una estupidez arreglarse para parecerse a su madre aquella primera mañana? ¿Lo había hecho para vengarse de «papá Rob»? Tal vez. Esta mañana él había tenido el valor de abrir la puerta de su habitación justo después de su entrevista para hacerle esa misma pregunta. ¿Por qué no he presentado cargos contra él en todos estos años?, se preguntó Claire. ¿Por qué no lo hago ahora?

Sabía la respuesta. Porque me proporciona una razón perfecta para querer matar a mi madre, y porque, con su batería de abogados, papá Rob habría conseguido que yo pareciera una chiflada embustera, y mi madre habría estado encantada de apoyarlo. Por eso me hice orientadora, pensó. Quería ayudar a otras chicas en mi situación. Pero no muchas me contaban que su madre aceptaba el hecho de que su padrastro se colara en su cuarto por las noches. Sé que si no hago terapia nunca conseguiré avanzar en mi vida, reconoció Claire. He sido su rehén todos estos años.

Existía una manera de perjudicar a papá Rob. Esta noche y mañana por la mañana volvería a pintarse y peinarse para acentuar su extraordinario parecido con su querida Betsy.

Como si eso fuera a cambiar las cosas, pensó Claire con amargura mientras cogía el teléfono para encargar la cena al servicio de habitaciones. Me pregunto si Nina volverá a desmayarse cuando me vea.

¿Y por qué, de todos los presentes, se desmayó precisamente ella?

79

Nina hizo la maleta y pidió que le subieran la cena. Mientras daba un bocado desganado a un *cordon bleu* le sonó el móvil. Con gran asombro, vio que era Grant.

—No he podido evitar preguntarme cómo te fue la entrevista —dijo—. Alex Buckley tiene fama de hacer tambalear a sus testigos.

—Pues conmigo tuvo una actuación digna de un Oscar —dijo Nina—. Espera a verla.

—Pareces desanimada.

—Lo estoy —admitió Nina.

—Intenta animarte, pero te entiendo. Yo declaré como testigo en un caso de fraude hace veinte años y no fue agradable.

¡Agradable! Buena palabra, pensó Nina mientras oía decir a Grant que tenía muchas ganas de verla y le deseaba un buen vuelo.

Nina bebió un largo trago de vodka del vaso que tenía junto al plato. Si le prometo a mi madre que le daré todo el dinero después de pagar a Josh, tal vez se dé por satisfecha, pensó. ¡Sobre todo si sabe que estoy saliendo con un productor de cine de primer orden como Grant!

80

En el hospital Mount Sinai, Leo miraba su reloj cada vez con más impaciencia. Eran las ocho menos veinte y Laurie no había llegado aún. Pero justo cuando empezaba a pensar que su hija tendría que atender la llamada de Timmy en el coche, apareció por la puerta. Y enseguida reconoció en el tipo alto y atractivo que la seguía al célebre Alex Buckley.

Laurie se arrojó a sus brazos.

—Lo siento, papá. Deberían lanzar el East River Drive al mar. Ha habido una colisión en la Ciento veinticinco y se ha formado tal atasco que parecía un ataque terrorista.

—Serénate —dijo Leo— o serás la siguiente en ingresar por fibrilaciones. —Miró a Alex—. ¿No está de acuerdo, letrado?

—Coincido plenamente con usted en que su hija se halla bajo mucha presión —dijo Alex con cautela al tiempo que acercaba una silla a la cama de Leo Farley—. Pero le prometo que está haciendo un excelente trabajo con el programa.

—Y antes de que me lo preguntes, Laurie, sí, me encuentro perfectamente, y sí, mañana por la mañana me darán el alta —declaró Leo Farley—. ¿A qué hora termina tu caza de brujas?

—Yo no llamaría a eso tener respeto por mi trabajo, papá —protestó Laurie.

—Siento un gran respeto por tu trabajo —le aseguró Leo—. Pero si llevara veinte años burlando a la justicia por asesinato y ahora me encontrara bajo los focos, donde cada palabra que dijera ante la audiencia podría ser utilizada por todos los sabuesos aficionados del país, probablemente me aseguraría de no dejar pistas.

Alex advirtió que tanto Leo como Laurie no paraban de consultar la hora. Eran las ocho menos cinco.

—Timmy está tardando en llamar. Será mejor que telefonee de nuevo a la oficina del campamento para ver si ha pasado algo —dijo Leo.

—Papá, ¿has estado llamando a la oficina del campamento? —preguntó Laurie.

—Por supuesto. Así los mantengo alerta y me aseguro de que no haya descuidos en la seguridad. ¿Qué le parece, Alex?

—En su situación, si yo fuera el padre o el abuelo haría exactamente lo mismo.

El timbre del teléfono de Laurie provocó un suspiro de alivio colectivo. Antes del siguiente tono, Leo y Laurie ya estaban diciendo:

—Hola, Timmy.

—Hola, mamá —respondió una alegre voz infantil—. Tenía miedo de que no llegaras a casa a tiempo para poder hablar también con el abuelo.

—Pues aquí nos tienes a los dos —dijo Laurie.

Alex escuchó a Timmy describir sus actividades del día. Estaba en el equipo A de natación. Los otros tres chicos con los que compartía la tienda le caían bien. El campamento era divertido. Solo al final de la conversación su tono se volvió nostálgico.

—Os echo de menos. ¿De verdad, de verdad, que vendréis a verme el día de visita?

—De verdad, de verdad, que iremos a verte el día de visita —le prometió Laurie.

—Ya lo creo que iremos —dijo, con énfasis, Leo—. ¿Alguna vez he incumplido una promesa, hombretón?

—No, abuelo.

—¿Crees que voy a empezar a hacerlo ahora? —preguntó Leo con fingida severidad.

El tono nostálgico había desaparecido.

—No, abuelo —respondió encantado Timmy.

Después de despedirse, Laurie miró a Alex.

—Ese es mi muchacho —dijo orgullosa.

—Parece un gran chico —respondió sinceramente él.

—Y ahora quiero que vosotros dos os vayáis a cenar y volváis a la mansión de Robert Powell —dijo con firmeza Leo—. Se os está haciendo tarde. Laurie, espero que cuando hayas terminado ese programa te tomes un par de días libres.

—Eso es lo último que pienso hacer, papá. De hecho, tiene gracia lo que dices. La posproducción puede ser la parte más complicada. Pero coincido contigo en que por la parte emocional este programa ha sido duro. Francamente, espero no ser nunca sospechosa de haber cometido un asesinato.

Alex sabía el derrotero que estaban tomando los pensamientos de Laurie y su padre.

—Yo te defenderé, con un diez por ciento de descuento —le prometió. Rieron y cuando Alex se despidió de Leo, se oyó decir—: He defendido a algunas personas en casos sobre los que me encantaría tener su opinión. ¿Le apetece que cenemos juntos algún día?

—Será un placer —dijo Leo.

—¿Puedo apuntarme? —rió Laurie.

—Por supuesto —dijo Alex, con tono ahora serio.

Tras despedirse de Leo, bajaron y salieron del hospital.

—Me encanta Manhattan —suspiró Laurie—. Aquí me siento en casa.

—Yo también —convino Alex—. Oye, no tenemos que estar de vuelta en el mausoleo hasta las once y solamente son las ocho y media. ¿Por qué no vamos a cenar con tranquilidad?

—Habíamos quedado en comer una hamburguesa.

—Olvídalo. El restaurante Marea de Central Park South es uno de los mejores de Nueva York. Siempre está lleno, pero a esta hora la gente de los teatros ya se habrá ido. ¿Qué me dices?

—Me parece perfecto —dijo Laurie.

Tranquila ahora que Leo parecía recuperado y Timmy sonaba contento, sabía que disfrutaría de la cena con Alex.

En ese preciso instante Bruno estaba cruzando el puente de Tappan Zee, camino del campamento de Timmy.

81

A cuarenta kilómetros de allí, en un restaurante igual de caro del condado de Westchester, Robert Powell y Muriel Craig estaban bebiendo champán.

—Por el reencuentro —susurró él.

—Cuánto te he echado de menos, querido, cuánto. —Muriel le asió la mano—. ¿Por qué no me has llamado en todos estos años?

—Tenía miedo. Fui muy injusto al romper contigo. Sabía que habías renunciado a participar en aquella serie piloto que luego triunfó. Estaba tan en deuda contigo que no sabía por dónde empezar.

—Te llamé y te escribí —le recordó Muriel.

—Lo que hacía que me sintiera todavía más culpable —confesó Robert Powell—. Y aún no te he dicho lo adorable que estás esta noche.

Muriel sabía que no era coba. Había engatusado a Meg y Courtney para que la maquillaran y peinaran. Había encontrado un traje precioso en una exclusiva boutique de Bedford. El hecho de que ya hubiera comprado un traje maravilloso con los complementos a juego en Rodeo Drive, en Hollywood, no le suponía ningún problema. Llevaba la tarjeta de crédito de Nina.

Robert estaba diciendo:

—Será mejor que pidamos.

Durante la cena entremezcló hábilmente cumplidos con preguntas sutiles.

—Me halagó mucho saber que culpaste a Nina de que llamara a Claire y Betsy para que se acercaran a nuestra mesa aquel día, Muriel.

—Habría podido matarla —reconoció Muriel en un tono apasionado y un tanto elevado—. Estaba muy enamorada de ti.

—Y yo pensé mucho en ti durante esos años. No entiendo cómo pude dejarme llevar de ese modo. No imaginas cuánto llegué a lamentarlo. —Robert hizo una pausa—. Y luego, cuando al fin me libré de Betsy, me habría gustado saber a quién debía agradecérselo.

Muriel titubeó antes de mirar a un lado y a otro para asegurarse de que los clientes de las mesas contiguas estaban absortos en sus conversaciones. Satisfecha, se inclinó hacia delante todo lo que pudo y se manchó de mantequilla la solapa del traje nuevo.

—Robbie, ¿me estás diciendo que te alegraste de que asesinaran a Betsy?

—Prométeme que no se lo contarás a nadie —susurró él.

—Descuida, será nuestro secreto. Pero ya sabes lo unidas que mi hija Nina y yo hemos estado siempre.

—Claro que lo sé.

—Nina estaba muy disgustada por lo que Betsy había escrito en la invitación, ¿sabes? Betsy quería que yo supiera lo felices que erais y lo agradecida que estaba de que Nina os hubiera presentado...

—Eso lo supe más tarde, y me quedé de piedra.

—Yo estaba dolida, pero Nina estaba furiosa con Betsy. Sabía lo mucho que yo te quería. Rob, creo que fue Nina quien mató a Betsy. Lo hizo por mí, para que pudiera tener otra oportunidad contigo.

—¿Estás segura de eso, Muriel, o es solo una suposición?

Robert Powell tenía ahora los ojos muy abiertos y su tono era seco.

Muriel Craig lo miró, vagamente consciente de su cambio de actitud.

—Naturalmente que estoy segura, Robbie. Nina me llamó llorando. Recuerda que yo estaba en Hollywood. Me dijo: «Mamá, estoy asustada. Me están haciendo muchas preguntas. Mamá, lo hice por ti».

82

Jane echó un último vistazo a las habitaciones antes de que regresaran los invitados. El bar de la sala de estar estaba abierto y había preparado una fuente de aperitivos, igual que la noche del asesinato de Betsy. ¡Qué poco falta para que se larguen todos!, pensó.

Tras varios días de intensa actividad ya no estaba acostumbrada al bendito silencio de la mansión. El señor se había llevado a cenar a esa insoportable Muriel Craig. Era guapa, de acuerdo, pero saltaba a la vista que ya tenía sus añitos.

Y su cuarto de baño olía ligeramente a tabaco.

El señor Rob detestaba a la gente que fumaba o bebía en exceso.

El señor Rob estaba jugando con Muriel. Jane conocía las señales. Se parecía a la forma en que Betsy había jugado con el padre de Regina hasta conseguir que el hombre metiera en el fondo de inversión hasta el último céntimo que poseía.

Caray, esos dos eran unos expertos en estafar a la gente, pensó con admiración. Betsy, para colmo, era un fraude con dos caras. Había logrado ocultar sus devaneos al señor Rob.

Por eso Betsy me hacía pequeños regalos, para mantenerme la boca cerrada, pensó Jane.

Pero ahora estaba preocupada. No se había percatado de que Josh había estado jugando su propio juego, chantajeando a gente cuyas conversaciones grababa en el coche.

Si el señor Rob se enterara de que Jane había encubierto a Betsy, la despediría en el acto. No debe enterarse nunca. Pero ¿quién va a decírselo? Josh desde luego no. Perdería su trabajo él también.

Todavía tengo las joyas que George Curtis regaló a Betsy, pensó Jane mientras abría las camas para los huéspedes y bajaba estores, un trabajo que llevaba veinte años sin hacer, salvo para el señor Rob, naturalmente. A veces le dejaba un bombón sobre la almohada, como hacían en los hoteles.

El señor Curtis había estado esta tarde aquí. Señor, debía de estar revolviéndose por dentro mientras hablaba con Alex Buckley sobre la Gala, pensó.

Después de la Gala, Jane había preparado una fuente con aperitivos para las chicas y la había llevado a la sala de estar. Estuve entrando y saliendo durante la primera media hora, escuchando todo lo que decían, hasta que se pusieron a hablar de Betsy. Entonces me miraron y me dieron las buenas noches.

Si la cosa se pusiera fea podría presentar pruebas contra todas ellas, se dijo.

Descansó la cabeza en la almohada del señor Rob, tan solo durante un instante. Luego se incorporó y la ahuecó con dedos raudos.

Mañana por la noche, a esa hora, ella y el señor Rob volverían a estar solos.

83

—Es hora de volver —dijo Alex de mala gana.

Durante los últimos noventa minutos, mientras disfrutaba plenamente de su conversación con Laurie frente a una cena deliciosa, se había descubierto contando cosas de su pasado: que su madre y su padre habían fallecido mientras él estaba en la universidad y que a los veintiún años se había convertido en el tutor de su hermano de diecisiete.

—Se convirtió en mi «muchacho» —dijo, y a renglón seguido, horrorizado por sus propias palabras, añadió—: Lo siento, Laurie. Sé que no puede compararse con tu situación.

—No, no puede —dijo ella con desenfado—. Pero detesto que la gente mida cada una de sus palabras cuando habla conmigo. Es una tónica constante en mi vida. No obstante, tu hermano creció y ahora es un abogado de éxito, y algún día Ojos Azules será detenido y este horrible peso desaparecerá. Mi único consuelo es que Ojos Azules juró que iría primero a por mí. —Bebió champán—. ¡Brindo por eso!

—Baja la copa —le instó Alex—. Brindemos por que Ojos Azules sea detenido y se pudra en la cárcel el resto de sus días.

No añadió: o por que le peguen un tiro en la cabeza a sangre fría como él hizo con tu marido, el doctor Greg Moran.

Alex pidió la cuenta a regañadientes.

Quince minutos después se dirigían en coche a Westchester por la Henry Hudson Parkway.

Él se dio cuenta de que Laurie estaba haciendo esfuerzos por no dormirse.

—¿Por qué no cierras los ojos? —le propuso—. Dijiste que anoche apenas pegaste ojo porque estabas preocupada por tu padre, y dudo que esta noche vayas a dormir mucho más.

—Tienes toda la razón —suspiró Laurie.

Cerró los ojos y en menos de un minuto Alex oyó el murmullo suave y regular de su respiración.

De vez en cuando le lanzaba una mirada. Gracias a la luz de las farolas de la carretera podía verle el perfil, y le gustó cuando, en sueños, volvió la cabeza hacia él.

Pensó en lo preocupado que estaba Leo Farley por el hecho de que su hija se hallara bajo el mismo techo que esas personas, entre las cuales había, probablemente, un asesino. Pero ¿quién?

Y la cara del jardinero le resultaba familiar. ¿De qué? El día antes le había hecho una foto cuando se hallaba en la terraza y se la había enviado a su investigador. También había telefoneado a Perfect Estates y le había explicado a la persona que lo atendió que, por razones de seguridad, estaba verificando los nombres de todas las personas que se encontraban en la propiedad.

Es evidente que el discurso de Robert Powell en la comida tenía como objetivo asustar a una de las graduadas para que actúe, pensó Alex, y esa persona, quienquiera que sea, tal vez decida hacer algo desesperado para detenerlo.

Media hora después dio unas palmaditas en el brazo de Laurie.

—Ya hemos llegado, bella durmiente —dijo en un tono enérgico—. Hora de despertarse.

84

Bruno estaba en la oficina del campamento. Habían sacado de su cabaña al supervisor del turno de noche.

Toby Barber era un joven de veintiséis años, de sueño profundo, que solía acostarse temprano. Frotándose los ojos, entró en el despacho para hablar con Bruno, imponente con su uniforme de policía y su semblante preocupado.

—Lamento molestarle, señor Barber —dijo—, pero se trata de un asunto sumamente importante. El comisario Farley ha sufrido un infarto grave. Puede que no salga de esta. Quiere ver a su nieto ahora.

Bruno era un buen actor. Miraba al joven supervisor directamente a los ojos.

—Hemos recibido instrucciones de prestar a Timmy una atención especial —dijo Toby, haciendo un esfuerzo por espabilar—, pero sé que su abuelo llamó hoy al director y le dijo que estaba ingresado en el hospital por un problema de corazón. Llamaré a mi jefe al móvil para pedirle autorización. Está en un cumpleaños en casa de unos amigos.

—El comisario Farley se está muriendo —espetó, enfurecido, Bruno—. Quiere ver a su nieto.

—Lo entiendo, lo entiendo —repuso Toby con nerviosismo—. Es solo una llamada.

El director no contestó.

—Probablemente no lo ha oído —se inquietó Toby—. Probaré de nuevo dentro de unos minutos.

—No pienso esperar unos minutos —bramó Bruno—. El comisario se está muriendo y quiere ver a su nieto.

Amedrentado, Barber dijo:

—Voy a buscar a Timmy, pero deje que primero le ayude a cambiarse.

—Nada de eso. ¡Limítese a ponerle la bata y las zapatillas! —ordenó Bruno—. En casa tiene ropa de sobra.

—Claro, claro, tiene razón. Voy a buscarlo.

Diez minutos después, Bruno asía la mano de un Timmy adormilado y lo sentaba en el coche.

La cabeza le daba vueltas con una mezcla de triunfo y expectación.

85

Robert Powell llegó a la mansión para recibir al primero de sus huéspedes.

Muriel subió rauda a su habitación para cambiarse la chaqueta. Horrorizada cuando se vio en el espejo, se retocó el maquillaje y el cabello. Regresó abajo tratando de ocultar su andar tambaleante. Cuando entró en la sala de estar vio que Nina había sido la primera en volver. Reparó en la mirada de desprecio de su hija. Espera y verás, pensó mientras se acercaba a Rob para besarle en la mejilla. Él le rodeó tiernamente la cintura.

Claire, Regina, Alison y Rod llegaron con apenas unos minutos de diferencia. Laurie y Alex fueron los últimos, pero en menos de diez minutos ya estaban todos en la sala.

Jane se encontraba junto al bar para servir el vino y los refrescos.

Robert Powell alzó su copa.

—No os imagináis lo mucho que os agradezco que estéis aquí, y lamento que hayáis tenido que soportar esta situación espantosa durante veinte años. Como sabéis, yo también he vivido bajo la terrible sombra de la sospecha. No obstante, me complace comunicaros que en mi entrevista de mañana anunciaré al mundo que sé quién mató a mi amada Betsy y desvelaré su nombre. Así pues, hagamos un último brindis por la liberación que nos aguarda y démonos las buenas noches.

El silencio en la sala era sepulcral. El aperitivo, que Jane había preparado con tanto esmero, fue ignorado.

Las graduadas y Muriel dejaron sus copas y salieron de la sala sin mediar palabra.

Josh merodeaba por el pasillo, listo para ayudar a Jane a recoger las copas y apagar las luces.

Laurie y Alex aguardaron a que las graduadas hubieran subido antes de dar las buenas noches a Robert Powell.

—Ha sido una declaración impactante, señor Powell —dijo Alex sin rodeos—. Y muy provocadora. ¿Realmente cree que era necesaria?

—Creo que era del todo necesaria —dijo Robert Powell—. He pasado muchos años pensando en esas cuatro jóvenes, intentando imaginar cuál de ellas entró en el dormitorio de mi esposa y le quitó la vida. Sé que Betsy tenía sus defectos, pero era la mujer perfecta para mí, y llevo veinte años echándola de menos. ¿Por qué cree que no he vuelto a casarme? Porque es insustituible.

¿Qué sucede entonces con Muriel Craig?, se preguntó Laurie.

—Buenas noches a los dos —añadió bruscamente Powell.

Alex acompañó a Laurie hasta la puerta de su habitación.

—Cierra la puerta con llave —dijo—. Si Powell está en lo cierto, en estos momentos una de las graduadas está tratando de decidir qué hacer. Y por absurdo que parezca, puede que esté enojada contigo por haber montado este programa.

—O contigo por haber conseguido que cada una de ellas reconociera que odiaba a Betsy.

—Eso no me preocupa —dijo Alex con calma—. Ahora vete a la cama y echa la llave.

86

Regina se sentó en el borde de la cama. Sé que Powell se refería a mí, pensó. Josh debió de entregarle la nota de suicidio. Me pregunto si me dará el dinero de todos modos. Podría emplearlo en mi defensa. Llevaba veinte años deseando que terminara esta historia. Pues bien, ya lo ha hecho.

Como un robot, se puso el pijama, entró en el cuarto de baño, se lavó la cara, apagó la luz y se acostó. Luego, incapaz de conciliar el sueño, se quedó mirando la oscuridad.

87

Alison y Rod estaban tumbados boca arriba y con las manos enlazadas bajo las delicadas sábanas.

—Fui yo —dijo Alison—. Sé que estuve en la habitación de Betsy, y que estuve en el armario, mirando.

—¿Mirando qué? —preguntó rápidamente Rod.

—A alguien que sostenía la almohada sobre la cara de Betsy. Pero no era alguien, Rod, era yo.

—¡No digas eso!

—Sé que era yo, Rod. Ahora lo sé.

—No lo sabes. Deja de decir eso.

—Rod, voy a ir a la cárcel.

—No vas a ir a la cárcel, y por una razón muy sencilla: porque no podría vivir sin ti.

Alison clavó los ojos en la oscuridad y acabó por comprender una verdad que la rabia no le había dejado ver.

—Rod, sé que siempre has creído que me casé contigo para que me pagaras la carrera de medicina, y es posible que yo también lo creyera. Pero tú no eres el único que se enamoró aquel primer día en el jardín de infancia. Yo también me enamoré. Es terrible, pero sé que he desperdiciado veinte años de mi vida odiando a Betsy Powell. —Se le escapó una risa triste—. Ojalá hubiera tenido la satisfacción de saber lo que estaba haciendo cuando la maté.

88

Claire estaba sentada en el sillón de su habitación sin buscar el sueño.

De modo que Rob quería realmente a mi madre, pensó. Desde el día que empezó a meterse en mi cuarto —no hacía ni un mes que nos habíamos mudado a este sitio—, lo permití por el bien de ella. La veía tan feliz. Quería que siguiera así. Estaba segura de que si se lo contaba haría las maletas, y entonces ¿adónde iríamos?

A un apartamento diminuto otra vez. Mi madre empezaría a salir con hombres buscando lo que Robert Powell le había dado. Cuando yo era pequeña estábamos muy unidas. Sentía que se lo debía. Era mi gran secreto, hacer ese sacrificio por mi madre. Cada noche en la que él no me visitaba era una bendición. Hasta que un día los oí hablar. Él le estaba relatando la noche previa, y mi madre se alegraba de que yo me mostrara tan receptiva.

Maldita seas, maldita seas, maldita seas.

La asfixiaba en mi imaginación desde los trece años. Si fui yo la que lo hizo aquella última noche y alguien me vio y piensa decirlo ahora, que así sea.

89

Nina no intentó conciliar el sueño. En su lugar se sentó con las piernas cruzadas y repasó los acontecimientos del día. ¿Era posible que su madre hubiese cumplido su amenaza? Es buena actriz, pensó Nina. ¿Y por qué no iban a creerla?

No sabía que Robert Powell estaba tan intimidado por Betsy como para no ver cómo era en realidad. O a lo mejor sí lo veía y lo encontraba excitante.

Si Rob se ha dedicado estos días a camelar a mi madre, está claro que ella ha sido lo bastante idiota para tragárselo. Si le ha contado que le confesé que maté a Betsy, no tengo nada que hacer. Y cuando Rob se despida de ella mañana, mi madre podrá ir directamente a la policía para reclamar la recompensa. ¿Qué puedo hacer? Si es que puedo hacer algo.

90

Cuando la última luz de la mansión se hubo apagado, Bruno se bajó del coche. Había administrado un somnífero a Timmy, y ahora tenía al muchacho colgado del hombro. Trepó la valla con cuidado, moviéndose despacio para no despertarlo. Entró en la casita de la piscina y abrió la puerta del lavadero. Dejó a Timmy sobre la pila de mantas que le había preparado y le ató holgadamente las manos y los pies.

Timmy se removió y murmuró una protesta cuando Bruno le puso una mordaza floja, pero volvió a dormirse.

Bruno sabía que por la mañana el camión de Perfect Estates pasaría a buscarlo por casa. Tenía que estar allí cuando llegaran. Pero el chico estará bien entretanto, pensó. Aunque se despierte, no podrá salir ni quitarse la mordaza. Tiene las manos atadas a la espalda.

Ahora que el final estaba cerca, no solo estaba muy tranquilo, sino que permanecería así. Miró el rostro dormido de Timmy iluminado por la luna llena que entraba por la ventana.

—De mayor te habrías parecido mucho a tu padre —dijo—. Tu mamá se encuentra en esa casa y no tiene ni idea de que tú estás aquí. Verás cuando se entere de tu desaparición.

Aunque sabía que tenía que irse, no pudo resistir la tentación de llevarse la mano al bolsillo y sacar un estuche pequeño. Lo abrió, extrajo dos brillantes lentillas de color azul y se las puso. Las había llevado aquel día porque sabía que destacarían en caso de que alguien se acercara lo suficiente a él para luego poder describirlo. Recordaba que Timmy había gritado cinco años antes: «Ojos Azules ha disparado a mi papá».

Es cierto, pensó. Le disparé.

Se quitó las lentillas. Quería reservarlas para mañana.

91

Leo Farley no podía dormir. El policía que había en él le estaba enviando una señal de alarma. Intentó no prestarle atención.

Laurie está bien, se recordó a sí mismo. Me alegro de que Alex Buckley esté en esa casa. Es evidente que le gusta Laurie pero, más importante aún, sabe que esta noche se enfrenta a una situación potencialmente explosiva con toda esa pandilla bajo el mismo techo.

Timmy parecía muy contento y lo veré el domingo. Entonces, ¿por qué estoy tan seguro de que ha pasado algo? Puede que sean todos esos monitores cardíacos que tengo conectados. Volverían loco a cualquiera.

La enfermera le había dejado un somnífero en la mesilla de noche.

—No es fuerte, comisario —le había dicho—, pero le tranquilizará y le ayudará a dormir.

Leo lo cogió y un segundo después lo devolvió a la mesa. No quiero despertarme medio grogui, pensó irritado.

Además, sé que no me ayudará a dormir.

92

A las tres de la madrugada Jane se levantó de la cama, abrió la puerta de su cuarto y caminó con sigilo hasta la habitación donde dormía Muriel Craig.

Los fuertes ronquidos eran prueba suficiente de que se hallaba bajo los efectos de una ingesta excesiva de alcohol. Avanzó de puntillas hasta la cama, se inclinó y levantó la almohada que llevaba en las manos. Con un movimiento rápido, la aplastó contra la cara de Muriel y apretó con fuerza.

Los ronquidos cesaron bruscamente con un gemido ahogado. Las fuertes manos de la agresora sujetaban la almohada como si de un torno se tratara. Muriel empezó a boquear.

Sus manos salieron disparadas hacia arriba e intentaron apartar la almohada.

—No se moleste —susurró alguien.

Los restos de bruma que aún quedaban en su cerebro desaparecieron de golpe.

No quiero morir, pensó Muriel. No quiero morir.

Sus largas uñas se clavaron en el dorso de las manos de su agresora y estas cedieron un instante. Muriel apartó la almohada y gritó. Luego la almohada se hundió de nuevo en su cara con mayor vehemencia.

—¿Pensabas que iba a dejarte tenerlo? —susurró Jane con voz ronca y tono feroz mientras aplastaba la almohada contra la cara de Muriel—. Puede que se enteren de que yo maté a Betsy, pero no permitiré que te lo quedes. Él es mío. Es mío.

En la primera planta, todos oyeron el grito. Su incredulidad no podía ser mayor.

Alex fue el primero en llegar. Forcejeó con Jane y la tiró al suelo. Cuando encendió la luz vio que Muriel tenía la cara amoratada. No respiraba. La arrastró fuera de la cama, la tendió en el suelo y le practicó una reanimación cardiopulmonar.

Mientras Robert Powell corría por el pasillo, Rod y las cuatro graduadas salieron disparados desde la otra dirección. Una Jane con los ojos desorbitados los miró de hito en hito y echó a correr todavía aferrada a la almohada.

—¿Tú? —gritó Powell yendo tras ella—. ¿Fuiste tú?

Jadeando, Jane se precipitó escaleras abajo y cruzó la cocina. Abrió la puerta de la terraza y salió a la oscuridad de la noche sin saber hacia dónde ir. Estaba junto a la piscina cuando Robert Powell la agarró.

—Fuiste tú —espetó—. Todo este tiempo has sido tú. Durante veinte años te he visto todos los días sin sospechar, ni por un segundo, que tú mataste a Betsy.

—Te amo, Rob —gimió ella—. Te amo, te amo, te amo.

—No sabes nadar, ¿verdad que no? ¿No es cierto que te asusta el agua?

Con un movimiento brusco, la tiró a la piscina y ahogó sus gritos desesperados de auxilio vociferando:

—¡Jane, Jane, no tengas miedo, te ayudaremos! ¡Jane, nosotros te ayudaremos! ¿Dónde estás?

Cuando tuvo la certeza de que se estaba hundiendo, siguió corriendo, pasó frente a la casita de la piscina y continuó por el camino hasta que, exhausto, cayó desplomado al suelo. Fue ahí donde lo encontraron cuando un coche patrulla se aproximó a toda velocidad por el camino. Un agente se arrodilló a su lado.

—Tranquilo, señor Powell, tranquilo. ¿Sabe hacia dónde ha ido?

—No.

Robert Powell respiraba con dificultad y estaba blanco como un cadáver. Las luces del jardín se encendieron de golpe, alumbrando hasta el último rincón.

—La casita de la piscina —jadeó—. Puede que se haya escondido allí.

Más coches patrulla subieron por el camino con un ulular de sirenas. Ed Penn viajaba en uno de ellos.

—¡Miren en la casita de la piscina! —gritó el agente que estaba con Powell.

Otro agente corrió hasta la casita y se disponía a abrir la puerta cuando otro policía gritó:

—¡Está aquí!

El policía estaba en el borde de la piscina, contemplando el agua. Jane yacía en el fondo, boca arriba. Tenía los ojos abiertos y los puños cerrados, como si siguiera aferrando la almohada. El agente se tiró a la piscina y con gran trabajo la subió a la superficie. Los demás agentes le ayudaron a sacarla del agua y la tumbaron en el suelo. Le presionaron el pecho y le practicaron una reanimación cardiopulmonar. Al cabo de unos minutos detuvieron su intento inútil de resucitarla.

Dentro de la mansión, Alex había conseguido que el corazón de Muriel volviera a latir. Las graduadas y Rod contemplaban la escena paralizados. Cuando Muriel volvió en sí, gimió:

—Rob, Rob.

La risa histérica de Nina pudo oírse en toda la casa.

93

Bruno esperó en la acera quince minutos antes de que Dave Cappo detuviera la furgoneta junto al bordillo a las ocho en punto. Puso rumbo a la mansión de Powell muy agitado.

—¿Te has enterado? —preguntó.

—¿De qué? —dijo Bruno, pensando: me trae sin cuidado.

—Intentaron matar a alguien anoche en casa de Powell.

—¿Qué?

—Fue el ama de llaves. Mató a la esposa de Powell hace veinte años —explicó Dave sin pararse apenas a respirar—. Y anoche intentó hacerlo otra vez pero la pillaron in fraganti. Intentó escapar, pero se cayó a la piscina y, por lo visto, no sabía nadar.

¿Han encontrado a Timmy?, pensó aterrado Bruno.

—¿No es increíble? —le estaba preguntando Dave—. Esas cuatro graduadas se han tirado veinte años como sospechosas y resulta que ninguna de ellas lo hizo.

—¿Qué está pasando ahora en la mansión? —preguntó Bruno.

Si han encontrado a Timmy, le pediré a Dave que me devuelva a casa ahora mismo. Le diré que no me encuentro bien. Podría estar fuera de la ciudad en cuestión de minutos. Timmy no sabe quién lo recogió. Pero tarde o temprano irán a por mí...

—Oh, lo de siempre —dijo Dave—. El médico forense se

llevó el cadáver. He oído que el ama de llaves tenía la almohada apretada contra la cara de la madre de una de las graduadas. Una tal Muriel Craig, que por lo visto es actriz.

Bruno era consciente de que tenía que decir algo.

—Su nombre me suena.

No han registrado la casita de la piscina, pensó. No tienen ninguna razón para empezar a registrarla ahora. Llevaré mi plan hasta el final.

Dave solía dejarlo en el camino de entrada.

—No sé si te dejarán pasar, pero puedes probar. Así podrás contarnos qué está pasando.

Un agente detuvo la furgoneta.

—Tengo que consultarlo. —Telefoneó y recibió la respuesta—. El señor Powell dice que puede pasar. Empiece a trabajar en el *putting green* que queda fuera de la zona acordonada por la policía.

Procurando actuar con naturalidad, Bruno bajó de la furgoneta y se encaminó despacio a la casita. Pasó junto a la piscina. El cuerpo ya no estaba. Entró en la casita, cerró la puerta y corrió al lavadero. Timmy estaba despierto y removiéndose sobre la pila de mantas. Tenía las mejillas bañadas en lágrimas. Se arrodilló a su lado.

—No llores, Timmy —dijo—. Mamá vendrá enseguida. Te daré unos cereales y te dejaré ir al lavabo. Luego mamá te llevará a ver al abuelo. ¿De acuerdo?

Timmy asintió.

—Ahora tienes que prometerme que no intentarás gritar cuando te deje comer. ¿Lo prometes?

Timmy asintió de nuevo.

Junto al lavadero había un aseo pequeño para el personal. Bruno se llevó a Timmy al aseo y se detuvo con él frente al retrete.

—Mea —dijo.

Será la última vez que lo hagas, pensó.

Tras devolverlo a las mantas, fue a la cocina y regresó con un cuenco de cereales, leche y zumo de naranja.

—Voy a quitarte la mordaza —dijo—. Te dejaré comer, pero hazlo rápido.

Con ojos asustados, Timmy obedeció.

Cuando hubo terminado, Bruno le puso la mordaza y se aseguró de que no estuviera demasiado prieta. Tendió a Timmy sobre las mantas.

—Aunque intentes hacer ruido, nadie te oirá —le advirtió—. Si estás muy muy callado, te prometo que mamá vendrá a buscarte.

Bruno agarró un rastrillo, lo sacó del lavadero y cerró la puerta con llave.

Salió al jardín y procedió a rastrillar la hierba que rodeaba el *putting green*.

94

Antes de que la policía acudiera a la llamada del 911, Josh había irrumpido en las habitaciones de Jane, donde buscó y encontró las joyas que George Curtis le había regalado a Betsy. Ahora estaban seguras en su bolsillo. Le había sorprendido que Jane fuera la asesina de Betsy, aunque siempre había sospechado que estaba loca por el señor Rob.

A las nueve de la mañana las graduadas bajaron a desayunar. Casi no cruzaron palabra. Apenas estaban empezando a asimilar que habían dejado de ser sospechosas de haber matado a Betsy.

Muriel se había negado a ir al hospital y se quedó en la cama hasta que el médico forense se llevó el cuerpo de Jane. Con la garganta inflamada y la voz ronca, ya había empezado a comprender que ahora Robert estaba realmente solo, y sabría que ella le había mentido sobre la confesión de Nina. Por otro lado, pensó, quizá entienda que le mentí porque le amo con toda mi alma. Con ese propósito se levantó al fin, se dio una ducha, se maquilló con esmero y se peinó. Cuando hubo terminado, se puso un jersey fino, un pantalón y unas sandalias. Confiaba en que los moretones que estaban invadiendo rápidamente su cuello demostraran a Rob lo mucho que había sufrido por él.

El jefe de policía Ed Penn y otros inspectores habían pasado las horas posteriores al incidente interrogando por separado a todas las personas de la mansión. Las versiones coincidían. Todo parecía indicar que Jane había actuado sola en su intento de matar a Muriel. Todo parecía indicar que Jane había caído accidentalmente a la piscina cuando huía.

Dadas las circunstancias, había accedido con renuencia a los enfáticos ruegos de Laurie y Alex de que les permitiera terminar el programa.

—La investigación no ha terminado —dijo con firmeza—. Tendréis que presentaros todos en comisaría para una declaración formal. No obstante, os dejaré continuar con la condición de que nadie intente traspasar las zonas acordonadas.

Laurie y Alex estaban esperando a Robert Powell en la sala de estar para la entrevista final.

Las graduadas habían sido invitadas a presenciarla. Ya estaban vestidas y con la maleta hecha, impacientes por largarse. Sin creerse aún del todo que la pesadilla había terminado, entraron en la sala de estar y se sentaron detrás de las cámaras para esperar a Robert Powell.

95

Mark Garret, el director del campamento Mountainside, miró incrédulo a Toby Barber.

—¿Me está diciendo que dejó que Timmy Moran se marchara anoche con un extraño? —preguntó.

—Su abuelo se está muriendo —se defendió Toby—. Vino a buscarlo un policía.

—¿Por qué no me telefoneó?

—Lo hice, señor, pero no contestó.

Desazonado, Garret sabía que Toby decía la verdad. Se había quitado la chaqueta y con el barullo de la fiesta no había oído el móvil.

Ayer hablé con Leo Farley, se dijo en un esfuerzo por tranquilizarse. Me dijo que estaba en el hospital.

Pero me advirtió asimismo de que el hombre que mató al padre de Timmy había amenazado también a la madre y al pequeño. ¿Y si fue él quien se llevó a Timmy?

Presa del pánico, agarró el teléfono. El número de Leo Farley estaba sobre la mesa, listo para ser marcado si la amenaza contra Timmy se materializaba. Rezó para que Leo Farley hubiese estado realmente en una situación de emergencia.

—Hola, Mark —dijo Leo—. ¿Cómo está?

Garret titubeó antes de preguntar:

—¿Cómo se encuentra, comisario?

—Muy bien. De hecho, esta misma mañana me darán el alta. Anoche hablé con Timmy. Lo está pasando en grande en el campamento.

Mark Garret solo fue capaz de balbucear:

—Entonces, ¿usted no envió anoche un policía a recogerlo?

Leo tardó unos segundos en asimilar las palabras del director. Su pesadilla se estaba haciendo realidad. El hombre que se había llevado a Timmy solo podía ser Ojos Azules.

—¿Me está diciendo que pese a todas mis advertencias permitió que mi nieto se marchara con un desconocido? ¿Qué aspecto tenía?

Garret pidió a Toby que describiera al policía.

Desesperado, Leo escuchó una descripción que coincidía con la que Margy Bless, la anciana, había facilitado a la policía cinco años antes del asesino de Greg: estatura por debajo de la media, corpulento...

—¿Tenía los ojos azules? —preguntó.

—Ya se lo pregunté a Toby. No se fijó. Estaba muy cansado.

—¡Imbécil! —gritó Leo antes de colgar.

Se arrancó los cables que controlaban su corazón. En su mente podía oír las palabras que Ojos Azules había gritado a Timmy: «Dile a tu madre que ella será la siguiente. Y después irás tú».

Fuera de sí, marcó el número de Ed Penn. Si Ojos Azules mantenía su amenaza, mataría primero a Laurie. Seguramente en ese momento estaba yendo a por ella, ¡y quiera Dios que con Timmy todavía vivo!

96

Demacrado y agotado, pero impecablemente vestido con camisa, corbata y americana de verano, Robert Powell escuchó en silencio la bienvenida de Alex. Las graduadas estaban sentadas detrás de él.

—Señor Powell, esta no es precisamente la forma en que esperaba que terminara este programa. ¿Sabía o sospechaba que Jane Novak había asesinado a su esposa?

—En absoluto —respondió, cansado, Robert Powell—. Siempre he sospechado que fue una de las graduadas. No estaba seguro de cuál y quería una respuesta. Necesitaba una respuesta. Estoy enfermo. Tengo los días contados. Acabo de enterarme de que, además de mis otros problemas de salud, tengo un cáncer de páncreas que avanza con rapidez. No falta mucho para que me reúna con mi amada Betsy en el cielo o en el infierno.

Hizo una pausa.

—He decidido dejar cinco millones de dólares a cada una de las graduadas. Sé que, de formas diferentes, Betsy y yo les perjudicamos a todas ellas.

Se volvió hacia ellas esperando expresiones de gratitud.

En lugar de eso, tropezó con idénticas caras de desprecio y rechazo.

97

—Ha llegado la hora —dijo Bruno—. Vas a llamar a mamá.

Había vuelto a ponerse las lentillas azules.

Timmy levantó la mirada hacia los ojos azules que lo habían perseguido durante más de cinco años de su corta vida.

—Tú disparaste a mi papá —dijo.

—Así es, Timmy, y voy a contarte por qué. Yo no quería ser un criminal. Quería escapar de la banda. Solo tenía diecinueve años. Podría haber tenido una vida diferente, pero tu querido abuelo me pilló conduciendo borracho. Le supliqué que me dejara ir y le dije que al día siguiente me alistaría en el ejército, pero me arrestó de todos modos. Después de eso, el ejército me rechazó y volví con la banda. Entré a robar en una casa y a la vieja que había dentro le dio un infarto cuando me vio. Me cayeron treinta años.

El rostro de Bruno se contrajo de rabia.

—Podría haber hecho de todo. Puedo fabricar ordenadores. Puedo entrar en cualquier ordenador o teléfono. Concebí un plan para vengarme de Leo Farley. Mataría a las personas que quería: su yerno, su hija y tú. Me cargué a tu padre, pero me enviaron a la cárcel otros cinco años por un estúpido quebrantamiento de la libertad condicional. Ahora ya lo sabes, Timmy: ha llegado el momento de llamar a mamá.

Laurie y Alex observaron a las graduadas abandonar la sala y dejar a Robert Powell solo en el sillón. Laurie hizo señas al equipo para que recogiera. No había nada más que decir.

Alex notó la vibración de su móvil en el bolsillo. Era una llamada del despacho, del investigador al que había encargado que indagara sobre el jardinero.

—Alex. —Su voz sonaba apremiante—. El jardinero al que nos pediste que investigáramos. No es Bruno Hoffa. Se llama Rusty Tillman y pasó treinta años en la cárcel. Salió hace cinco años y medio, una semana antes de que dispararan al médico. Regresó a la cárcel por quebrantar la libertad condicional y lo soltaron hace cinco meses. Comprobamos su foto...

Alex soltó el teléfono y miró incrédulo a Laurie, que se disponía a salir a la terraza. Oyó que el móvil de Laurie sonaba mientras gritaba desesperado:

—¡Laurie, espera!

Pero ella ya estaba en la terraza con el teléfono en la oreja.

—Timmy, tienes prohibido llamarme durante el día —dijo—. ¿Qué ocurre, cariño?

Y seguidamente levantó la mirada.

La puerta de la casita de la piscina estaba abriéndose y Timmy salía de ella en pijama, de la mano del jardinero. Este tenía un rifle que apuntaba a su cabeza.

Con un chillido, Laurie echó a correr por el césped.

El jefe de policía Ed Penn estaba en el coche patrulla, camino de la mansión de Powell.

—No encienda las sirenas —advirtió al conductor— o le pondremos sobre aviso. Diga a todas las unidades que acudan a la mansión de Powell.

El policía del coche patrulla apostado detrás de la propiedad había recibido el mensaje, había atravesado la arboleda y estaba saltando el muro. Pese a su gran puntería, el agente Ron Teski nunca había disparado su arma en acto de servicio. Mientras se precipitaba hacia el jardín, comprendió que este podría ser el día para el que tanto se había entrenado. Ojos Azules soltó a Timmy y, riendo, le dejó ir al encuentro de su madre, que corría hacia ellos desde unos treinta metros de distancia.

El coche patrulla de Ed Penn irrumpió veloz en el camino circular. Penn apuntó a Ojos Azules con su pistola, pero falló el tiro.

Para entonces Laurie había llegado junto a Timmy y estaba agachándose para levantarlo del suelo. Impaciente por terminar la tarea tal como la había concebido, Ojos Azules apuntó a la cabeza de Laurie. Cuando se disponía a apretar el gatillo, el primer disparo del agente Teski le dio en el hombro. Tambaleándose, Ojos Azules levantó el rifle y dirigió el cañón hacia Laurie. Tenía el dedo en el gatillo cuando notó que una explosión le reventaba el pecho.

El cuerpo de Ojos Azules cayó al suelo acompañado de un estruendo de cristales. La bala que había disparado atravesó el ventanal de la sala de estar donde Robert Powell seguía sentado. Con expresión de pasmo, Powell se llevó la mano a lo que le quedaba de frente y luego cayó del sillón.

Segundos después, como un augurio del futuro, Alex Buckley estaba envolviendo a Laurie y Timmy en sus brazos.

Epílogo

Seis meses más tarde hubo otra reunión de graduadas, esta vez en un ambiente mucho más alegre.

Fue Alex quien propuso que se reunieran en su apartamento la noche de Fin de Año. Sus vidas habían experimentado cambios extraordinarios, y les dijo que había llegado el momento de compartirlos.

Sentados en el salón, intercambiaron impresiones frente a un cóctel mientras Ramón preparaba la cena.

Claire había ido a terapia, donde finalmente había sido capaz de hablar de lo que Robert Powell le había hecho. «No fue culpa mía», podía decir ahora con total convicción. Volvía a maquillarse y se alegraba de no seguir ocultando su parecido con su madre. Convertida ahora en una preciosa mujer, reía con sus antiguas amigas y les contaba su nueva vida social.

La primera medida que tomó Regina tras recibir el dinero del programa de la Gala fue devolver a Bridget Whiting la comisión que le había cobrado. El negocio inmobiliario se estaba recuperando y ahora podía permitirse una casa más grande con un despacho. Le producía un gran placer saber que su ex marido y su esposa, la estrella del rock, estaban en medio de un amargo divorcio. Zach pasaba casi todo su tiempo libre con ella.

Nina estaba prometida con Grant Richmond. Le había entregado gustosamente el dinero de Powell y la productora a su madre con la condición de no volver a saber de ella. Muriel, como siempre, estaba diciendo a todo el mundo lo mucho que Robert la había amado, y que habían decidido casarse antes del espantoso accidente que acabó con su vida.

Alison estaba estudiando medicina en la facultad de Cleveland. Entre risas, comentó que no le era fácil seguir el ritmo de los estudiantes veinteañeros. Compartió la feliz noticia de que estaba embarazada de tres meses. Rod la había sorprendido al decirle que iba convertirse en su compañero de estudios. Al parecer, llevaba años deseando estudiar farmacia.

Las cuatro graduadas comentaron que a Robert Powell le habían disparado antes de que cumpliera su deseo de compensarlas por lo que les había hecho. Se estaban preguntando si, de haber vivido Powell, habrían aceptado su dinero. Todas reconocieron que lo habrían aceptado después de todo lo que habían pasado.

George Curtis también había sido invitado a la cena. Mientras escuchaba a las graduadas, fue consciente de su suerte. Robert Powell no había sospechado nunca de su relación con Betsy. Isabelle le había perdonado. Podría haberse ahorrado veinte años de angustia, pero había sido demasiado cobarde para hacerlo.

Ya en la mesa, sonrió al pensar en el anuncio que se disponía a hacer. Robert Powell había prometido dar a las graduadas cinco millones de dólares, pero había muerto antes de poder cambiar el testamento. George tenía planeado dar a cada una los cinco millones que habrían recibido de Powell. Sabía que, en el fondo, estaba intentando compensarlas por el daño que sus veinte años de silencio les habían causado.

Tres de las graduadas habían acudido al jefe de policía Penn con las amenazas grabadas de Josh, que actualmente se hallaba en libertad bajo fianza a la espera de juicio. Una orden de registro en su apartamento había sacado a la luz las joyas que había robado a Jane. Puesto que ella se las había quitado a Betsy, ahora formaban parte del patrimonio de esta última. Cuando el juicio de Josh y las apelaciones tocaran a su fin, Claire podría hacer con ellas lo que quisiera.

Mientras las oía hablar, Alex se sorprendió de la capacidad de recuperación de las cuatro graduadas. Miró a Laurie. Por primera vez en los casi seis años transcurridos desde la muerte de Greg, Leo y ella habían dejado a Timmy al cuidado de una vecina que trabajaba de canguro. Alex veía que a ambos se les transformaba el semblante con las risas que compartían con los demás. Todavía les costaba creer que un arresto rutinario por conducir bajo la influencia del alcohol llevado a cabo por Leo cuando era joven hubiera sido interpretado por Ojos Azules como el suceso que le había destrozado la vida, y que eso le hubiera llevado a matar a Greg y a obligarlos a todos a vivir bajo su amenaza de muerte durante tantos años.

El programa *Bajo sospecha* había despegado, tal como Laurie esperaba.

Alex sabía que era demasiado pronto para confesarle lo perdidamente enamorado que estaba de ella. Laurie todavía necesitaba tiempo para sanar.

Puedo esperar el tiempo que haga falta, pensó.